U0690081

中国当代
作家小说集

晓秋

著

米秋的慢时光

MIQIU DE
MAN SHIGUANG

中国文史出版社

图书在版编目（ＣＩＰ）数据

米秋的慢时光 / 晓秋著. -- 北京 ：中国文史出版
社，2019.12
（"锐势力"中国当代作家小说集）
ISBN 978-7-5205-1821-5

Ⅰ．①米… Ⅱ．①晓… Ⅲ．①中篇小说－小说集－中
国－当代②短篇小说－小说集－中国－当代 Ⅳ.
① I247.7

中国版本图书馆 CIP 数据核字 (2019) 第 286725 号

责任编辑：全秋生

出版发行：中国文史出版社
地　　址：北京市海淀区西八里庄路 69 号　　邮编：100142
电　　话：010－81136602　　81136603　　81136606　（发行部）
传　　真：010－81136655
印　　装：北京温林源印刷有限公司
经　　销：全国新华书店
开　　本：787×1092　　　1/16
印　　张：16　　字数：248 千字
版　　次：2020 年 6 月北京第 1 版
印　　次：2020 年 6 月第 1 次印刷
定　　价：49.80 元

为有源头活水来（总序）

温亚军

以网络为主流传播媒介的这个时代，文学所面临的挑战、创作的生长点以及得失，大家时常挂在嘴边，却无能为力。是的，我们对自己也是有提醒的，对文学的新动向应该进行反思，对其有一个清晰、全面的认识，并做出客观的评价。比如对现实生活中矛盾的大胆触及，注重塑造转型期新的人物形象，区别与以往人物性格的重复，增加时代内容的融入，社会气息的强化，平凡的人物性格等多样性与更新趋势方面，虽然不是为了迎合，但是否有所改观？我们对网络的冲击除了接受，别无他法，可始终在安慰自己，纸质阅读带给人的精神愉悦，总好过徜徉在俗世里平庸琐碎的纷纷扰扰。而清浅淡远的生活，也终是热爱生命的人殊途同归的期冀。那好吧，我们还在坚持纯文学创作的这群人，最终发现希望值得等待，有些失望也值得经历。

"锐势力·中国当代作家小说集"是中国文史出版社推出的一套品牌图书，在纯文学日渐式微、图书市场极其疲软的今天，该社编辑全秋生谋篇布局、倾心打造，为致力于中短篇小说创作的实力派作家提供一个展露成绩的阵地。众所周知，网络横行的此时，纸质阅读的空间几乎日渐稀薄，尤其文学作品，这是个不得不承认的事实。作为责编，全秋生先生坚持纯文学本心，坚守纯文学出版平台，他编辑这套丛书所面临的各方压力，未来市场的销售难度有多大，我们是可以想象到的。但他还是冒着风险坚持下来，并且在选择作者、书籍装帧上更加严格、考究，使这套丛书日趋精致、高端大气，符合大众的品位。此举于纯文学作家的创作来说，无疑是一种福音。

"锐势力丛书"第二辑中的这八位小说家，大多人我未曾谋面，但从各

1

类刊物中读过他们的作品。单从作品上来看，他们对小说文本的探索，有自己的理解和认识，对小说艺术的追求，有较好的能力和把握，他们创作出了无愧于小说意义的文本。可以说，他们在小说领域各有千秋，而且，有些作家已经取得了不凡的成就。

陈斌先的小说从细微处着笔，艺术地再现了生活，具有很强的思想性和艺术性。收在这本集子里的七部小说，叙述的风格不尽相同，但就其故事背后所体现的大悲悯情怀，或娓娓道来，或抽丝剥茧，或深沉哲思，都饱含深情，包括作家采撷了一个又一个生动细节，塑造的一系列鲜活的人物形象等，可以窥探出作家的艺术情怀和艺术探索。比如作者所写的寒腔，是庐剧的一种唱腔，庐剧人的寒苦，水月、长生的挣扎、坚守和追求，尤其代表物质和当下世俗层面的句一厅与水月的精神对峙等，有了较深探索。《寒砚》写老大的一次善意赠予，造成授受者精神的异化和挣扎。《操守》写卤菜摊主小昭的片刻游离所带来的痛苦和挣扎，其故事背后呈现的面貌，值得深思。

王传宏的中短篇小说大都聚焦普通人的日常生活，以冷峻而细密的笔触描摹出他们的孤独、焦虑与失望。她的小说有一种奇异的色彩，沉稳而不安，动荡而释然。那些在时间的风尘中不断挣扎的人们，被流水般的过去与梦魇般的现实牵扯着，在那团从他们的心灵深处升腾而起的雾霭里踯躅、徘徊着。而这一切，总是被王传宏拿捏得恰如其分。王传宏的文字极富张力，饱满而冷寂，紧致而悠远。里面既有不动声色的平实，也有出人意料的绚烂。作者热爱她笔下的人物，把这种热爱隐藏在自己的文字之中，极富耐心地构筑起一个个小小的世界。这其实在某种程度上也造就了她作品特有的气质，绵长而柔韧的文字中所涌动的奇光异彩。

晓秋以女性的眼光，对准她所生活的城市背景，对城市的历史和生活的整体性做着追忆式的拆解和重构。她作品里的各色人物，如时光一般缓慢，他们的心境也如缓慢流淌的河水，在沸腾的时代背景下，再怎样暗流汹涌，依然对生活抱着希望和美好的幻想。晓秋的作品注重城市的人与自然、人与历史、人与时间、人与地域的关系，将人的行动放置在阔大的文化视野中加以审视，意境由此幽远起来。她打量当下都市生活中的女性群体，她们的情感、婚姻、家庭，还有友谊，于浓密的生活质地中把握住了火候，于婚姻的烦琐里写出了练达，于微波细澜的情谊里见著温暖。

叶炜的小说创作努力拓展乡土文学的书写空间，重新反思人与土地的关系变化，其乡土叙事聚焦一个区域、一个村落和区域文化特质，呈现出独具个性的乡土书写立场和姿势。同时，叶炜的乡土小说以全景式观照和"非道德"视角审视两种方式书写民族心灵史，在人与土地关系的视野中发掘和表达乡土中国的精神存在。如何在乡土的视野中去探索乡土中国更多的书写方式与路径，是叶炜及其小说创作带给我们的重要启示。

赵剑云的创作纯真而又深刻，她的小说关注更多的是平凡人物和普通人的生活，人物很现实，事迹很平实，却以一颗悲悯之心体察生命，由此实现了对命运及时间之河中的存在之思。赵剑云在自己的小说中，强化了日常生活中的温暖和爱意。她擅写感情，尤其是爱情，她从女性视角出发，叙述当下中国人的家庭、婚姻和情感生活，追随着人物波澜起伏的情感，探寻人物或柔软或幽暗的内心世界。她细致温婉地表达了对于中国社会精神情感状态诸多缺失元素的关注，例如情感的隔膜、亲情的淡漠、友情的缺失等等。赵剑云习惯书写杯水的微澜，小事之光，生活生命中那些纤细的、毫发的温度，以及由这温度而影响到的内心，赵剑云构建的是一个有着毛茸茸质感的情感世界，她体察、审视着那些和青春相关的冲动、爱情和孤独。

曹永出道就拓土开疆，构建自己的文学地域。他建造的野马冲镇和迎春社村，俨然已成他的地理标识。在这个相对闭塞的蛮荒世界，没有常见的田园牧调，由于恶劣的自然条件和生存环境，处处展现出人类的懦弱与偏执、无助与挣扎、粗野与凶残，他们似乎永远活在压抑和焦虑之中。这片领土上居住的民众，虽然活得像野兽般坚忍顽强，但生命的质地却无比脆弱，随时有可能被意外事故所折断。曹永的小说语言朴拙，棱角分明，故事在推进过程中没有多余的渲染，显得干净利落。他作品散发出力量的冲击，以及让人震颤的审美快感。感性的生活经历和理性的社会思考，形成他独特的写作风格，也让他在有限的叙事里，展示出无限的空间。

常芳的小说有厚重的文化思考，她有着温婉的书写姿态，不动声色的价值批判，在温情与诗意的文字下，直面广阔的世界。以中篇小说《一日三餐》《你在木星上有多重》《左青龙右白虎》为代表的市民生活系列小说，以中篇小说《纸环》《撒拉弗的翅膀》《冬天我们去南方》为代表的反映当下知识分子精神困境的小说，敏锐地捕捉现实与日常生活，呈现出人的本真存在以及与这个变化世界的复杂关系。以短篇小说《蝴蝶飞舞》《白色蝌蚪》《一只乌鸦口渴了》为代表的成长小说，在关于少年们成长的小小欢乐之外，更多的是呈现时代和命运的不可抗拒，以及少年们成长路上所背负的沉重和无助。

杨帆的作品试图展示不同阶层的个体在社会环境下的际遇，人的吃饭问题、安全感、幸福指数、情感与理想等等。杨帆近年偏于社会题材，在作品中继续质疑、探讨这些问题：经济与文化、自然与社会是否可以脱离，科学、艺术能留给后代什么，在先进与传统、个人与集体之间如何前行；房屋的功能是什么，不同阶层的人能否相爱，人的物化与物的人化完成后人类将走向哪里等等。杨帆将本来沉重、严肃的命题简约到用文字叙说来表达，然后再依靠文字的奇特功效"以小见大"，从而实现自己的文学表达目的。这一从具体到抽象、再通过抽象还原到具体的技巧，使得她的作品具有较大的扩张力和震撼力。

八位作家的中短篇小说在虚构能力、人性开掘上都有值得肯定的地方，因为大家的共同坚守，使纯小说领域的色彩更加丰富。大家都知道，小说是作家想象力的产物，说的核心品质在任何时候都是复杂的，而不是简单地表达一段生活经历，或者说故事。这个时代，还在保持传统阅读的人们对小说解读或多或少存在着一些偏差，甚至带有些许鞭挞社会现象的期待和给予混沌呼吸以彻底颠覆的情绪，致使小说作品的负荷时常超重。再就是，越来越多的诱惑对作家本人的冲击，致使某些作家很难沉静下来，认真面对小说的意义去创作。加上一些读者的误读，使一些作品奋不顾身地往"真实生活"上靠拢，有些作家越写越现实，越来越缺乏想象力，使小说创作越来越没有了难度，有些基本上就是现实生活的翻版，这显然削弱了小说的实质意义。

一个作家的观感、视角，也就是一个作家的价值判断能力，或者异质性的经验，是作家对生活不断地阐释，对生活的空间以及多变的外部环境做出充分的估计，在创作中不断地加入自己的思想认识，启发他人更加自觉地去发现生活中隐秘的一些事物，这应该才是我们创作小说的初衷。

愿与诸位共勉。

2019.11.28 于京华

（作者系第三届鲁迅文学奖得主）

目 录

CONTENTS

米秋的慢时光

　　一片薄云漫不经心地飘过来，横在太阳面前。满地的阳光就没那么明媚了，但也只是不明媚而已，薄云的缝隙和边角漏出的光线像颜料一般，把那一片天勾勒得有些妖艳。闭着眼睛倚坐在墙根的米秋感觉到了眼前一暗，她不情愿地睁开眼睛，却"呼"的一下从地上跳了起来：一个男人站在她跟前，好奇地看着她，好像她是一只在阳光中蠕动的虫子，他在细致地观察这只虫蠕动的每一个频率。男人笑眯眯，表情丝毫没有因为米秋过度的反应而有所变化。

　　从地上跳起来后，米秋的第一反应是去看不远处的草丛里，那十几只叽叽咯咯的小鸡还在不在，这是她无所事事时的任务。

　　小鸡是娘买的，买来往院子里一放，对米秋说，以后它们就归你管理，你生活质量的好坏取决于它们健康的程度和成长的快慢。米秋不可思议地看着娘，闹不明白这又是唱的哪出戏，难道娘期望她用这十几只小鸡崽来创业，把小鸡养大后生蛋，再蛋生鸡，鸡再生蛋，生生不息，借此打造一个庞大的鸡帝国，由此而打造她的人生？米秋"扑哧"一声笑起来，但这声轻笑还没荡开便遇到了娘那极度严肃的审视目光。米秋赶紧拢住笑意，眨巴着眼睛，开始愁眉苦脸地看着那几只毫不畏惧陌生环境、收着毛茸茸翅膀、踱着方步四处打量的小鸡崽。在家闲待了几个月，她都不知道怎么保障自己的生活，现在，居然要操心起这一群小家伙的生活，还要撑起它们的未来。她长长叹了口气。娘懒得听她叹气，用睥睨的眼神看看她，转身出门，找她的那群牌

1

友去了。那可是真正的牌友，一帮各行各业退休的老太太，不玩麻将，因为麻将有筹码，不管大小，对这些时间多金钱少的老太太来说，总是有些奢侈。于是自发地组成"双拖"阵线。每天午饭一过，便互相串联，最多的时候，能串到三桌。可见其规模之巨。

　　偶尔，有一桌三缺一的时候，米秋就被娘强拉去充数。米秋其实会打拖拉机，若这也有段位的话，她至少也有六七段，还是三拖，那是她在大学里跟同学点灯熬油练出来的功夫。但娘和她的牌友并不知道她打拖拉机有这么高的造诣，只看她该出大牌挡住下家时偏不舍地丢出去最小的，该打单过渡对家时，她出双，一副完全沉浸在自己世界的模样。老太太们打牌多上心啊，哪由得了她这个"新手"这么随性，谁跟她对家都恨不能一把夺过她手中的牌，一个人拿两家牌狂杀对手，这是两军对垒的大事，真要是刀枪相见，糊涂一下可是命都要没了的。米秋无视对家的怒目和吼叫，依然悠然自得地按自己心意出牌，好像对手的卧底，阵营是这边，所向却是另一边的。一开始，大家都当她不懂规矩，乐意让她凑这个数，却不愿意跟她搭档。娘不得不跟她在一个战壕，谁让这猪一样的队友是自己的女儿呢！跟娘一个阵营里几个回合之后，娘明白了，不是米秋不在状态，也不是不上道，她就是故意捣乱，用拖后腿甘愿认输的态度来抗拒这种毫无意义的填充。她不是螺丝钉，不能见缝就把她钉上去，就算把她强行钉上去，那也不是合套，她这颗钉也是随时会蹦出来。到底是米秋的娘，又是资深牌友，打了几把就明白了，再看米秋不经意时握牌收牌展牌的利落劲，绝对不是表面上刻意而为的新手的忙乱、拖沓与迟疑。米秋可是娘的女儿，岂能不懂米秋的意思，但也不能揭穿啊，那样不是打自己的脸？只能装糊涂咬着牙往下扛，不抱怨不跺脚了，没用！只是脸上阴得都快滴出水来。

　　米秋看在眼里，心里暗笑，照旧不紧不慢地看牌出牌，丝毫没有要顾及一下娘情绪的意思。

　　就这么断绝了娘意欲培养她为后备军的念想。

　　但她没想到的是，娘会扔给她十几只小鸡，这么小规模的鸡群，与其说是用来打发她的时间，倒不如说是娘对她的绝地反击。米秋知道，娘那些牌友中，已经有好几个人要给她介绍男朋友，比着赛似的，你说是某主任的儿子，她说是某局长的娃，反正没一个是不带职务不带衔的，像一捧一捧放在面前的金子，每一捧都闪烁着耀眼的光芒。米秋就有些不明白，小城里，政企商界，但凡有点职务带了衔的人家，那鼻孔都要朝上长的，怎么他们的孩子就个个屈就到要人介绍的地步？而且还是她这样的——相貌勉强说得过去，个头勉强，身材还偏瘦，唯一能拿得出手的，就是上过一年多的大学，但大学肄业，又实在算不得多光彩的事。就这么点捉襟见肘的资本，叫她怎么面对那一捧捧金子？她只能任着娘说，什么态都不表。娘的眼里，这是谁都没瞧上的意思了，就有点着急，不是嫌女儿闲在家里，是担心心高过了眼会错过合适的人，心高没用，踩在云端里再软乎也还得跌到地上，不能等到摔骨折了才想脚踏实地，那只能跪着生活了。娘一想到未来米秋的狼狈，就心疼不已，女孩子读书多了还真能读出"愁"字来，哪像自己这辈人，能读个初中都已经是正经的秀才了。

娘再不愿米秋整天待在屋里看书，大学都死活不肯上了，还装什么看书样子，早点寻个好人家嫁了，也不枉一段好年华。娘这会儿说话不刻薄，还有点儿文化味，到底是有点文化底子的人，做了许多年的会计，从繁复的数字里钻出来也没把自己算计成一个古板的人。相反，一旦抛开那些纷扰不休的数字，她的行事倒有些浪漫飘逸，与会计的身份绝对不符。娘觉得，不要米秋看那些无用的书，让她多出门接触外界才是首要，母鸡一样老趴在窝里不见天日，只有长虱子的份。

娘急，米秋不急，她才二十出头，不担心自己的前程。可娘说，二十岁放在过去那就是老姑娘，得求着人来娶不说，还得看娶的人的心情。米秋把笑憋到肚里，她不能提醒娘，隔壁的小露姐姐结婚时也是二十岁，娘说小露这么早就嫁人，是因为在家里太不受待见，而小露爹娘又死活不喜欢她，才急于把她推出去。

米秋可不敢说自己也是不受娘的待见才叫娘这么急，娘听了准要甩她一个巴掌。打小，娘给她的巴掌可是不少，不过米秋不记恨，娘的巴掌总是带过来的风很大，落到身上却很软。巴掌和巴掌的含义是不一样的。

米秋也不拂娘的意，像只蜗牛似的，慢慢腾腾跟在娘的身后，由着娘折腾，反正是亲娘，再怎么摔摔打打也会忍了气力，装柔弱无力，绝不会一猛子把她摔个四仰八叉。

男人的身躯没那么高大，但足够挡住米秋看向草丛的目光，这让她不得不先仰着脖子看他。"嘿，你好！"男人仍是笑眯眯的模样，长得不算帅气，但还比较好看，气质文雅。因了这份文雅之气，辨不出他的年龄。

米秋平整了一下脸上的失措，尽力挤出一丝不那么平坦的笑容。

这时候，不急不恼的太阳到底拂开了薄云，阳光便水泼一样，"哗啦"一下从头顶灌下来，地上瞬时就又明晃晃一片。男人背着手，也背着阳光，米秋看到阴影如同一块云翳落在他的脸上，使他明媚的笑容有了一层不那么明媚的意味深长。

"我是刘梦之，咱们是邻居，我家就在那儿。"男人侧转身，指向前方一幢挨近水稻田的孤单房子。米秋有些讶异，那幢房屋是高中一个学妹家，她认识学妹的父亲，一个高个子、清瘦的老头，好像是县里某局的领导，没有某些人的神气活现，见人总是一脸的笑意，让人非常有好感。学妹的母亲是闲在家，却像是做了官似的，眼界颇高，逢人聊起来，总是有意无意贬损别的人家。那些退了休的老太太们对她是有些不屑的。至于学妹本人，从来都是勾着头，话极少，无论在学校还是在上下学的路上相遇，都是独自一人。不过学妹高中一毕业就进了外贸公司，挺火热的一个单位。米秋不知道学妹还有这么一个哥哥。

刘梦之的大方让米秋重新陷入懵懂状态，这个突如其来、横空出世的邻家哥哥，怎么就知道与她是邻居？她也许是来走亲戚的呢，也或许是个流窜人员呢，再或者，是个——乞丐呢？米秋不服气地想。

"你是米秋吧！"刘梦之的眼神真是有穿透力，他的话与米秋的内心做了无缝对接。米秋更愣了，不知如何回应，感觉自己像只小老鼠，被鼠夹上的饵诱着，一步步靠近，就差诱饵被夺走后的那一声"啪"了。

米秋被那意念中的"啪"吓了一个哆嗦。忽然间想起自己的任务，心又抽了一下，赶紧躲开刘梦之的目光，往不远处的草丛看。除了一块皱皱巴巴的绿色，就是水一样荡漾的阳光，视线中根本没有那几只叽叽咯咯一直停不下来的小鸡崽。米秋不自知地"咦"了一声，没理会一旁的刘梦之，就那么一边往前走一边伸着脖子往草丛两边逡巡，一副专注于事的装模作样。

米秋注定是个空想家，做实业，她用画画的姿态，只能说姿态很美，效果很差。十几只小鸡，她看守了一个礼拜，把小鸡们每天的喂食和作息都写在纸上，几时喂水，几时放粮，几时带出散步，听多长时间的音乐，甚至跳什么舞都给规划得一本正经，她恪守着一个做大做强预备企业家的基本素质。但即使这样，小鸡崽还是一天比一天少。等娘看出来情况不妙时，米秋已经在不知不觉中失去了小半的兵力——就剩下十只小鸡了。

娘傻眼了，米秋也傻眼了。娘有了前车之鉴，认为米秋还是故意的，很生气，把剩下的小鸡崽统统拢进大篾筐，端到廊沿下。篾筐有些奇怪，底宽，肚子也大，口却比底要小。米秋跟在娘在身后，伸着脖子去瞅篾筐里受到惊吓正叽喳乱叫的小鸡，有些心疼地说，娘，放到篾筐里太挤了，对它们不好。娘不理她，又从屋里捧出一把米撒进篾筐。小鸡们顾不得身上的米粒，你拥我挤地低头啄米，有些小鸡索性不低头了，就直接去啄旁边小鸡身上的米。

娘，这样养出来的小鸡不健康。家禽要散养才对嘛。米秋说。

娘忽然爆发了，怎么就不健康？我生活了多少年我不知道怎么养鸡？不健康它们都还活蹦乱跳地在这里，不比你丢掉的那几只，生死还不明呢——不，肯定都死了！它们才几天，在外面哪里会自己寻食？我养你都二十多年了，你还不是在家……

娘忽然意识到自己在说什么，一下子住了口，脸上的表情由愤怒忽然就变得有些讪讪地，她有些心虚地看了一眼米秋。

米秋这时已经侧过头往院门口看，门口很空荡，没有经过的人，也没有走丢的小鸡独自寻回来。院门左侧，一株来历不明且正在成长的泡桐树苗嫩绿着宽阔的心形叶子，安静地倚靠着院墙，守候着它暂时无人惊扰的时光。一只麻雀从门口飞过去，又飞回来，像是雏鸟的试飞，扑扑腾腾，惊慌而忙乱。米秋很想跑过去看看麻雀由拙笨地扑腾到自由地飞翔还需要几个来回，还有多少距离。

娘，我以后少吃点，省点给它们，不过不能省得太多，一天少给我几粒米就好。米秋收回目光，使劲眨了眨眼睛，眼里的那层水雾迅速蒸腾掉。她用清亮的眼神看着娘，笑着。

娘缓了口气，佯装出一丝不耐烦，就少几粒米不是太便宜你了？

那要怎样？米秋瞪大了眼睛，难不成你真要饿死你亲闺女？

娘白了米秋一眼，行了行了，少跟我贫了，你爱干嘛干嘛去，反正是女大不由娘。又忍不住叹了一句，我现在相信你真是读书读傻了。

米秋愣了愣，讪笑道，娘你都哪儿跟哪儿啊！

娘赋予了米秋人生第一次创业的梦想与希望，但她又像手执魔棒的巫师，梦想才刚刚种进土里，还没来得及发芽，就被娘一挥魔棒，一切又都复归之前。当然，小鸡们还在，被娘圈在院里一个小小的范围里，依旧毫无心肺地叽叽喳喳，整日整日晒着它们对生活的满足感和幸福感。这些小鸡是米秋梦想存在过的证明，也是她希望幻灭的证词，她已经不知道自己该如何面对这十只无法消弭的痕迹。娘坚决不让米秋再带它们出去看世界，她说小鸡们的世界就应该巴掌大，再大就迷了路回不来了。娘只允许米秋拔些草回来扔进小鸡们"巴掌大"的天地里，其他的，是再不肯让她做了。米秋明白，娘肯定认为自己丢失小鸡是存了心的，这是对她的戒备，防火防盗防米秋，是娘为小鸡们竖起来的警示牌。

被剥夺了对小鸡们的看护权，米秋着实萎靡了一阵。这其实是件很奇怪的事情，按说她已经非常用心了，谁知道所用之心非所用之地呢，她居然从来没数过回笼的小鸡数量，甚至迟钝到无视小鸡阵容的由大而小。也难怪娘会生气，怀疑她的用心，这确实有动机不纯的意味，就像陪着那帮老太太打牌一样。

你就是百无聊赖！娘用鄙视的目光看着米秋说。米秋实在佩服娘，一个退休多年、六十来岁的会计，居然成语还用得这么溜。"百无聊赖"对表面的米秋而言，是事实。

娘是真理！颠扑不破的真理！对娘的"结案陈词"，米秋只能无奈地接受，反正娘最厉害的招数也就这样，拿的是鸡毛掸子，用的却是裹着鸡毛的那一头，再用力气，最多伤个皮，甚至连皮都伤不了。但米秋得配合娘，常常要装出受了伤还能自理的样子，不然，倒是用了力气的娘被自己的反作用力伤着。

要不你还是出去找人鬼混去？整天在家里，真不怕窝出一身的虱子。娘说。

米秋以前是爱玩之人，高考前学校的倒计时大牌就挂在校门口的传达室旁边，只要进出学校大门都能看到那块醒目的牌子，越来越少的数字让人越来越有紧迫感。米秋在这种紧迫感中反倒隔三岔五地跟几个同学跑出去看电影，参加些莫名其妙的沙龙，或者骑自行车去山里的水库游泳。反常得有点不像话。娘那时真急，急还不敢跟米秋发脾气，米秋的情绪比她来得大多了，一个不顺心，不吃饭，摔了手里的东西拎着书包直接走人。娘时常眼泪汪汪，跟爹说这样鬼混下去可咋办？或者，又不知道去哪儿鬼混了。"鬼混"成了米秋出门的标签。这样说得多了，连时不时回家的大哥大嫂都听烦了，有一段时间直接不回家，说是要等米秋高考结束再回来。还是爹了解米秋，安慰娘说，米秋本质好，出不了事，也就是学习紧张了，释放一下。米秋觉得爹就是比娘睿智，娘只看到表面的自己。

娘啊，你就这么放得下心来，都主动让我出去鬼混了？米秋明白，娘其实是要她出去走走，只要出了门，总是有地方可去的，某个同学那里、街头巷尾的哪个摊位上、看一场电影，再不然，还是窝进图书馆……反正，只要出门，娘看不到的地方，都是"鬼混"。

随你随你，怎么混都行，只要不窝在家里。娘急着去打牌，话音没落，人已经扭身出了门。

米秋叹了口气，在家待了些日子——她有些恍惚，竟不记得自己在家到底待了多长时间，清楚的是她在家中的地位一落千丈，越来越不受娘的待见。人家都说是嫁出去的女儿泼出去的水，这还没嫁的动静呢，已经是急于被泼出去的姿态。看来"待字闺中"远远不如"待嫁"来得温暖和体贴。

从县图书馆出来，天已经开始下雨，雨不大，标准的"绵绵"细雨。这样的雨落不到米秋眼里，她抱紧刚借出来的书，扎进了细雨中。雨是"润物细无声"的那种，有耐心得很，米秋走得不紧不慢，似乎也很有耐心，但一段路之后，她的衣服到底还是被润湿，头发已经挂上雨珠往下滴落。一个瘦弱的姑娘，在大街上被淋湿的形象总是显得狼狈，更容易落入人的眼，这让那些有先见之明、早早备了雨伞的人有了优越感。

穿过三个街口之后，就是街边了，人终于稀疏，再走一段路，越过铁道口，然后再走个十来分钟，就到家了。米秋不怕淋雨，打小她就喜欢在这样绵密的雨中穿行，爹不说，娘也不阻止，他们都随便米秋在雨水里折腾，只是最后熬一碗姜汤米秋是必须要喝的，这没有商量的余地。出了城的米秋越走越慢，简直就是雨中漫步了，她想戴望舒《雨巷》里的那位丁香姑娘，结着愁怨何不索性抛开油纸伞，素了面素了心面对天地，或者那丁香一样的愁怨就随之消散了呢？

只管低了头去想这些不着边际的事，未发现身边多了个人，替她撑着伞，走出去好久，才意识到雨停了。抬头看到头顶上擎着的一把伞，还有刘梦之笑意盎然的脸。

都淋成这样了，怎么就不知道避避雨？撑把油纸伞也行啊。米秋惊讶，刘梦之怎就看出她的思绪在《雨巷》里呢？

米秋不好意思地往外挪了挪身子，刘梦之给她撑了伞，一半身子已经有些湿了。我反正已经是湿透了，回去要换的，你别再淋湿了。她说。没说出来的话是自己喜欢雨，还有不习惯与一个男人共用一把伞。

刘梦之没勉强，看米秋抱着的书，却完好地用塑料纸包着，知她还是对天气有预见的。收了伞说，打伞确实有些累赘，不如和米秋一起体验一下淋雨的感觉。

米秋说，还是打上伞吧，有伞不打不怪异吗？我是因为懒才不喜欢带伞，这不是好习惯，但我还是习惯了。你可别淋病了。

你小看我！一场小雨能放倒一个曾经的老兵那不是笑话嘛！刘梦之不以为然。

呀，原来是前兵哥哥，失敬失敬。米秋抱了抱拳，没提防书从怀里滑落。

刘梦之把书拾起来，从口袋里掏出一张揉皱了的纸，擦拭着塑料纸上的泥沙，擦净递给米秋，笑道，《静静的顿河》可不是本好啃的书，我当兵前一周时间看了不到一百页，愣是没把人物的名字记住，自己想想都害怕，就放弃了。

米秋也笑，于是你就去当兵了？我要是看不下去也只能扛着吧，没机会去当兵了。

看不下去就去操练你的小鸡军团。

米秋情绪有些低落，唉，我娘看不上我……

我本来还打算跟你探讨养鸡的事呢，结果好些天再没见你和小鸡军团出来，前两天遇上你娘，一问，才知道你被夺了"兵权"，梦碎了吧？

米秋笑起来，你又不养鸡。

刘梦之没笑，谁知道呢，人被圈定的未来好没意思，倒是看不清的人生充满了风险和乐趣。

米秋叹气道，我的人生就是模糊的，可我看不到乐趣在哪儿。

刘梦之这次倒笑了，你怎么就对号入座了？

娘果然比米秋更有养鸡经验，圈养的小鸡一天天长大，褪去鹅黄的茸毛，翅膀长出的毛变硬了，背上则是斑块一般稀疏的毛，个个样子都丑丑的可爱。最为关键的是，十只小鸡全部安然，没有失踪的，没有得病的，也没有因打架斗殴死于非命的。米秋不得不臣服于娘的手段强过自己的事实。娘不屑地说，这么小儿科的事还要用手段？简直是杀鸡用牛刀！

米秋只好闭嘴，如果拍马屁都不在点上，那她说什么都是无益，不如乖乖地保持安静，继续缩到娘看不到的位置，免得不小心又惹了娘哪根筋，败了她老人家的心情。米秋搬了把小椅子，坐到二楼的平台上，有阳光的日子，她还是愿意坐在这里看书。说看书，总不那么纯粹，发呆的时候比较多，也看看远方，最远的远方到底有多远？她其实很想再出去看看，只是娘不舍，连爹也不允。娘宁愿她在身边兜兜转转，帮她找一个知根知底的婆家，而不肯再让她出门到远方，远方充满了未知的风险，他们不敢想象这风险的降临。米秋清楚爹娘的想法，她只是装着不明白。

阳光细细密密平铺下来，在微微荡漾的春风里散发出一股青涩的味道。湛蓝的天空辽阔而宁静，米秋在这种静谧中觉得恍惚，好似时间忽然静止，静止在现在这个片段，看不到从前，亦不知晓未来，只剩下无所适从的自己。

两只麻雀从屋顶飞下来，几个盘旋之后稳稳落在平台的角上，完全无视米秋的存在，你啄我、我啄你地嬉闹起来。米秋想哪一只是那天试飞的小麻雀？褪去一身稚嫩，小麻雀娇小的身姿敏捷而流畅，它们对于天空有种天然的适应。相比之下，人的成长过程如此漫长而曲折，需要极度耐心来呵护的生命又是如此脆弱。天地万物，除了此消彼长，剩下的，都是用来互相依衬和比对的吧。

米秋起身，正待要靠近些，想确认一下两只忘我交流的麻雀到底是不是数天前的雏鸟，还没迈步呢，麻雀已发现局势的变化，双双飞离，撇下米秋惆怅地看着它们欢快飞远的身影。

米秋！米秋！

米秋向下看去，刘梦之站在狭小的弄道，挑着一对塑料桶，手里拿着一个塑料勺子，惊异地看着站到了平台边缘的她。米秋还是第一次见到形象不一样的刘梦之，一件褪色的蓝涤卡外衣下摆一截是湿的，裤腿挽得不一般高，袜子帮扯得老长，还是没能盖住内里绿色的秋裤，脚上的解放鞋依稀看得出是黄绿色的，鞋边一圈被红土糊了一层。这模样，说是个纯粹的农民没有人会不信。米秋愣了一会儿，笑着说了句，是有点范儿！刘梦之知道是在说自己的装扮，他低头看看，意识到模样是有点滑稽，也笑了，说了句你快当心脚下，太危险了。又解释说去给菜地浇水了。米秋说知道，这样子难不成还能上 T 型台？

　　因为属于城郊地带，这一片都是自盖房，且盖房的时间长短不一，最长的快二十年，最短的不过一两年。随着自盖房越建越多，一些空余的地方就被勤快点的人家开发成了菜地，一家种上了菜，接下来就会有第二家、第三家，没多久，连大路边的一点空隙一年四季都被各色蔬菜覆盖，绿色葱茏总比一色儿的红土更赏心悦目。所以，种菜也成了周围住户的一项生活爱好。米秋家的菜地不远，就在屋后的马路边上，是爹退休前在娘的强烈要求下开垦出来的。

　　刘梦之说，你家菜长得很好！

　　米秋有些得意，我爹侍弄的。

　　哪天跟你爹请教一下。

　　那你真找对人了。米秋忍不住大笑，想到自己笑得有些突兀，赶紧收起笑。你妈还给我爹传授过经验呢。她说。

　　爹从一开始种菜就很用心，但奇怪的是，无论怎么捯饬，他种什么都缺了点精神，不像别家的菜那般气宇轩昂，赏心悦目。爹不以为然，说赏心悦目有什么用，吃着有精神才是真的行。话是这么说，爹还是不自信的，去跟那些菜种得好的人讨教，得出的结论是缺肥。爹果然卖力，一点犹豫都没有，隔一月往地里浇一次人工粪，那连着好几天都不散的臭味引起邻居们的不满，纷纷过来抗议。爹没办法，从种地的人家里要来了些稻草烧了，撒在菜地里，不光稻草灰，其他植物的灰他也撒下去，连蜂窝煤他都碾碎了往地里撒过。正应了"业精于勤"，不管是不是正道，反正爹孜孜不倦的精神终于感动了这片狭小的贫瘠土地，看着长起来的菜再不是让人沮丧的蔫黄，而是葱绿和水灵，在一片盎然的绿色中尤显出色，也开始"赏心悦目"了。爹的成就感油然而生，骄傲起来，以为自己已经懂得了伺农要领，居然不顾娘和大哥他们的反对，与人合伙承包了附近一方池塘养鱼、种藕。爹到底只是一个退休的乡镇干部，不是专业农民，也没有经营的头脑，到了收成的时候，爹分得了几筐莲藕和一筐鱼之后，便被合伙人用了几个托词给挤出来，失去了"承包人"的身份。那几筐藕和鱼，爹原本自己要挑到街上去卖，结果还未到菜市场就被熟识的人拦下来用"批发价"给全部"批发"走了，投入、产出与预期严重脱轨。好在，那时所谓的投入，更多只是爹的退休时间和同样"业精于勤"的对池塘的看守，金钱和技术，只能说是有胜于无了。

米秋忽然觉出自己与爹的相似，有对事物的热情，而无实质的技能，比如她养鸡，貌似很浩荡的声势，结果几乎是溃不成军。娘对爹的总结，是"眼高手低"，还不如她的"百无聊赖"。娘对自己算是嘴下留情了。

今天好天气，怎么没去图书馆？刘梦之眼色真是极好，看米秋在平台上就地而坐，却不再说话，眼神也空茫起来，便换了话题问道。

借来的书没看完。阅览室的杂志还没有上新。米秋回答。

哎，米秋你下来，跟我去给菜地浇水，怎样？给我家菜地浇完水再来浇你家的。

米秋咧咧嘴，这是个不错的提议，娘只不太愿意她窝在家看书，自己做其他的事她也不会太阻拦。

刘梦之让她等等，他回家去打水。米秋说，就在我们家打吧，离得近，也方便。

打上水，刘梦之挑着水在前面晃晃悠悠地走，米秋拿过刘梦之浇水的塑料勺，在后面跟着，双手搓转着勺柄，技术不精，勺子不时掉落到地上弹起来砸到刘梦之的小腿。刘梦之的步子稳，并不受影响，他偏转头看米秋，说再这么摔下去，一会儿该用手捧水了。

米秋说傻啊，用手泼不是更好？

也是，实在不行，直接扛起桶往地里倒，又快又有效。刘梦之认真地说。

两个人遂笑起来。

这时的太阳落在了地平线上，西边天空的霞光水彩画一样绚丽。黄昏的气息正慢慢荡开，远处一列黑色的货车像一只快速蠕动的长虫，吐出一串灰白色的烟雾，哐哧哐哧地又从视线中消失。一辆载重汽车失忆一般，把自己当成火箭，从身后并不宽敞的公路上呼啸而过，腾起的尘灰弥漫成一道辽阔的横幅，许久才恋恋不舍地淡开。四周倏地安静下来，没有狗吠，也没有顽童打闹哭叫的声音，黄昏的喧闹退潮一般，一下子退出到很遥远的地方。米秋有些呆愣，像从一个世界跨越到另一个世界，远处明晰的天空和苍翠的山色，近处贫乏的建筑和葱茏的林木，还有脚下的红土，在她的意识里竟成一幅层次分明的水墨工笔。而面前挑着桶的刘梦之，则如同剪影，融进黄昏。像电影里的某个镜头，拉开之后的定格，有种说不出来的味道，简单而静好。

经历了那么多黄昏，米秋从没觉出黄昏的美好，这一瞬间的感觉，让她心生感动，生活需要打造，但并不是你想要去打造成什么样就真的会成为什么样，自然而然地适应有时候未尝不是一种态度。

刘梦之放下桶，从米秋手里拿过勺子，见她一副被惊住的模样，说道，没见过这么美的黄昏？这其实很平常，只是你没放在心上，身边很多美好的东西就会自动被屏蔽。

米秋说刘梦之你是哲人。

刘梦之笑笑，不说话，弯腰认真给垄上的每棵菜浇水，那种平淡、肃穆与安详，如同有了年月的老人，与时间有着最为贴切的交汇。

跟刘梦之给菜地浇了一次水，米秋觉出这种平淡生活的味道来，生活原来并不在于什么形式，而是你有什么样的心态。

不知为什么，娘又开始忙起来，忙着给米秋介绍男朋友。这次可不仅仅是口头上的询问，而是直接带着米秋上阵"操练"了。起初是哄着米秋跟她上街，去某个茶馆坐坐，就"恰好"逢熟人与某个男孩，简简单单一介绍，娘与熟人聊得不亦乐乎了，剩了米秋与男孩一旁面面相觑，对视一眼，各自趴在桌上发愣。有男孩老成些的，主动找些话题，米秋也配合，两个人天南海北，聊得热火朝天。娘以为这是有戏了，回去的路上一试探，米秋一脸茫然，说这不是帮你撑面子嘛，不然你又说你女儿是一木头，光知道戳那儿不动，就随口跟人扯几句呗，跟感觉有什么关系？我买东西还得跟人家卖东西的砍价呢，是不是也要问问有没有感觉？娘一听，泄了气，沉着脸只顾往前走，不再理会米秋的招呼。米秋倒像是用尽了力气，走不动了，跟娘的距离越拉越远。

再下去，米秋不肯再陪娘上街，明明就是去相亲，她哪能还颠颠儿地装没事人一样坐在那儿等人相看？娘生气，索性跟她扯了那层遮掩的幕布，说，你就不能迁就一下我？哄我开心开心？再说，万一就碰上了对眼的人呢——对，那叫一见钟情！

米秋说，娘，一见钟情那是童话！

娘欢喜地说，你就是童话啊！

米秋无奈了，这样尖锐又有童趣的老太太不多见，她着实恼不起来，但现实中又哪来的童话？娘活了大半辈子，居然跟她说一见钟情，可见是真急了。

娘说不动米秋，又不甘心失败，为了米秋的终身大事，她把相亲的地点搁在家里，米秋不是喜欢宅在家嘛，她就让人到家里来，看与不看，都由不得米秋了。

米秋有些烦躁，娘这样迫不及待，到底是担心她的终身还是嫌弃她是多余的人？

被堵在家里让人相看的感觉越发不好，像要被买卖一样，虽然相中与相不中对米秋的意义是一样的，但娘很在意，她的兴奋与沮丧像浪潮与沙滩，无论潮涨潮落，沙滩与海水都是分明的。

米秋无人可诉说这种苦恼，她沉默起来。她的沉默就像一块石头，坚硬而幽暗。

刚认识米秋时，刘梦之就时不时来找米秋聊天。米秋以为，刘梦之这是借着她尽快跟从前的生活接轨吧，毕竟三年的部队生活，完全改变了他的生活节奏和生活习性。娘那时还是蛮欢迎刘梦之的，能有人跟只知道埋头看书的米秋说话，娘觉得是好事，至少米秋不会看上去总那么孤单吧。有时隔几天没看到刘梦之，娘还会问一问，那份热情还真是有点像"一把火"。给米秋介绍对象前，刘梦之已经来得不那么多，米秋还没什么意识，娘有时却很刻意地给米秋说刘梦之妈妈的一些"趣"事儿，当然那里面有很多贬损之意。米秋也无所谓，听娘说话，只要不关乎自己，她也并不往心里去，反正跟她总没多少关系，若是认了真，总是有些负累。

像是要补偿一段时间来得稀少似的，这段时间，刘梦之来找米秋频率加快了，每次都拿着一本《逻辑学》来向米秋讨教，他在自考，剩下两门课程，其中一门是《逻辑学》。之前的一次聊天中，米秋吹牛，说她逻辑学得好，但还是不能很好地应用，学术上的逻辑与生活中的逻辑到底还是差距很大。刘梦之当即说，他最烦的是逻辑问题，以后有这方面的问题就来请教了。米秋大言不惭地说没问题，只要不跟她套用现实就好。一句轻飘飘的话就定下了刘梦之这么一个"关门弟子"。

说是来讨教，但关乎逻辑的话题他们交流得并不多，刘梦之说他小时候的事儿，从军前后的故事，说部队的生活，也说在部队服役三年里的希望与迷茫。刘梦之说得多，一副要把自己摊开让米秋了解的架势。相比之下，米秋的话少很多，她不知道自己跟刘梦之能说什么，每个人都有着不一样的过去，但她对于过去的知觉并不特别明晰，若说过去是一张白纸，而她所知晓的则只是白纸上一些固定的点，有更多跳跃的点她捕捉不到，无法完整地将那些点诉说出来，只能静静地听着刘梦之的过去，那是她连想象都无法达到的生活。除了说和听，他们还有着很多的静坐，时间成为他们之间唯一的媒介。而米秋和刘梦之也并不因此尴尬，他们像多年的朋友，目光相迎时会坦然相视一笑。

在刘梦之眼里，米秋像块碧玉，哪怕是没有被打磨的模样，外表的拙朴并不能掩盖她的素净与温润。但他内心总会有探询的欲望，这欲望有时很轻，有时很重，轻时若浮云，重则如磐石，压在心里，让他有无法呼吸的疼痛。米秋丝毫觉察不出刘梦之的情绪变化，她自诩是一棵狗尾巴草，只在自己的世界招摇。

米秋，我问你件事。偶尔，刘梦之试图单刀直入。

不要问我为什么不上大学。米秋说，她没有想要防备刘梦之，但偏偏，

15

就防住了。

刘梦之果然不问。其实问与不问，真相似乎就在那里，只因出自他妈妈的口，他总是不那么深信。

你为什么不爱说话？刘梦之问。在他眼里，米秋像个谜，他忍不住想要往深处探询，米秋的背后到底是什么样的故事？

米秋却是一派茫然，她从不觉得自己话说得少，娘以前说她是个话痨，谁要娶了她，这辈子要被烦死。大概，是她在刘梦之面前话少了些，错给了刘梦之这种印象吧。她认真想了想，现在的自己确实话很少，能跟谁说？她对有些事的模糊，曾也询问过娘，娘特别不耐烦的样子，说日子都是向后看的，老想以前那是老人的事。米秋想如果现在都想不起来，等老了她岂不是又没事干了？再问爹，爹倒是一脸慈爱，话却跟娘如出一辙，我年轻时也经常想不起来很多事，等慢慢老了，那些事想忘都忘不了。米秋只好不再去爹娘那里打探什么，岁月是条河，不用她刻意打捞，属于她的事物总会在某个时段从河里漂荡起来。也许是从这个时候开始，米秋才意识到那个曾经能欢快地独自大声唱歌的自己，好久都没有出现过了。

我从小就是话痨噢，你只是没见过而已。我娘都说谁要是……米秋顿住，跟刘梦之说谁要是娶了她会被烦死这样的话，会被笑死的吧？

真想看到你话痨的样子。

很烦人的。想到自己喋喋不休的样子，米秋不好意思起来。她记得还很年少的时候，跟着娘去舅舅家做客，近两小时的路程，她从上车就没停过说话，娘不理她，她分饰不同的角色，自己跟自己说话，演话剧一般，表情丰富，热闹非凡，竟惊了周围数人，默默地看着她一个人表演。娘被米秋的不歇声气弄烦了，呵斥了几次，她没安静两分钟又开始新一轮的自说自话，甚至有时候不光语气、声调在发生变化，还有情绪和动作，偶尔，娘还会成为她的道具，被她左揉右搓一番。就这么一直折腾到下车时，娘倦得不行了，她还精神得很。

刘梦之听罢大笑，说这么个可爱的小人儿，你娘真舍得啊！

米秋低了头，轻声道，娘累啊，她其实是个刀子嘴豆腐心的人。

刘梦之忽然伸手揉了揉米秋的头，柔声道，你个小丫头啊。

米秋吓了一跳，下意识地躲开刘梦之的手。抬头看刘梦之有些不自然的神情，米秋笑了说，不要搞乱我的发型。

刘梦之没笑，显然他一点都不想要这个台阶。他愣怔地看着米秋，眼神有些复杂。

米秋……

什么？

我……想，和你说件事。刘梦之迟疑着。

米秋不说话，静静等待着。刘梦之是个成熟的男人，米秋的心里，这样的人轻易不会向人表达自己的内心，哪怕刀山火海，也会一副云淡风轻的样子。所以她不能不郑重起来，免得破坏了这份信任。

刘梦之却犹豫了，有些话一旦说出来就再收不回来，他不确定自己是否真的想好了。

米秋看不出来刘梦之内心的挣扎，她只是单纯地喜欢与刘梦之这样安然地相处，彼此不打探不深究，像某个河段里两只相遇的鱼，摇摇尾巴，触触唇须，再各游各的。

是……一个很要好的战友的故事，你会听吗？

战友当兵前有个女朋友，是县里一位领导的女儿，在县政府当打字员。父母介绍的，是看中女孩有稳定的工作，还想通过联姻能让父亲有更高的职位。战友虽然对女孩没有感觉，可敌不住家里的压力，他选择去当兵，是想让女孩主动选择离开，这样他就可以坦然面对父母。但他低估女孩对他的感情。三年里，他给她写的信只有寥寥几封，每封信里还都差不多内容，就是训练任务重，工作忙，她要是觉得这样的生活单调和寂寞，她可以去追求属于自己的幸福。女孩却真心待战友，一周一封信的频率，每月都去战友家帮着照顾。怕战友在部队辛苦，津贴不够用，给他买些日常用品，又寄营养品，还有一些换季的衣服。战友其实很害怕，他怕自己会软下来——事实是他真的说不出分手的话。可是感情这东西就是很奇怪，他说不出分手的话，却依然爱不起来。

刘梦之说着停下来，埋下头问，米秋，你要是我战友会怎么做？

米秋听得认真，或许同为女子，她更感动女孩儿的痴情，用三年守候一份看不到前程的情感，该要忍受多少委屈，耐得住多少寂寞。她对那个面对这样痴情守候而不肯委下身子的男孩有些怨怼。见刘梦之问她，连想都没想，夺口而出，要是我就接纳，感情并不是一成不变的东西，现在没有，不等于一直没有。他当初既然可以为了父母接纳，为什么不能为了一个真心待他的人而接纳？人这一生，谁知道什么时候才能碰得到自己喜欢又偏偏喜欢自己的人，倒不如从了一份爱，也算是不枉付出真爱的人。

刘梦之没说话，许久他才抬起头，不看米秋，继续说道：

战友复员后，过了快一个月才在父母的催促下去了女孩家，女孩的父母很生气，冲战友发了一通脾气，这种面子上的事不是最实质的，但人们总喜欢把这种人情世故的表面工作用来作为某种衡量，却不肯细思这背后的根由。女孩父亲替战友家做了很多事，男孩父亲的职务待遇、妹妹的工作，还有其他亲戚的一些事务，都是在女孩的央求之下。替战友家里做了这么多事，还不懂感激，女孩父亲觉得战友不是个通人情的人。战友不想太快把婚期定下来，又使女孩父母大为不满，担心女儿的将来会受苦，就试图劝说女儿放弃这个婚约。女孩坚决不同意，跑来战友家哭诉。战友父母被激怒了，他妈妈甚至以死相逼，说若他不肯娶这女孩，她便不要活了。在这场较量中，战友显见是孤家寡人，所有家人和亲戚都说他不懂知恩图报，没有人觉得他在这场婚约里是最大的受害者，他们不会考虑他的感受，只是理所当然地认为他应该接受和承担，因为这一切都是那般美好，实在没有拒绝的理由。战友在这四面楚歌里，终于准备要屈服了。

再次停顿之后，又长长呼出一口气，刘梦之这才看定米秋。米秋这时已经呆了，当刘梦之战友成为她思考的对象之后，她忽然发现自己已经无法想象一个被多种情感绑架的人的内心苦痛，那简直就像是数把钝刀在身上切割，痛得迟钝而漫长。

其实……其实感情太过执着就偏狭了。米秋有些结巴，她为刚才说的话有些歉意，若是一个旁观者都不能客观地面对一件事的本质，只是断然为事件做不负责任的"总结"，就未免太不公道。她现在是真心希望战友能有温和与妥当的解决方式，伤害不是没有，但可以做到最小。

可是什么样的伤害才会是最小的？在以一对十的对峙中，牺牲那个"一"或者才是最安全的。这样一想，米秋忽生心痛。

刘梦之却笑了起来，米秋你不知道多有戏剧性，就在我战友准备屈从现实时，他的生活里却出现了一个女孩，他们的交往并不多，可是我战友还是不可救药地喜欢上了她。你说人的命运是不是很奇怪，会有很多阴差阳错发生，爱情错开了一步就再也不能互相喜欢，能在相遇同时还能相爱真是人生里最大的奇迹啊！

米秋也惊异于这剧情的变化，她问道，现在呢？你战友怎么样了？

刘梦之伸出手，再次揉揉米秋的短发，轻轻说道，我想他应该有选择了。

什么资源都是有限的，在一定的空间范围里，人脉资源更是如此。娘终究只是一个退休好几年的会计，能认识的人也就那么多，当她因资源的匮乏安静下来时，米秋终于松了口气。娘似乎比米秋更为疲倦，保持对一件事物的新鲜度和兴奋度并不那么容易，何况作为主角的米秋还消极到让她发狂。

娘的松懈让米秋有种重获自由的快乐，她不再用娘的暗示，骑着单车往外跑，早上出门，傍晚归来，跟正经上班族一样。不在娘跟前晃悠，至少能让娘做一个安心称职的牌友。娘懒得问米秋整天整天的时间用在哪儿，问了又怎样，米秋忽悠她已经成为一绝，最多也只能掏出那么一星半点儿来，这一星半点儿，还是明明白白的，就是没有什么事，她是安全的！

娘自然知道米秋是安全的，那个"跟同学鬼混"的借口根本没能瞒住娘。娘跟踪过她，看着她候在县图书馆门口等着开门。娘不由轻叹一声，心里又酸又涩，对米秋的执迷也只能随她而去。

日子总算安静下来。米秋早出晚归一段时间之后，见娘不再有兴趣关注自己的人生大事，才又恢复之前的宅，只有看完借书之后，才又出去晃上一天。

时间是指缝的沙，再密的缝也挡不住细沙的流，流走的沙堆积在一起，就是一段时光。不知不觉中，娘养的鸡在米秋的忽略中初现成年的样子，不但在院子咯咯乱飞，还时常大摇大摆地进到屋子里，到处乱拉，毫无品性可言。米秋觉得这些鸡目中无人很正常，毕竟是没有逻辑思维的动物，又没经过严格训练，想它们懂道德守规矩那简直就是天方夜谭！但娘的烦躁比米秋预想的要大，她像忽然间患了洁癖一样，手持笤帚急吼吼地追赶拦截进屋的鸡，同时清理它们随处可见的粪便。见米秋瞅着那些明明被赶出去还习惯性装模作样的鸡一副很欣赏的模样，娘就火了，把笤帚往米秋手里一塞，勒令她来打扫战场。米秋不服，才嘟囔了一句"又不是我养的鸡"，娘的眼睛就瞪了起来，指着那些鸡说，就是你一开始带坏了它们，才让它们这样肆无忌惮。

米秋乐了，娘，鸡是你养的，它们被圈在院子里的时候，你没给它们训话说不让进屋啊！不受拘束是它们自由的天性，你忘了以前还有只鸡跑到楼上趴到我床上生蛋呢。

娘愣住，你怎么记得这事儿？说完又赶紧道，哪有这事儿，想象力不要太丰富了，讲笑话哄你娘呢！

米秋也愣了一愣，是啊，她根本就不记得曾经有鸡在她床上生蛋的事，但她夺口而出的瞬间却分明是看到某个点由模糊变得清晰，然后一气儿冲进她的大脑，没等立稳，又直接从她口中蹿了出来。

算了算了，你不想打扫就别扫了，还是出去鬼混吧，让我耳根清净些。

得了赦令，果然放下笤帚，搬出自行车，准备如娘所愿，出去"鬼混"。

娘又说，要是跟人出去玩，最好是跟同学一块儿。不是同学的，就算是认识也别跟着往一块儿混，免得生些是非出来。

米秋奇怪地问，哪来的是非？娘你一个人胡思乱想什么呢？

我……这不是提醒一下你嘛！怎么的，我拉个警报都不行？娘白米秋一眼。

行！米秋无奈，娘欲言又止的样子让她困惑，但她实在想不出来，自己能有什么是非缠身。

这时院门口传来喊声，梦之！梦之！

娘的脸色微微一变，迅速看了米秋一眼。米秋放下自行车，跑到院门口，见刘梦之的妈妈站在院门旁正向院里张望。看见米秋，刘梦之妈妈脸色有些古怪，好像一张褶皱丛生的陈年旧纸，既想展平，又怕展平后会因年深月久失去韧性而脆裂。

我是来喊梦之的，家里有事让他回去！刘梦之妈妈对米秋说道，她的脸上到底还是泛起了微微的笑意，只是那笑意又浅又迅疾。

米秋有些惊讶，想起是好久未见过刘梦之，这种忘却自然而然，像轻风掠过河面，像雪花融于发梢，或许会有淡淡的痕迹留驻，却不易让人察觉。

哎呀，你可真会找，梦之来我们家干吗？贫家寒舍可比不得县政府的大楼房。娘跟过来，手里还握着笤帚呢，边说着话边有一下无一下地在地上乱扫，明显不太想搭理人的样子。

米秋觉得娘态度不够端正，人家只是来找儿子，不过来问问，娘怎么这么冷漠？她接着娘的话说，阿姨，刘梦之没来我们家噢，我也好些天没见过他，不知他的课程复习得怎样了？

一听儿子不在，刘梦之妈妈神色放松下来，脸上被阳光洗过一般，哗啦一下绽出那种得意而又甜腻的笑容，嗨，米秋你是不知道啊，我家梦之可忙了，他们单位领导就信任他，很多事都爱听他的意见，他还要下乡采访，领导说他的文章写得好，有想法。你看他一直这么忙这么忙，都停不下来了，米秋你是不知道，再过两个月他都要……

妈，你在这里做什么？刘梦之妈妈果然是给点阳光就灿烂的那种，话像水一样密不见缝。正说得眉飞色舞，被手上攥着一把韭菜走过来的刘梦之给打断了。

看到儿子，刘梦之妈妈脸上的飞扬不见了，嘴里嗫嚅着，却又说不出什么来，刚才的水流被无情地截住，脸上讪讪的表情像被一下子贴上去似的，迅速而生硬。

哟，梦之你可真够勤快的，上菜地去了。可让你妈受了惊吓，以为你让我们家给藏起来了，这不，正上我们家找人呢。娘停止扫地，讥诮道。

娘，阿姨只是过来问问，你别乱开玩笑了。知道娘不喜欢刘梦之妈妈爱炫耀的那个劲儿，但娘的直接还是让米秋有些难堪，尤其看到刘梦之尴尬的样子，看他妈的眼神都带怒气，更是于心不忍。

哎，梦之妈妈可不是一次来咱家找，咱家又不是那个百慕大，还能把梦之经常吸得没有踪影。

米秋差点笑出声来，一个六十来岁的老太太，需要有多少能量储存，才能记得住"百慕大"啊，那可是太平洋上至今未能破解的世界之谜。

刘梦之跟娘和米秋道着歉，道着别，埋了头径直往前走，根本不理会旁边的妈妈。米秋有些纳闷，以刘梦之为人的周全，总不至于因为妈妈来找他这样的小事而在人前失了礼数。

你啥都不懂，就光知道同情别人，没瞧见他妈妈那嘚瑟，了不得啊？一次一次跑到咱们家来，儿子都这么看着，这妈都做成什么样了……哦，说你，好人你都做了，娘是坏人是吧？你胳膊肘往外拐得舒服，有没有想过娘的心情？你以为我是老虎啊，随随便便就张口咬人？

等刘梦之和他妈妈走远，娘又发作了，笤帚往地上一扔，竖着眉头，一手叉腰一手指着米秋骂道。

娘的动作实在有些浮夸，米秋看出她并没真的那么生气，只是刚才米秋当着外人让她有些下不来台，她不过是借机发泄一下而已。米秋忍住笑，抱住娘的胳膊，一本正经地说，娘，老虎也不是随便咬人的，除非饿了。

娘白了米秋一眼，往外扯她的胳膊，米秋不放，娘，你说刘梦之妈妈上咱家好多次，我咋不知道？

娘"哼"了一声，我直接把她赶走了，这种女人，得了点势都不知道姓什么了，还以为天下人都盯着她家呢，梦之挺好的孩子，可惜有这么个妈……

米秋刚想问，刘梦之他妈怎么了？娘已经回过神来，哎，你要再不走，赶紧给我打扫鸡屎去！

这句话简单直白，米秋"嗷"的一声放开娘的胳膊，火速冲向自行车，连招呼都没打，直接骑上车走了。

娘独自呆立在院子里，微微泛起的笑意冷却在脸上，许久，才发出重重的叹息。

心无旁骛的日子过得紧，仿佛刀切一般，齐整整地向前飞去。娘养的鸡开始下蛋了，开始打鸣了，而米秋似乎并无多少改变，依然隔三岔五去图书馆，有时在那里待一整天，在这个安静又有书香气息的地方，她觉得生活才有着不一般的意义。偶尔也去找那些已经工作的同学，初中的，高中的，她不习惯说自己，就听任他们说生活里的得意或失意，她在这些叙述里又凭空添加了很多人，各式各样的人，这些人生动得好像一出皮影戏，尽管肢体有些僵硬，却依然能活灵活现将人生最浩荡的悲喜演绎出来。曾经患了多动症似的让娘发愁、现在又安静到让娘发怵的米秋，时常老人一样安详地倚坐在平台上的墙根看书、写字，或者望着天空发呆。

娘偶尔会趁着米秋出门的时候翻她写的字，米秋把所有不肯说的话变成了文字，厚厚的一摞，像被攒下来的时光，一点一点，纤毫毕露。娘甚至还看到米秋在描述一段梦境时关于那段记忆的重现——娘以为那已经被米秋彻底封存再不会露头，虽然，跟那些记忆有关的东西会藏头缩尾冒出来，触碰一下米秋，而米秋又常常表现得无动于衷。医生说米秋是选择性失忆，她的记忆里彻底封存了出事前后的那段日子，那个事因。娘有些纳闷，米秋置身事外的描述显然并没有太多的情绪动荡，被封存的记忆并未被打开，如冰山一角，而那一角，却在若隐若现中。

秋天开始的时候，米秋去图书馆还回了那套《静静的顿河》，她终于还是步了刘梦之的后尘，没能把那本小说看完，那些太过于重大的社会历史和复杂的人生让她无所适从，第一部都没法读完，她怎么可能再去看接下来的三部？她终于不想再跟自己较劲。把书送回图书馆回来的路上，快到道口时，忽然想起来刘梦之。真是许久未见了，大概这就是娘说的中途认识的人吧，虽然离得这么近，不见却不会常想念，不想念又不会忘记。

铁路道口，并没有火车要经过的警示，栏杆却早早放了下来，看守道口的人就站在栏杆旁边。米秋看到迎面而来一支迎亲队伍，披红挂彩的队列中，一顶被装饰得喜气洋洋的花轿，踩着几个单调的鼓点，被四个抬轿人上下颠动，轿中无人，空虚的花轿重心不稳左摇右晃，引得路边看热闹的路人哈哈大笑。传统而老套的婚礼，是当时小城最为时兴的。

米秋抱着新借的书看着自娱自乐的迎亲队伍，不由被这份喜庆感染，她从栏杆下穿过去，站在一旁，等着那一团旖旎的、火焰般的大红靠过来。队伍靠近铁道停了下来，守道人开心地吆喝着，红包来开路！红包来开路！

队伍里走出新郎，像古典里走出来的人物，大红色中式马褂，礼帽拿在胸前，风度文雅，只是脸上堆着的笑却像是过期许久的食品，让人看着有点发酸的味道。或许早已料到一路会有这样的讨喜人，新郎将早已封好的红包拿出来，递给看道人，眼角余光却扫了一眼一旁正笑得开心的米秋，这一扫，愣住了，俄而，才微微点头。

米秋也认出了刘梦之，笑得更欢。才想他们一段时间未见，没想到很快就以这种方式相遇。她夹着书抱抱拳，说声恭喜恭喜，新婚大吉！

刘梦之依旧点了点头作为回应，只是点头之时已经仓促地别过了脸，没再看米秋。

米秋不好多作停留，继续往家走，走出一段路，下意识地回过头，道口栏杆升起来，迎亲队伍已穿过铁路。剩下刘梦之孤零零地站在铁路的这一端，正看向米秋的方向。那红色的身影，仿若水墨画里一片红叶，尽管有些枯瘦，却依然温存而丰实。

米秋挥了挥手，又挥了挥手。低头抱紧了书，此刻，书有了不一样的温度，让她忽然间泛酸的心温热起来。

闲 云 起 处

潘小潘打开门，何非看到她的眼神瞬间亮了。看到那份亮，他的心刹那间踏实下来，做好了潘小潘扑过来一头扎进他怀里的准备。跟以往一样，头在他结实的胸前拱动，双手勾住他的脖子。他微微笑着，像个王子，淡然地等待这一刻的到来。然而，那亮只是闪了一下，像暗夜里划过的一丝烛光，还没来得及照亮四周，便已熄灭，留下王子在暗黑中不知所措地惊愕。潘小潘连熄灭的灰烬都不肯留下，拉开门低着头迅速转过身，她脚上的老北京布鞋无声地掩饰着她此刻不知是悲是喜还是空的心情。何非还是一副淡然的模样，还来不及对未料之事做出应有的反应，也或者，这份表面的淡然同样掩饰了他内心的五味杂陈。

潘小潘的背影在何非的视线中越发显得暗黑，他呆愣片刻，不知道此刻自己是该随着潘小潘的步子进去，还是决然地转过身，重新离开。他不习惯潘小潘的这种反应，在他设定的程序库里，这根本就不是她会启动的程序，他一直觉得她像块膏糖，只要粘上，就不会自动掉落，而只会融化，融化到只剩下一片黏稠，再也拨拉不掉。但何非忘了，融化需要一定的热度，而他，并没给潘小潘完全融化的温度和场地，再怎么期待融化的膏糖冷冻一段时间，会在冷却僵硬之后自动脱落其附属的物体。

何非没让自己犹豫太长时间，他这次回来，回来即意味着他的妥协，是他的态度！潘小潘不是要他的态度吗，他给了她！这一想，他的神情就如蔫了的植物重新被水浇灌了一样，一下子又挺拔起来。他伸手拖住身后的行李箱，带着纷乱的情绪一头扎进微黑的屋里。

进到屋里，何非把行李箱放在门左侧的鞋架旁，他则往客厅深处走去。客厅有些幽暗，原本就不很通亮，房子是老式设计，刻板，守旧，客厅要开了灯才有正常的可见度，若将南边的两间卧房和北边厨房的门合上，客厅直接可以当冲洗胶卷的暗房了。潘小潘不喜欢开客厅的灯，她说大白天开着灯总让她有种黑白不分的感觉，为了客厅的光亮，除了进出客厅的门外，所有的房门她都是不关的，靠着几扇门，客厅一般倒也不显得有多暗黑。许是刚从外面进来吧，书房和卧房的门又被关上，何非进到客厅觉得眼前一暗，他微闭了闭眼睛，以便适应屋里的暗淡。就在这微微一闭眼之时，他清楚地嗅到一种陌生的气息。是的，他曾经无比熟悉的客厅此刻充满了陌生感，而且这种陌生感像蛇信子一样，发出咝咝的冷气，慢慢地渗进他肌肤的每一个毛孔。何非不喜欢这陌生的感觉，睁开眼，刚才的暗黑被稀释过一样，变得淡了，客厅的一切半隐晦半清晰地呈现在他面前。潘小潘打开了卧房的门，这才使客厅得以呈现比较真实的面目。

何非的感觉一点都没错，客厅是陌生的，而陌生的东西也不过是原来那张慵懒的灰色碎花布艺沙发没有了，换成宽大的转角沙发，还是布艺，颜色却变成了浅浅的粉色，白色镂空蕾丝边靠背巾使屋里一下子显得整洁宽大了许多。变化最大的，是书房与卧房门之间近两米宽的墙成了照片墙，照片里的潘小潘以不同欢悦的模样在各种色彩里跳动着，刺激着何非的视线，逼得他眼神里的惊讶毫无余留地泄漏出来。至于其他物品的缺失，何非一时无暇顾及，不过缺了也就缺了，他离开之前有很多东西本来就是多余的，是潘小潘不肯扔掉，说每样东西都是他们一起置办的，即使没用了，也是见证过他们欢娱的时光，不舍得扔，他也就随它们在客厅偏安一隅了。

这些空间和物质的变化所带来的陌生感，何非觉得还不是他内心忐忑的真正原因，他直觉一定还有什么使他不安的事情在发生，而他，却不能像猎犬一样敏锐地嗅出未知的事物来。他轻呼一口气，将暮色一般泛起的不安情绪压下去。他知道，此时正倚墙而立、淡漠地看着自己的潘小潘，或许不再对他有明媚之心，他们的良辰美景、花好月圆已成为一帧水墨，被轻浅地搁在某个地方不再见天日。他忽然失落起来，潘小潘没有预期中的热烈已经让他有挫败感，他只是靠着之前在她面前王子一样的端庄和骄傲来支撑自己，而一旦失去这种端庄和骄傲，他就什么都没有了。

不过他现在还不肯放低身段，表面上他还是金属一样冷硬的态度。

潘小潘打开了卧房的门，另一间，是何非曾经的书房，她似乎没有要打开的意思。她就那么倚着墙，墙上满是她的照片，是她趴在电脑跟前精挑细选了三天，还嫌不够热烈，又专门去补照，再从中挑选了一些，拿去装帧，做成了照片墙。这些照片，每一张都烂漫得如盛放的春天，没有一丝萧条的意味，足以将她的落魄和悲凉掩饰得完好。可是每一次迎面那片绚烂，她的心还是忍不住一酸，几乎泫然，好像足不出户的盛装，再怎样艳丽妖娆也不过是自欺，盛装下的千疮百孔还不照样是千疮百孔！那些亮丽的颜色，那些不同内容的笑靥，在孤寂而空荡的屋里，如同花汁碾就的毒液，她碰一回要被销蚀掉一次。但她就是咬着牙，她宁愿被一次次销蚀，也要努力地应对，就是为了有一天，何非回来的时候，看到她在失去他的日子里，生活依然如花似锦。那时候，她所有的被销蚀才会复原，她黯淡下去的光芒也会重新闪耀——不为何非，只为自己。她不知道何非还会不会回来，也许，不会再回来——就像她，把心都攒出血来，无数个夜晚的泪水恣意成汪洋，日子荒芜得长出大片大片的草——她努力地克制自己不去打何非的电话，不再央求他，回来吧，我离不开你！她不要重蹈覆辙了，重蹈了那么多覆辙，何非对她的情意并没有因此而增加几分，反而，对她越发冷漠和自律，在他们反反复复的过程中，她心目中的何非逐渐模糊，那些在她眼里曾经闪闪发光的品质就像是消耗品，与他的情感一起，在他们日复一日的生活中，慢慢地被消耗被磨损，最后完全面目全非了。即使这样，她还是不舍，她没法割舍往日。往日是爬过的山头上最亮丽的风景，哪怕越来越远，却在心里越来越招摇。

现在，她如期等到了何非的回归。在打开门的一刹，看到门外亮光处的何非，她竟忘了守候的时间，忘了撕心裂肺的煎熬，忘了每一个夜晚那些泪水和真实的疼痛，她忘了，被刻意换掉的沙发，那面暗示自己生活快乐的照片墙。所有的怨与恨都在瞬间模糊成一片，她目光闪闪，恍若往昔。往昔那么明媚、透亮，如同一束不败的花，不会被光阴摧残，没有凋谢的焦虑。或许是她眼神中的喜悦太过明亮，灼痛了何非的萎靡，她看到他挺起了胸膛，神态中现出他在她面前一贯有之的傲慢与不屑，好似她只是他路过某地时偶遇的一条被遗弃的狗，落魄不堪地等候他的收留。疼痛根本不需要酝酿，只是那么一瞥，那些被漠视的情绪疾风骤雨般扑来，把一闪念的春光切割得七零八落。她迅疾抽转身，她不肯在何非的目光里料理心情，既然她不是他的公主，他又怎能继续做她的王子？童话里的故事只是童话，他们的童话却不过是故事。

可是，再凌厉冷峭也没能挡住潮涌一般的酸楚，日日夜夜的期盼与思念，在爱与恨的循环往复中，消消长长，无尽无望。她千辛万苦垒起金属一样的坚硬堡垒，却在顷刻间崩塌，她的内心已潮湿一片。

屋里有些静。潘小潘仍是漠然地倚靠着墙，仿佛厌倦了生活的烟花女子，只用那么一种姿态来对抗她的过往和现在。何非敌不住潘小潘这样地冷，时间果真是一把削骨刀，才几个月的时间，就把他熟知和曾经热爱过的潘小潘削得面目全非，那个在他面前会笑得明朗天真，会唱响人间四月天的潘小潘果真像水滴一样不见了，唯有那水渍，还洇洇地在他心里泛着，越扩越大。

何非不肯这样被动地等着，潘小潘雕塑一样，完全没有要问及他这几个月是怎么过来的，她不问，他怎么说？他一次次离开，被潘小潘一次次唤回，他们之间像在进行一场场游戏，离开，回来；再离开，再回来，哪次不是这样的模式？忽然一下，潘小潘改变了规则，她不再唤他，任他在外面行走。他像是她手中扯着线的风筝，恁是飞得再高再远，她只要扯了那线，他就要回来。他本是可以挣脱那根线的，那么细，那么弱，怎么可能束缚住他的飞翔？他只是不想挣脱，因为已经习惯作为潘小潘生活的全部。但他又确实在挣脱，每一次离开时他都跟自己说，这次离开便不再回来，任她怎么央求都不回来！像是潘小潘手中真有根线拴住他一样，他要费好大的气力才能走出去。潘小潘每次都在他离开两三天后给他电话，声音软软的，像是挑起来挂着丝往下滴落的浓稠蜂蜜，香甜诱人：老公，想你了，不忙了吧，什么时候回来？要几天吗？我等你哦。从没有过异样的情绪，温软得他都不能做出其他的回应，只能顺着她的话说，过几天就回，我也想你。电话之后再是短信，潘小潘一条一条发过来，何非攒几条简单回一个，连那一个也回得极其短促：嗯，哦，好，知道。那是一种闷着撒不出来的情绪，好像身处四面都是墙的暗室，你憋不死，但也摸不到出去的门，门和墙连成了一体。每到这种时候，何非就会想到电影《大内密探零零发》里刘嘉玲的那句经典台词：老公，你肚子饿不饿呀，我煮碗面给你吃好不好？这是一句听多了让人泪流满面的台词，那种万千柔情，对周星驰简直就是无攻不克。可是，这样的话终有一天还是没顶用，那人心若是远去，再多的柔情也许就是负担？何非自知比不得电影里的周星驰，潘小潘也不是刘嘉玲，既然那样的情深意厚都有烟消云散的一刻，他还何以执着？他是不是也可以对潘小潘说，我再也不要回去，从此你我天各一方，你是你我是我？！

他终究没把这样的话说出来，他有周星驰的犹豫，却没有周星驰在李若彤身旁时选择的决然。

我……你还好吧？

可能沉默了很久，也可能不过几十秒钟，何非在威威的半明不白中无法判断，他像失去太多语言功能，又想要说出些话来打破这样忽隐忽现的对视，以往这样的工作更多是由潘小潘来做的，她把自己搁在他身边的时候，总是处于一种兴奋状态，跟他说东道西，如同陀螺般，根本停不下来：今天遇到一个人，哎哟，那腰子脸一看就是国际标准，说话还死不着调，奥巴马都快成他亲戚了；邻家的狗生了一窝崽，毛茸茸的可爱极了，听说是泰迪和金毛的串串，这两种狗，几乎就是一天一地的差距，要串在一块，还真是需要技巧呢；姨家表妹才十九岁，刚上大学呢，居然跟学校的挪威籍外教混到一块儿了，好家伙，都三十多岁了，那模样长得说五十岁都有人信，姨呼天抢地，整天嚷嚷着要跳楼，把姨夫吓得连班都不敢上，请假在家看着；单位某女，八〇年出生的，打扮得跟只鸡似的，看到男人眼里的光都散发着腥骚味，可还到处跟人宣扬自己是个处女，你说说，这是放荡得有多寂寞啊……何非有时听着也笑得毫无节制，更多时候，是连应和声都没有的，说是听筒都不合格。他惊觉时光催人，把浑身每个细胞都有着文艺范的女子揉搓成这么喜欢家长里短的女人，那个望着窗外落日渐渐沉没远方竟然会流泪的潘小潘，那个喜欢打开他的手掌，抚摸上面一根一根的纹络，笑着对他说他的掌心是个谜，她在这个谜里不想走出来的潘小潘，那个喜欢删繁就简、干净明朗的潘小潘，怎么就一点一点在他面前消失了呢？

是习惯做不合格的听筒了，面对这个陌生了的女人，何非连一句简单的话都吐得异常艰难。他本来是想说，我回来了！"我回来了"，这就是本位，是主动，是轻松地表达他这次离开与往常一样的含义；而"你还好吧"，则完全失去主动的意味，纯粹就是一种生疏而被动的问候，让他和她之间的距离越拉越大，没完没了。这让他很沮丧，脸上越发阴暗沉郁。好在潘小潘不喜欢开灯，又只开了一扇门，那闪进来的光足够让他看清客厅的变化，但还不能把他脸上的情绪清晰地传递出来。

潘小潘终于动了动身子，一种姿势的倚靠也是累人的。对此，她有深刻体会。

你说呢？她有意无意地瞥了一眼照片墙，墙上绚烂的色彩和愉悦的影像足够帮助她回答何非的问话。倘若不好，怎能有这些明亮？倘若不好，又怎会有这些欢娱？

何非把目光转向照片墙。照片墙迎面是推拉玻璃隔断的厨房，厨房是阳台改建的，如同舞台上的追光灯，那一片穿越阳台的光芒多聚集在这面墙上，所以，即使客厅的光线没那么充足，墙上的色彩也依然丰沛，仿佛一幅华丽的锦帛，带着逼人的气息，跳跃着潘小潘的韶华光阴。只是因了那些精挑细选出来的华丽，倒把一旁真实的潘小潘给衬出几分萧瑟来。明暗之下，何非对潘小潘精心细致的掩饰忽然了然于胸：这个女人，她不过是在努力地撑起自己，仅仅是撑起，不想在他面前坍塌罢了，她根本不知道，在她的背后，是无尽的尘灰飞扬和暗沉光影。

　　说到底，她是与他生活了四年的女人。无论他有多疲惫，也不管她有多失落，他们终究是有过两情相悦，一度还以为会彼此誓死相随的。只不过爱情果然是会骗人的，用最灿烂的光芒迷惑了无数人，然后光芒隐退，将最本真的东西呈现出来，是冷是热，是盛放还是凋零，就看这俗世男女用什么态度来追寻和选择了。潘小潘貌似在改变自己的生活，同时用改变来抹杀他在这里的痕迹，但他知道，这种抹杀是肤浅的，无论什么样的外观改变也只能是掩饰。掩饰什么呢？何非嘴角微微上翘，那是了然于胸后的释然，看透潘小潘虚张声势的放松。

　　在客厅并不均匀的灰色亮光中，潘小潘很敏感地感觉到何非不动声色的释然。她有些恼怒，好像自己是个小丑，以为是一场精心的舞蹈，所有的灯光、音效都恰如其分，台词也念得很好，可就是一挑眉间，发现服装错了，本来该是短衫，却穿了件长袍，这就连季节都错过去了，就蹩脚得令人发笑了。

　　潘小潘白了何非一眼。他还是这么端着，一脸的漫不经心，他在她面前总是如此笃定！

　　好看！何非双手插进裤兜，略仰了仰头，示意着照片墙。这是他作为艺术家的风范，一度他这样的动作把潘小潘迷得恨不能把他供起来。一旦从那种忐忑不安状态中脱离出来，他的谨小慎微仿若风中的烛火，微弱的火苗摇摇晃晃中还未立稳，便已熄灭。

　　潘小潘不答话，也未就着何非的夸赞再往照片墙上看，低了头，却泡了一杯茶搁到沙发跟前的茶几上。茶几也是新配置的，原来的沙发是何非坚持买的，退掉租住的房子，搬进潘小潘的住处，除了个人的鸡零狗碎，他就买了一套沙发。潘小潘当时还说，沙发就先不要了，反正屋里也不缺。何非坚持着，要么换床要么换沙发，这两样东西都是用来躺或坐的，体现着一个男人给予女人最放松的姿态。这话让潘小潘感动了好久，一张口便说我的男人有着优良的品质。因着这点，她才不肯舍弃与何非买的东西，那是他们一起花了心思，见证过他们对生活憧憬的物证。

这像是某种暗示，何非这次踏进这个屋就只是个客人，而不再是可以随便出入、可以指手画脚、可以皱着眉头对潘小潘表示出不屑和轻视的主人，既然是客人，潘小潘就有她起码的待客之道。至少，请客人喝杯茶。

何非就势在沙发上坐下，沙发不似旧沙发那么软，一坐上去整个人都跟着塌陷，它轻轻地托着何非，只是微微地凹着，好像何非的分量就是那么轻，只够它那么微微一陷。何非心里咯噔了一下，他以为自己看透了潘小潘，结果那不过是一瞬间的释然，他并没有真的放松，连坐沙发都非常自然地只挨着半个屁股，这明显是过河似的端着一份小心，生怕一不留神跌入河中。他想调整一下自己的坐姿，就算不能像以前那般摊手摊脚地往沙发上一倒，那也不用到了陌生地方似的缩手缩脚啊，毕竟，他是从这里走出去的，在走出去前，他并未明确地说过再不回来——尽管，他当时确实不想再回来了。何非的腰挺了挺，他要使自己尽量表现出不卑不亢，他要用这端庄的态度告诉潘小潘，他，回来了！他的离开，只不过是又一次的暂别！他端起热腾腾的茶轻轻抿了一下，以滋润干燥的唇和正慢慢焦虑起来的心。

然而，潘小潘根本看不进何非的内心。她的眼里，仍是男人的傲慢与轻贱。瞧他那副不可一世的样子，他是料定了她在等他！他就这样一言不发拖着自己的行李箱离开过多少次了？六次还是七次？她已不确切地记得了。刚开始她把这种离开当作是小别胜新婚的游戏，她和何非一样对这种充满神秘和未知前程的游戏有一份热情，它类似于小孩子的过家家，就那么大点地方，你明明知道伙伴惯常躲的几个地方，但就是不愿意直接追寻躲藏的地点，而非要装模作样地东张西望，虚张声势地查探根本藏不住人的地方。这是一种难以言说的乐趣。没有人肯放弃这种轻而易得的乐趣。

潘小潘并不能清晰地分辨出哪次是何非真正的"出走"，她也很奇怪，自己居然什么都没有意识到，给他打电话关机，她就发短信，一个接一个发，直到他主动打来电话跟她解释有多忙，她也忍了要发作的脾气，低了声音问，老公你什么时候回来？然后像吃奶的孩子般嘬着嘴说些老公你要想我之类的甜腻话。何非与她面对面时并不吃她甜腻的这一套，他总是在她要黏上来的时候，皱着眉头躲开，还要说一声，你怎么跟蛇一样。一句无趣又冰冷的话瞬时就将她所有的暧昧与热情碾得粉碎。她知道何非最怕的是蛇，小时候他被无毒的蛇咬过，虽无大碍，脚脖子上的两个牙斑却鲜明又狰狞。蛇在何非的心里或许是所有动物里面最惊恐和令人厌恶的，她分明是他的爱人，只是想要表达一下对他的依赖，黏附是女人对所爱男人的一种本能，这爱的行为怎么就让她成了蛇？从什么时候开始，她不再是他最初的暖宝宝？失望和失落当然只是一瞬间的事，潘小潘又怎会不懂，两个人的相处，就像两个齿轮，总要有一定的磨合，磨合到适合，自然运行平稳；平稳一段时间后，又会因为缺少润滑而产生新的摩擦。这是一个周而复始、循环往复的过程。她不能在这种往复中无度地悲伤着，生活就是一种沉浸，若是只习惯悲伤，她的人生还有什么意义？所以，她会经常性地"好了伤疤忘了痛"。忘，是她对悲伤的克制，也同样是作为女人的本能。

不管怎么说，"出走"一开始并不在何非的规划内，也许他真的只是想出去走走，生活太惯性，惯性得如同把一杯水连续地喝下去，同样的握杯动作，吞咽动作，没有一点意外，连呛水的可能性都没有。惯性是种杀戮，他害怕自己会被闷死在这场杀戮中。他需要有新的体验，至少让感官在日复一日的麻木和疲沓中重新清醒、活跃起来。何非的做与他的想是同步骤的，想法才刚刚萌生，就已经迫不及待地行动起来。他并非为践行那句流行的"来一场说走就走的旅行"，他没有那么浪漫的情怀，只是单纯地想要离开，离开这有些勉强的生活。他走得很干脆，连张纸片都没给潘小潘留，甚至在离开后的前两天，手机都处在关机状态，他要给自己一个形似的真空地带。他以为自己想得很好，在一个完全陌生的地方或走或停，享受无人识得自己，也没人在身边与他耳语的随心所欲，他可以像个疯子或傻子，也能做个聋子和哑巴。只是这种"真空"的感觉他还没完全进入，就被他自己给打破了——他能走多远呢？只不过在城市的边缘，没那么繁华热闹的夜晚，他以陌生人的身份穿行在陌生的地方，乱世的喧嚣潮水一般涌上来退下去，似乎依然没有清静，又似乎静谧得有些嚣张。他茫然地守着漫漫的夜，无所适从。这样的"出走"与他的想象千差万别，他恐惧地发现，自己竟然失却了独处的能力——不，是独自生活的能力。与潘小潘在一起的生活让他不知不觉中丧失的不仅仅是对生活的热望，还有能力？潘小潘对他情感的依赖和生活的照料以及性格的温软如同化学剂，一点一点将他曾经的坚硬给摧毁，他变得像个软体动物，随时可以一声不吭地蜷起自己的身体，蜷着而不打开。

仅仅两天，何非不能再习惯因失去外界信息而变得无比寂寞的时光，他犹豫地打开了手机。果然，潘小潘的短信可以用铺天盖地来形容，这使孤寂的他有了一瞬间的温暖，好像孤岛上远远看到的一叶小舟，明知道不会驶过来，还是会有发自内心的喜悦和欢快。只是，何非的欢快稍纵即逝。他突然间意识到，这样来自潘小潘的欢快已经是很远的事了。那是什么时候呢？第一次看到潘小潘时他是欢悦的，面前的女孩并非一眼入心，只是干净得让人忍不住会多看几眼，这几眼一过，就好像置身在浅淡的花香中，香气的氤氲缓慢而不动声色，却清爽宜人。何非身不由己跌入这种清爽之中。那之后的一段时间，他是欢喜的，欢喜于对潘小潘的爱，和潘小潘对他不矫不作的本性流露。爱是多么迷惑人的事啊，他那时恨不能每天的每个时刻都待在潘小潘身边，什么都不干，就那么看着她的微笑，让她轻缓移动的身影把自己包裹起来。他跟她说着他们的未来，那时他们都觉得未来伸手可及，而且温暖朴素：有自己的房子，而不是父母的，不要太大，六七十平方米足够；五年内有两个孩子，最好一男一女，当然如果都是男孩或是女孩也没关系；有孩子后，他们的父母可以轮流过来帮忙，不然的话，他们两个毫无经验的人会手忙脚乱的；还有，孩子的名字怎么取，孩子们的长相要怎么随他们俩……何非根本没意识自己的话真是多，潘小潘那么爱听他说的"未来"，拙朴平实，满是烟火的味道。何非后来想，那会儿怎么就不觉得自己琐碎而庸俗？他们自以为是相看两不厌，迫不及待地伸手把"未来"拉住，终于过上了真实的"日子"。

日子就是那样，过着过着就疲惫了，不是背弃曾经的诺言，也不是有意忽略说过的话，只是此时非彼时，而所有的感觉在意的是此时，彼时不是未来，没法想象和憧憬，只能被遗忘。

何非明白自己其实是寂寞的，那是种接下来不知道如何走下去的寂寞，好像小孩子的涂鸦，想涂什么连自己都不知道，只是看着像什么就想当然地以为是什么。他努力地熬了两天，终究没能熬过自己，主动给潘小潘打电话，托口忙。潘小潘并不追问他忙的具体，她要的或许只是这么一个主动，虽然这样的主动不过是她铺垫了无数才换来的从云缝里挤出来的一丝阳光，但足够照亮她那并不宽广的小世界。只要有阳光，于她就是天高云淡，日朗风轻。

而何非却是纠结的——他分明要躲开潘小潘，躲开一成未变的生活，然而他却又恍惚这份离开，想要开启另外一种模式的生活他需要的不仅仅是勇气。

潘小潘在沙发的转角坐了下来，这样的距离感加剧了何非内心的沮丧。她脸上微微笑着，目光安然地望着他，像他们初识时。只是这时的何非已不知什么叫心动，他只有佯装镇定，往昔不过是流沙，握不住存不下，此刻更成不了他的筹码。他想与潘小潘对视，也许眼神的交流是一座桥，他能通过这座桥越过陌生和疏离，到达他想要到达的彼岸。可是他的目光却如同射出去的箭，穿不透潘小潘的平静，一次次被折射回来，反使他觉得自己怯懦猥琐。两个人都没有说话，唯有时间带着倦意在他们之间冷冷地兜转。

何非想起来，他们曾经历过一次这样的情景。那次他是晚上回来的，是正儿八经的远门——厦门。出远门之前，他和潘小潘起了争执。潘小潘看着电视里的一档亲情节目，她被诉说出来的母子深情感动得泪水涟涟，她擦着眼泪对疲乏得快要睡着的何非说，老公，我们要个孩子吧！说着，情绪正浓烈的她下意识地把身子靠向何非，寻找依托般。

何非受了惊，坐直身子的同时一下子把正依靠过来的身体推了出去，那种无意识的激烈反应让两个人都呆住了。潘小潘定定地看着何非，眼里未干的泪水又泛了出来，只是刚才是为别人而落，这会儿却为自己而流。何非愣了片刻，像是解释又像是安慰地喃喃道，咱们哪有资格要孩子？就是有孩子又能给他什么？

我们为什么不能给他天下父母可以给的？潘小潘说。她忘了是从哪看到过这么一句话，一个期盼着有孩子的男人是最有安全感和责任心的男人，而何非，就偏偏有这温暖的一面，他说过，他们要生一男一女两个孩子。

你拿什么给？

我们可以结婚！

何非沉默了，结婚意味着从此日复一日，形式相同，内容相同，不同的是苦恼更多，麻烦更多，失去的自由也更多。他再不能拥有自己希望拥有的生活，但到底他希望的生活是什么样的，他却并不知晓。他明白是自己从一开始就给错了信号，他不该跟她描述他未曾体验过的未来生活，那种不负责任的憧憬本就是海市蜃楼，看着美丽，实则梦幻。这也怪不得何非，爱情燃烧的时候，"未来"就是一种燃料，借助它，爱情的火光更加耀眼，谁会想以后呢。当时过境迁，尤其是何非已经和潘小潘生活在一起了，跟结婚并没有多少差别，那何必非要流落到婚姻里头？

潘小潘已擦干眼泪，她在何非沉默的片刻里已经安顿好了自己的情绪，不要孩子就不要孩子吧，没有婚姻就没有婚姻吧，她不是不累，只是她的世界里只剩下面前这个男人，纵使他对她不再如前，他于她，似乎只是出于一种惰性的习惯和越来越少投入的热情。潘小潘不解，当初吸引她的明明是何非的主动与热情，还有他身上自然而然散发出来的温暖，而这些她觉得无比宝贵的情愫像河水，原来丰盈，而今却只剩干涸的河床。最要命的是，她一边回想从前的丰盈，一边还依然留恋着干涸的河床。

结婚的话题像是寒冬里的西北风，一旦刮起来，就是寒霜遍地。何非冷，潘小潘也冷。每次都是潘小潘提起结婚，她对婚姻的渴望就像孩子对糖果的追求，孜孜不倦。何非奇怪，他们没有婚姻的名分，但他们形如婚姻，难道非要携手走进壁垒森严的城堡，才是他们的爱情结局？婚姻是个死穴，只要潘小潘一点开，何非绝对死机。好在，潘小潘虽冷不丁横刀出手，却从不死追猛打，一见何非闪开，她也就偃旗息鼓，独在一旁黯然神伤。

何非并没有表面的冷漠与寂静，他闪躲的姿态很好地掩饰了他内心的起伏。对于未知的"未来"，他已经完全不知所措，一个家庭成立所必经的林林总总，他无从应对，像一个迷路的孩子，他的内心虚空得像肥皂泡，无须风吹草动，就随时可能破裂。

第二天，何非急匆匆离开，他甚至没思虑要带走什么，只是走出门的时候，回望了一下。他以为这次应该是归无期了。

但就像中了魔咒，他无端离开之后，异地的声色完全对他失去了诱惑，他的心一直晃晃悠悠地悬着，无论他用什么理由，或以何种事件，也无法让心踏踏实实。他只能耐着性子继续他即兴的行程，而沿途的风景在他眼里，也不过是草纸上的几笔工笔画，潦草又灰暗，根本提不起他的兴致。最终，他还是匆忙结束了行程，黯然地重返他和潘小潘的生活。那天，他故意拖到天黑才回去。他径自用钥匙打开门，屋里的黑暗让他以为潘小潘出去了，这使他松了一口气。他放好行李箱，正在摸索墙上的开关时，客厅的灯亮了，潘小潘站在房间门口，异常安静地看着他，没有惊讶，没有喜悦，没有以往的迎面奔扑。何非一瞬间被潘小潘安静的气场镇住了，他与潘小潘对视着，目光里的强硬却在一点一点挫下去。还没等他完全萎靡，潘小潘的脸上已经渗出了笑意。老公，你回来了！当笑意烂漫一片时，潘小潘雀跃起来，好似刚才与何非的对视只是为了更准确地辨认。

在何非和潘小潘之间，历史总在重演。这一次，还会是历史的重现吗？何非在暗暗期待。

你……喝茶吧！潘小潘还是这么一句。

在何非面前喜欢碎碎念的潘小潘无话可说的时候很少，她甚至可以把网上搜寻到的话题都拿来与何非交流，尽管这样的交流于何非而言只是左耳朵进右耳朵出，不过没关系，潘小潘要的是与爱人能诉衷肠也能明辨是非的感觉，那种把人间的琐碎细细研成粉末的感觉，平凡、庸常、温暖，这才是热辣辣活生生的生活。现在她能说什么呢？何非一次一次地逃离，像一把浸着毒的匕首，每次都残忍地在她身上扎一刀，她可以忍受伤口的疼痛，却不能阻止毒素在体内蔓延，她若不求重生，只有等着毒发身亡。可惜何非不懂，他根本无视她的挣扎，她的气息奄奄，他只是风一样肆无忌惮地在她的生活里旋进旋出。不止一次，她对自己说，放弃吧，前路漫漫，就算是一个人，只是孤单，却可以安安稳稳地前行，总好过这样的拉拉扯扯、跌跌撞撞、浑身是伤。她的勇气在疼痛中骤然升起，像腾空的蘑菇云般密集而强烈。然而这种勇气随着时间又渐渐被消磨，蘑菇云再密集在辽阔的空间也会消散得了无踪迹，何非的不在身边又给了潘小潘自行疗伤的机会，她的恨意是瞬间酝酿的，还来不及发酵便已消弭，反而是对何非欲罢不能的爱，占据越来越多的空间。所以，当何非不期然中重新出现时，她忍不住欢跃，忘了自己是个将毒发的人。

直到这次，何非离开前将他的东西都清理了一遍，带走了他所有的旧物，在这套几十平方米的房间，唯有沙发他带不走，经过潘小潘手的东西，他都整理到了一边，是下了决心不再回来，往后的日子若是不再有潘小潘的痕迹，或许他不会再有不忍不舍了吧。在一个人的生活中绝迹，本是件很简单的事情，世界那么大，当彼此不再需要的时候，置身事外才是真正的了断。他在努力地把了断做得彻底。

刀，直接捅到了心口，然而潘小潘再无痛感，她也相信何非是真的不再回来。她索性自行拔刀，刀口并无鲜血迸射，原来，她早已麻木了啊！她以为千山万水之中唯何非一人，她生命中全部的温暖都给了他，从此再不能对别人微笑，现在终于明白，她守候的，不过是刀口，而非未来。

照片墙旁边书房的门开了，一个年轻男人从里面出来。看到客厅里端坐的两个人，男人愣了一下，大概是没想到如此的安静里居然一对男女相对而坐。何非的心思在潘小潘安然而陌生的态度上，他已经悲哀地意识到，自己真的要成为这里的历史，他离开时的决然注定了再无可以重蹈的覆辙。他把潘小潘的痕迹从身边抹去的同时，也一手把自己从潘小潘那里割裂出去。他有些懊悔，兜兜转转、迂迂回回中，潘小潘仍是他不肯割舍的终点。他一次次地逃离，或许正是为了确切地证明这一点。但是已经不能，纵使他回头——半年的经历之后，他心无旁骛地回来，足够对他曾拥有的生活进行认同、确证——潘小潘终于离开守候的原地。是的，没有人有足够的耐心去守候和守护毫无结果的感情，就像是桃树下面等着杏花开，这份等待既悲情又悲哀，更可笑。

受了惊的却是潘小潘，在与何非无声的对峙中，是不是忘了屋里还有另外一个男人。她猛地从沙发上蹿起来，惊慌失措地看着何非，那份紧张与刚才的淡定自若判若两人。她张了张嘴，似要解释，却忽又意识到此时的何非已非数月前的何非，他不过是她生活里的过客，而此刻，仅仅被她视作一个常客，而已。

年轻男人愣怔片刻，笑着冲惊跳起来的潘小潘熟络地抬手示意了一下，又冲何非点了点头，算是招呼，然后绕过他们走出了客厅。就像无声电影，情节流畅，细节精湛，一点都没有破坏整体画面的静美。

何非被这自然而然的一幕所震撼，只觉身边的静寂像堵墙，从四周拥过来，挤压着，让他呼吸急促，心中的懊恼亦如洪水汹涌，张牙舞爪地渗进他的体肤。他抬眼望着潘小潘，渴望她能够向他说点什么，哪怕是一句他不想听到的话。

潘小潘却不，她丝毫没有要说话的意思，以前跟何非说的话太多，可能真的达到有些夫妻半辈子的话量，难道她真的有预兆，是在用这几年的时间来过他们的一生？不然，她何至于现在连一句多余的话都不肯说呢！

茶已凉，潘小潘未添。何非自觉就是这杯未尽的凉茶，再放下去，只能是茶色更重，苦味更深，而刚刚冲泡时那份氤氲的香味却寥寥无踪，舌尖上残留的感觉总会因时间的久长而淡忘并且再不能感知。他没有错失和潘小潘最好的年华，但失却了与她相处的华美记忆，他再回想起来，剩在那里的，是一片灰暗的痛和痒，如萤火般，闪着羸弱的微光。

何非起身，客厅的光线因了最后一扇门的打开而变得亮堂起来，他看到那面照片墙，在涌进的光线中越发华丽起来，一面墙上同时绽开的笑容，宛若盛开的月季，端庄而绚丽。他心里忽然酸楚，他本该出现在这些照片里，也盛放若月季，或者只做绿叶衬托那些笑容，如此，这面照片墙会更加生动吧！只是，他生生把自己抽离了，他担心自己无法支撑这日复一日的平凡、单调与琐碎，却在不停地寻寻觅觅当中发现，平静、朴实的生活才是心灵安放的最好处所。他在潘小潘的生活中出出进进，他以为每一次的出都是最后的剥离，却又在剥离之后，在海阔天空之后，渴求安逸与温存。逃离从没真正让他踏实过，他就像春天的柳絮，貌似轻盈洒脱，实则全无规则和秩序。而当他用了数月的时间，终于明白自己的需要，转身不再犹疑时，身后的门已经关上。是的，没有人一直会在原地等你，没有一扇门会永远为你敞开的！

真的，很美！何非看着照片墙，真诚地说。每一帧热烈的潘小潘对他都笑得那般灿烂，仿佛一世无忧。他看着，第一次有了心痛的感觉。

没有告辞的话语，像他此前的数次逃离，只不过这一次，他不再悄无声息，而是在潘小潘的目光注视之下离开。他拉起行李箱杆，低头一步一步走出门。他的心情太黯然了，竟不曾发现，不肯给他续茶的潘小潘已然一脸的泪水，她双手紧紧绞握在一起，努力控制着冲上去抱住那个颓废背影的冲动。从看到他的那刻起，她的心就在翻江倒海，这其实是她等待的时刻啊！她压抑着内心的激动，不想把自己再置于主动的角色，理智告诉她，他的主动才是他留下来的理由。她已伤痕累累，经历过万种凋谢，她无力伸手迎他，因为握不住他那双背到身后的手。可何非分明没有主动的意思，她期待的，是他进门的那刻环住她，哪怕是漫不经心地说上一句，我回来了！她零点温度的心也就此点燃了——原来，他仍然不是离开，只是出门。他连主动的姿态都没有，到底，是不肯还是不愿？他甚至把一贯的随性都收了，茶水凉了，他端然而坐，显然是不再把自己当成这里的主人。那么，他的回来只是为了做一次正式的告别？像是舞台剧的最后，演员的返场只为谢幕。潘小潘的心如凋落的花瓣，忽忽悠悠落到地上，又被风刮起，再被纷乱的脚步碾踏、揉碎。她心酸地想，她可以换掉家具，粉饰墙壁，可以让自己在照片里明媚，以为过去了无痕迹，其实呢，她还等在原地，生活只不过在踏步，一二一、一二一，倒把口号喊得欢天喜地。

何非出门，没有回头，也不做停顿，拖在身后的行李箱发出嘎吱嘎吱的乱响，嘲弄一般。世上的事真是奇妙，他辗转数座城市，每座城市都是除了喧嚣，还有势利，他在忍受这些喧嚣和势利时，发现自己竟然开始了对潘小潘的惦念，起初还是毛毛雨，仅仅将他的心滋润了一下，他以为这还是离开的不适应症，就像孩子断奶一样，总需要有个适应的过程。随着时间的推移，他的思念居然未淡，反而越来越浓烈，毛毛雨转成了中雨，继而变成倾盆大雨，他在这样的倾盆大雨里无法再做任何事。他以为决裂是新生，却把自己推下了断崖。人生真是莫测啊，忽而沧海忽而桑田，在沧海时想着桑田，在桑田里又怀念着沧海。

人生之路，就这么慢慢走吧，无论沧海还是桑田。

从身边经过的人折回身，轻碰他的肩。何非回头，看到一张喜笑颜开的脸，他一眼认出，这正是刚才从门里出来的那个年轻男人。

年轻男人疑惑地望着他，说，大哥，你又要走啊？

何非哑然失笑，他曾经的书房成了年轻男人的，他不走，将以什么身份住下？他自嘲地摇着头，不知道该如何回答。

你就没有更明亮的照片吗？年轻男人的话有点首尾不搭，何非没听明白。

你书房的照片墙啊，大姐选的那些照片效果不好，她说先放着，等你回来再重新换。正好你回来了，还要出去啊？缓两天，先照相呗，照完了，我直接上新的照片，我把你们合影的位置都留好了。

何非抬起头，终于，他看不清楚身边的景与物了。

三 十 七 度

　　她轻轻地走进来，像一个探究陌生地域的儿童，眼神里满是怯懦和惊吓。她是不希望引起人注意的，至少不是很多人的注意，在她还没完全踏进门时，已有接待小姐迎了上来，一脸的盈盈笑意，语意温软，姐，剪发还是烫发？

　　确实没几个人注意，来到这里的，都是头上那些事儿，头都让"大师们"操纵着，除了往镜子里瞄一下，谁有心去关注自己头部以外的事儿？何况店里并不安静。店不大，分了三个区域，属低中高三个消费档次，所以，接待小姐不待来人坐稳就要问清楚，若是剪发是剪三十八、四十八还是九十八的？然后根据消费的额度再送至不同的区域。当然，这三个消费额度只是最基本的洗剪吹，因理发师而异，至于染、烫，还有发型设计，那价钱就另当别论了。

　　刚坐下，接待小姐已贴心地递上一杯水，她心里不禁慨叹理发店的服务这么周到。她确实有点渴，在太阳底下晃荡了那么长时间，心里泛起的焦虑也需要有一杯水来滋润一下。她轻轻抿了抿唇，唇干到有细微的摩擦声。水是温水，一口喝下去，不那么焦躁了，凉爽的空调和水的滋润让她几分钟前在烈日下要大哭的感觉迅疾消退。

　　注意到她的时候其实比接待小姐更早，他正在帮一个四十多岁的女人做头发，女人居然睡着了，还有了呼噜声，他倒没有不爽的意思，又不是没经历过这样的事，现在的人一个个脚后跟都像着了火似的，能余下一点闲暇时间来打理头发，也不能就傻痴痴地坐在那里望着镜子浪费这样的好时光。只是女人的睡相实在难看了点，松松垮垮的脸，嘴半张着，口水沿着唇角流下来，滴在蓝色的外披上，漫延开来，落到他眼里，就有些不舒服了。他那双细长的手，在女人头上流转着，时不时还要扶正一下女人渐渐歪斜的头，为了避开女人的涎水，眼神就没那么专注，打个野，漫不经心地飘向了窗外。理发店正坐落在一个十字路口的拐角，而他的工作位置不在任何一个区域，而是外面廊道的最里面，类似于商场橱窗的位置。他便时常借了这样的便利，在手下有些散漫的时候，就让自己的目光飘出去。外面并没什么令他眼前一亮的风景，一年四季除了水一样漾来荡去的车，除了来去匆匆的人，他能看到的就是对面小区几幢灰暗的楼房，马路两旁的树木叶绿又叶落。

他从未抱过希望看到不一样的风景。但他还是注意到了她，站在马路对面，不停地向四周张望着，后脑勺扎着的马尾辫像拂尘，被她摇晃的脑袋甩过来甩过去。令他想起在小学的那些时间里，他们那座小城里满大街都是这种把马尾辫扎在头顶的女孩，也不知怎么流行起来的，有些人头发甚至连抓着都困难，却也硬撅撅地扎着，看着就像是戏剧里面扎朝天辫的顽童，有一股子让人哭笑不得的劲儿。

他微微一笑，现在这城里的女人谁还乐意扎马尾辫呢，都习惯散着，长发飘飘让人由里到外都有种静逸感，好像不被约束的生活，随意地飘逸着，静好着。收了目光低下头专注手中的头发，头发的主人这时却醒了，不好意思地从外披下面伸出手来擦去嘴角的口水，往端正处挺了挺身子，没话找话地问了一句，快好了吧？

他说，还有一点，快了。

哦，那我还可以再睡会儿了，这热天，还真是适合睡觉。

他又无声地笑了笑。春困、秋乏、冬眠，独独夏天过于激情，没有与睡匹配的，其实哪个季节不是睡觉的好时节？他没有顾客的时候，安守角落就经常有闭上眼睛闲憩一会儿的渴望。想着，却没把话说出来，只是嘴像对了话似的又咧了咧。他不是多话的人，但店里有规定，每个光临的顾客理发师都要尽可能让人家办卡，谁办的卡越多，额度越大，自然奖励也就越丰厚。

他不是那种喜欢饶舌的男人，不像别的同事，凡来人都会像克格勃一样打探一下，年龄、职业、家庭，夸一夸，让人心里舒爽了，感觉自己是人生赢家，再转个弯来知音一般推销店里的会员卡，有些人还沉浸在刚才被营造的美好氛围里，想想自己都算得是成功人士，办张卡又何妨？反倒不办卡是失了身份。这种能耐他是没有的，通常也只是在帮客人展开外披的时候，轻声说上一句：我们这里剪发办卡很划算的，现在正在搞活动，充两百送两百。说完，自己都觉得唐突，脸一热，不等客人开口，转开身子，从专用的工具箱里拿出剪刀梳子，偶尔，他会把剪刀在掌心转上几个流畅的圈，然后再插进口袋，像不经意地，就着客人惊异的目光开始工作。其间若是客人问起办卡的事，他便细细介绍；若是客人不说，他是绝不肯主动再提。

她双手捧着一次性纸杯，杯里的水已经见底，也不好意思添水，就那么愣愣地瞅着手里莹白的纸杯，像陷入某种记忆拔不出来。她自己都有点纳闷，怎么就进到这里来了，难道真的是为了蹭一蹭这里的空调？天晓得她怎么就信了路边一张小纸片上的内容，上面只有几个字"找工作请联系杨先生，仅限美女"，字下面是手机号。她头脑一热，果然给那个电话拨了过去。杨先生很热情，说是要先面试一下，问清她的情况，约好时间她在这个路口等着，他过来接她。她在路口等了一个多小时，约定的时间早已过去，而说好来接她的杨先生迟迟未露面，电话打过去，要么无人接听，要么无法接通。

她却不敢离开，候着人家不来跟候着却兀自离开是两种说法，是自己等着这份工作，她不能先失了耐心。现实就像要嘲笑她一样，刚把自己安慰下来，就接到一个电话。她以为是杨先生，正庆幸自己的执着守候，不想，却是警察。杨先生被抓了，所谓找工作，其实是骗那些生活困顿的女孩子去做涉黄的事。她忽然腿软，又在陷坑边上走了一遭，虽然毫发无损，但幻灭的工作使她瞬间有崩溃之感。

想起才经历的一幕，她不自觉地叹了口气，叹得重了些，根本就忘了自己在什么地方。这一叹，却把自己给叹醒了，一抬头，看见他立在面前，乌黑的眸子暗夜一样幽静，嘴角往上挑了挑，轻声道，我来替你服务？

她一愣，没想好怎么应答。刚才替她倒水的接待小姐已风一样冲了过来，比刚才更热情地伸手接过她手中的空纸杯，轻扯着她的衣袖，她不由自主地站立起来。姐，我来给你洗头。接待小姐的朗声似乎惊吓住了她，她往后一躲，被身后的椅子腿绊了一下，又趔趄着重新跌回到椅子上。她脸上的惊慌像纸上洇开的水迹，一点一点落进他的眼里，如同前面她站在马路对面时那一脸的焦虑。他轻摇手止住接待小姐，接待小姐冲他俏皮地吐了吐舌头，转身去迎又一个推门而入的客人。

在他的凝视下，她有些惊怯地坐到走廊那张泛旧的椅子上。他抖抖外披，又一扬手，外披如同一朵轻飘飘的云，落到她眼底的同时也挂在了她的脖颈上。他轻握住马尾辫上的黑色皮筋，往下一捋，失去皮筋捆绑的头发乌塌塌地落下来，黑得如漆，但并没有电视广告中一泻千里的柔软和顺滑，头发两三天没洗，沾了灰，如同胖姑娘的腰身，虽然弹性不缺，但总是不够灵动，也缺了妩媚，还有些腻歪。她没在意头发，从坐到椅子上就保持着低头的姿势，眼皮耷拉着，瞅着身上蓝色的外披出神。那样子，好像人在这里，心却不知落到了哪儿。他心一动，忽就涌上几丝怜惜，手下越发轻柔了起来。

用梳子梳理了几下，发质柔顺，不需多费工夫，缺失的光泽顺理成章地恢复，真是一头秀美的发，温顺柔软，乌黑亮丽，与她那张嫩白的脸十分相衬。他看了看镜子里，她的眼神依旧在披衣上，像粘住了一般，连稍稍地抬一下都不肯。他没忍住，往镜子里瞅了一眼，又一眼，一次竟比一次时间长。她像是有所感应，到底还是掀了掀眼皮，正迎上他镜子里的目光。他慌了慌，赶紧稳住神，装着研究她的头发，拿着梳子勾起几绺头发，再放下，换个角度再勾起来，放下，顺势又梳理了几下。

就修剪下，不要太短，稍微打薄点，还可以扎上，再洗，可好？他说着，一边比画着长短，那长短几乎没怎么变化。她愣了一愣，竟不知道如何继续下去，他连她是来剪还是要洗都没弄明白，而她竟也始终一言不发，安然地坐等着，一副听之任之的态度。

嗯？她终于抬起头来，从镜子里碰触到他的眼神，温和的，恬静的。她从愣怔中缓过神，脸上的惊慌已经褪下去。就——剪短吧。她说，带点儿犹豫。

他举着剪子，却有些下不去手。这么好的发。他说，剪了可惜。他复归了理发师的角色，把剪子压在一只手掌心，另一只手拿梳子轻压着头发，微微翘着中指和食指，指尖无意触着她的脸。她毫无感觉地看着镜子中的自己，灰头土脸，毫无往日的鲜亮，眼神呆滞，唯有下巴上两颗中晚期的痘痘，碎米粒般，意气风发地闪着光芒。"如丧考妣"，想到自己现在正是这样，她嘴角竟微微向上挑了挑，同时发出一声轻叹，像经历了多少千山万水一般。他的手顿了顿，以为她还在犹豫中。他两手轻轻扶着她的太阳穴，在镜子里端详着，你看，你脸型偏瘦，若是剪得太短，是显得精神了，但缺了温婉之气，会让你的脸更加显瘦——当然，也就显得长了，你的发质很好，又柔顺，若是稍修剪一下，披着，或是这样别一下，你整个人的感觉，还有气质都会不一样。说时，他用梳子将她两边鬓角的头发各梳理一些落在前肩，余下的头发，他拢拢抓在手心。

她看着镜子里的自己，落在肩上的发很碎，因为梳得极为顺溜，倒有些轻飘，脸并不比扎着马尾时有什么变化，但看在眼里，就是有一份精致与从容，好像演员的戏里戏外，总有让人无法理解的不同。她点点头，已经坐上这把椅子，怎么摆弄就随了他去，反正自己是走迷宫似的，糊涂着进来，再糊涂着出去，没了感觉，也不愿多想，想多了伤神。

他松了一口气，小心地放下握起的发。真是奇怪，他手上竟不敢太重，生怕重了会惊了她，其实已经看出她的心不在焉，头发并不在她的神思范围，再好的发型也不过简单的马尾，至于发型改变或者影响气质之类的，更可能是阵风，不经意刮过去就刮过去，引不起注意，荡不起波澜，就是给她剪个寸头，大概她也只是诧异一下，然后默然地离开吧。他不再多想，有些事多想也没用，他说是造型师，不过是个空响的名号，理发师虽然通俗，可更为恰当。普通的生活，有多少人需要不停地造型？他每天的工作，还不是帮人把长长了的发修修整整？就算技艺再高，也只是打理头发时的价位更高而已，这就是他在这里的价值体现。人生再无常，他的定位暂时也只能到这儿，放手博在头上的这点手段，既充实着生活，也消磨着时光。

情绪在空调平稳的微凉中慢慢平息，她开始梳理这些天来自己的心绪。来北京时的义无反顾，来北京后的茫然无绪，那个给她无数希望和想象的人，从她告知要来北京的那刻起，就消失了踪影，电话始终在关机状态，短信如石沉大海，连朵小浪花都没砸起来；微信里的留言也像是路旁的闲花野草，兀自随风摇摆。但她想，至少，他没有把她拉黑，这说明，他还并没有完全抛弃她吧？或者，他只是因了什么事而不曾看到手机的信息。倘若真是不想理她，便不会留着她的微信——留着，她就会寻觅到他存在的痕迹，她只能想象成是他根本就没有看到她的信息。她并不太相信的，邻家哥哥一样的人，怎么可能会在她的希望燃到最亮时悄然消失？她不肯回头，尽管未得到他的首肯和指引，就像一支离弦的箭，拖着行李按时登上北去的列车。无论如何，只要他开了手机，无论短信还是微信，都能看到她的信息，她把到达的时间写得清清楚楚，微信里，还把车票拍了照，给他传过去。她给了自己满满的信心，只要一到北京，肯定能看到他，现在他的失踪也许是要给她一场惊喜。

然而惊喜终究只是她的想象，失望真实而残酷。在北京西站的广场上，在人来人往的喧嚣中，她的手机像寒冬沉静的夜，没有任何声息，唯有黑暗的屏闪着冷漠的光，刺痛了她的眼睛，还有那颗一点一点冷却的心。就像一艘偏离航线的船只，明知前路未知，却仍执意前行，待进入宽广的大海深处，失去方向的无助和漂荡感猝然来临，她在一片混沌之中随意地往地上一坐，趴在行李箱上。暗处酝酿许久的泪水一瞬间汹涌而来，她一时竟无法止住，只好放任心酸。

执着地一头扎进在这完全陌生的地界，她以为的依靠像悬浮的冰面，消失得毫无踪迹，尽管来时心有惴惴，但还是侥幸，觉得他不会真的就这么遗忘——不，是遗弃她。而等她终于坐实了这样的事实，才感觉惶恐和惊惧，原来，她真的被"遗弃"了。相比唐突闯入北京的陌生和孤独，被"遗弃"更令她悲恸和绝望。

许久之后，有经过的人注意到她的悲恸。一个女人，一脸怜惜地蹲在她面前，拍着她的肩膀问，妹子，是遇到难处吗？她抬起泪眼蒙眬的眼，或是伤心至极，竟看不清面前人的眉眼。她像在水流中漂浮好久，忽然发现身边有人扔过来救生圈，她本能地抓住这救生圈，这突如其来的关爱让她充满了感激。她模糊地微笑着，眼泪却在这份感激中溃堤一般冲出来。她别开脸，意义含混地摇了摇头，不愿让女人看到她脸上的狼狈。女人却是看清了她内心的软弱，又看了看周围，抓住她的手轻声说，妹子，知道你有难处了，跟姐走，先找个地方好好把自己安顿下来。咱们来北京可不就是为了混个好前程么，姐是在一个女子会所里，有不少像你这样漂亮的姐妹呢。女人的声音真是好听，细软，温柔，贴心。她的心动了动，想到自己投奔北京而来落得的结局，难道不应先把自己安顿下来吗？转念之间，又心生疑虑，就算北京再大再繁华，也不能随便一个磕绊就看到光明吧？这么想着，脸上的表情就平静了，微微闭了闭眼，让眼睛舒缓了一下，再睁开，面前就没那么模糊。她看清了女人的脸，脂粉掩盖不住的粗糙，细纹把脂粉挤出层叠的沟壑，沟壑间闪着过于亲昵的笑意。

妹子，咱们走吧！她的沉默犹疑似乎让女人失去了等候的耐心，语气里有了克制的急切，手也毫不犹豫地抓住了她的行李箱，一副起身就要走的姿势。她还来不及想太多，下意识跳起来一把抓住行李箱杆。干什么嘛？嗓门大得突兀，因为紧张而略显尖锐。她被自己吓了一跳，心竟然突突突地加快了跳动，打鼓一样。女人也受了惊吓，手上松开来，莫名地一步退后，脸上的笑意倏忽褪去，瞬间又涌上一种嫌恶的表情。女人白了她一眼，刚才的亲切与亲昵被水冲过，又像舞台剧的场景被彻底切换，不只是表情变了，连态度也变了，皱着眉头，手扇子一样挥着，快走快走，一看也就是个穷命，还想带你赚钱呢，看样子不是个上道的人，喝你的西北风去吧！说话时，自己却已转过身离开，迅速消失在人群中。她有些惊讶，还没来得及羞愧自己的失态，已陷在女人甚于她的失态之中，直到女人消失好一会儿，她才反应过来自己遭遇了什么。

把悲伤先放在一边，她从手机里翻出微信里的聊天记录，他说单位在一所著名的大学附近，旁边有一家酒店，名字很有意思，叫三十七度。她问他为什么叫三十七度？他说，人体温度正常范围值在三十六度到三十七度，超过三十七度就是生病了。大概是希望人保持一种正常的体温，越过这个温度人会难受吧。这样的解释当然牵强，还过于表面，可当时的她感兴趣的只是名字，至于名字背后的寓意，真正理解的又能有几人？

没再犹豫，她拖着行李箱奔着三十七度去了。

这只是一家酒店，除了名字，没有多少与众不同，甚至，在高低错落的建筑群里，酒店朴素到让人视而不见。她无法从这里获得他的信息。她不甘心，既然是义无反顾地来了北京，同样也可以义无反顾地驻扎在这里。他在这里，她也在这里，他们总有相逢的那一刻。

她并不奇怪自己的勇气，留下来看似是一场豪赌，拿前程拿命运，但她心里清楚，这其实本来就是她飞蛾扑火的孤注一掷，也是她没有退路的妥协——这世间之大，不是这地方留她，就是那个地方容身，她只是用一个理由来选择容纳她的城市。

碎碎的发屑在他的飞剪之下缤纷如风中的樱花，她从镜子里看得愣了，那洋洋洒洒飘落的竟是自己的头发，黑色的，闪着细碎的光芒。镜中的他神色专注，每次梳子轻挑起一簇头发，他像炫耀又像是不经意地挑出一定的高度，乌亮的发梢就那么散散地挂在梳子上，在他手腕微微的抖动中飞落。那把尖细的剪刀怪极了，长在他手上一般，随了他的心意上下翻飞，却又未见痕迹——那挑起的发落下来，并未唐突地短出一截，好像，那一簇发，只是被轻抚了一下。她盯着镜中的那双手，细长白皙，指关节处没有生硬地鼓出，有着职业的柔和。她下意识地低头看了看自己从外披里探出来的手，手不精致，也不是干过粗活的粗糙，若要寻出什么特点的话，她想那就是生硬，甚至，比很多男人的手都要硬，握着自己的手时，她有种握着行李杆的感觉。

他丝毫不敢停下自己的手，怕自己会沉迷于她的沉静。这是种很奇怪的感觉。作为发型师，他专注的通常是要经手的头发，长的短的，厚的薄的，发质油性或干性，纤细或粗直，发型与脸型的配合，与气质、性格的相融。

而坐在面前的人，他很多时候是忽略的，什么样的人有什么关系呢，他能够打理的只是头发，用自己的手艺满足别人对头发的要求，吹剪烫染，用些功夫做好，顾客满意就是他职业的要求。而实际上，表达不满意的顾客并不多，很多人在进来之前对自己发型其实是有了要求的，而发型师只不过是满足这种要求的工具而已。等到实际的效果一出来，哪怕不满意，顾客也只能咂咂舌，惋惜一下，安慰自己新剪的发型丑三天，丑过之后，就一切顺溜了。当然也有认真的顾客，多是依赖着发型来弥补脸型不足的，指点过后的江山不是自己想象的江山，是要忍不住发作一番的。

他就遇过这样的顾客。最狠的一次，是他的剪刀刚刚落下去还未及潇洒地行走起来，她便恼怒了，责备他没有听清自己的建议便将头发剪得参差不齐，她要的是齐肩，可现在变成了齐耳。他用梳子轻轻压住几缕飞扬的发丝，也是让她看看他并未剪至齐耳，而另一边没动剪的头发长度，也未长及齐肩。他忘了"顾客是上帝"这句在服务行业曾名噪一时的口号，上帝不是虚拟的，脾性也不是他可控的。这位女上帝并不听他的解释，一把扯掉身上的外披，从旋转椅子上跳了起来，手拉着两边的头发吼道，你看看两边的长度，就算不及肩，也是剪得过短了，我只是让你修一下，你却毁了我的头发；毁了我的头发，就是毁了我的形象。旁边的人看过来，没人说话，店里两个迎来送往的接待小姐也没敢过来，只是远远地观望着。

女人吧啦吧啦地说着，面孔因气愤而有些走样，确实如她自己所说，是丑了。没有人生气的时候是好看的。他本来想这么说，却没有说出来，到底他不是那种俏皮的人。

他的脸涨红了，依然强撑着笑意，眼神从那走了样的脸上跳开去，自己也没在意落到了哪里。心凉了又凉，耳边女人的嗓音时高时低，锯齿一样撕扯着。他心生烦躁，忽将手中的剪刀往置物台上一扔，好吧，你要说我剪坏的，那就算我剪坏的，你要齐肩发是吧？我免费给你接发，你要多长我给你接多长。

什么叫算你剪坏的？就是你剪坏的！剪坏了就该赔礼道歉，看你这态度嚣张的，你当我故意找碴，讹你是吧？帮我接发，还想要多长接多长，我缺那几个接发的钱？我花钱是来买你的服务态度和技术，你要是没那个能耐就不要来揽我这个活，我的身份可不是来让你来赚经验的。

他暗暗咬牙，终于还是忍了这口气，给女人道着歉赔着小心，夸她的气质，又赞她的容貌，把自己不想说的话说尽了，才让上帝的情绪慢慢平静。他由此算是真正体会到了"服务"的核心，有时候，不要说自我，是连自尊都要被踩到脚下的。后来他还是被这个女人投诉，公司将此定性为恶性事件，他的发型师级别因服务态度和服务技能两项指标而被降了一级，由"首席"变成"首席待定"。而原本，以他在店里的资历，他很快是要升为"总监"的。

本来就话少的他，也就越来越不爱说话了，甚至，有时候对于面前坐着什么样的人，都可能忽略。他所做的，就是尽可能靠拢顾客的想法，遵从他们（尤其是女性）对于适合发型的理解。他不再轻易说出他的建议，这很危险。他像一只正在渡河的小鼠，面对宽阔的河面，渡与不渡其实没多少关系，只要没有波浪打来，不翻船就好。

僵直的身子一点点放松，她卸了重担一样倚靠着椅背，像之前的那个女顾客，在剪刀轻微走动声中微眯了眼睛，头有点沉。身上的热气散了，内心的焦虑并未消弭，那温度依然居高不下。

是啊，当飞蛾扑火的勇气在燃烧中消尽，接着是面对无尽的无所依托的惶然，前路未知，她的心又怎么可能从那种燃烧的状态中逃离？既然一个猛子扎进这里的生活，她就得挺着。是溺死呛死还是学会游泳的技能是每个扎进北京的人必经的过程，她逃不脱，或者，根本没想逃开。她不是没对自己的行动产生过怀疑，但那只是一瞬，如掠过的浮光。

她一面期盼手机里某个信息点亮她的眼神和内心，同时又不得不面对所处的现实。当现实如推近的镜头，倏然间变大且无比真切时，她的惶然如涨起的潮水，汹涌地漫上来之后又不着痕迹地退去，思绪也一点一点厘清。她想来日方长，未来她可能会有大把的时间用来茫然，而眼下的当务之急，是解决自己的吃住。

人的思维一旦走出无绪，便是再无主张的人都会被逼出主张来。

她记得邻家哥哥说过，很多小区里有出租的地下室，地下室也分着单间和多人间，较之出租的民居和一些公寓房，租住地下室是最为合算的，因为便宜。有些小公司，就会租下来几间这样的地下室给员工住，算是一种福利。当然更多租住地下室的是那些处境总不是很好的北漂——但凡略有点经济条件的，谁又愿意住在这种不见天日的地方呢？

她不能一直拖着行李箱游荡在街头，先安身再立命才是根本。还算幸运，她在附近一个看上去相对破落的小区里寻到了出租的地下室，不是几个床位紧挨的那种，是个单间，除了一张小小的铺位，连半张桌子也是放不下了。她有点满足，这样的房间大概是跟公司里的小格间类似吧，不是有多舒爽，而是有私密性。出门在外，既然没有舒服的权利和条件，那就退而求其次，能保留一份纯粹的个人空间也是不错的，虽然这个空间就像压缩罐头，实际属于自己的其实很促狭。

顾不得床铺上发黑的床垫，她一头倒在上面。薄薄的床垫显见是过尽千帆，历经无数人身，有股浓重的说不清道不明的味道，在这复杂的味道中，她却无比踏实。至少，在疲惫的期待和等候中，她有了安身之所，有了依靠之处。

微眯的眼睛终于不再撑开，鼻息却重了，间或还有长长的一声轻叹，眉头也慢慢皱了起来，像是无限的心思挤压在一起明晃晃地挂在了脑门上。

他到底没能忍住，停顿下手中剪刀的行走，或是不忍破坏这种属于他们之间的这份静谧，或是她浓黑的睫毛微微地抖动泄露了她浅睡之中的不安令他有些心酸。他甚至想伸出手去轻轻抚平她眉间那两道挤在一起的竖纹，让这张年轻的闪着细腻光泽的脸恢复绸缎般的平滑。他从未像此刻这般希望时间暂留，在空调的微凉之中留住这样的安宁和美好。但过于的安静反令她的触觉敏锐起来，她一下子从蜉游立于水面的浅睡中惊醒，却惶然周围的陌生。待从懵懂中清醒，望见镜子中他的端详，猛然坐直了身子。她下意识的动作让他有些窘，像被抓了个现形，他在偷窥她，心怀不轨。

他慌乱地移开眼神，本想解释两句什么，嘴角嚅动，却是一句话没说出来。她的神色反倒平静，许是惊觉自己惊住了他，歉意地扬了扬唇角，安慰他似的，身子很有些幅度地委顿在椅背上，较刚才是更为放松的动作。他回应她的善解人意是抿了抿唇，让笑意泛出来，手下再不停顿，垂下眼睑，左手握梳子向上一挑，细长的发剪沿着梳齿掠过去，瞬间乌黑的碎发再度纷纷扬扬。

浅浅一眠之后，她的神态倒没了局促，望着镜子里他专注的神情，忽轻叹一口气，自言自语地，一入侯门深似海，我看北京就是这侯门，深不见底。可还是有很多人贪恋这个侯门，哪怕被冷落被遗弃。她的话音刚落，他已夺口而出，手中的剪刀却未有迟疑，依旧行云流水。说完，他反应过来这种夺口而出的自然，仿佛他们谙熟许久，多年的老朋友一样。好在她并无过多意识，却问了他一句，哥，你在北京好多年了吧？

一声"哥"，让他神色一愣，手到底有些迟缓，待看清她脸上并无什么波澜时，才淡淡地回了一句，嗯，八年了，没考上大学，高中一毕业，就跟着老乡来闯北京。

哥算是闯出来了。她幽幽地说。想到自己的茫然无绪，她的眉头皱得越发紧了。

他的喉头紧了紧，他真的"闯出来"了吗？也许吧，至少表面是光鲜的，较之其他同事或染或烫潮人的发型，简洁朴素接近于平头的短发使他显得干净利落，白色的衬衣，黑色的筒裤，职业的服装加上安静柔和的气质，身上显不出半点戾气的他确实很像一个成功的白领。可她又怎能知道，这貌似清静的背后有着怎样不为人知的艰辛和酸楚。初来北京，他跟着老乡东奔西走，在工地做过工人，贴过小广告，在各式卖场做过推销，当过收银员，那时候上顿有下顿无的事几乎成为常态，最关键的是居无定所，因为挣的钱实在不够他拥有一个固定的住处，冬天他甚至在地铁站里过过夜。后来呢，他在一家饭店当服务生专伺包厢，遇到了师傅，师傅眼力好，等客人时跟他聊了几

53

句，就看出他的状况，问他愿不愿意学美发，若愿意，就收了他做徒弟。其实他哪里愿意去做这一行，说美发是好听，其实在老家就是剃头匠，理发的。他虽没考上大学，心气儿还是很高的，哪怕做个服务员感觉也好过帮别人剪头发。他低头不语。师傅就说了一句话，人飘着，不如踏实学一门技术，学好了，总比你端盘子强。这句话说得他心动，便这么成了师傅的徒弟，从此也结束了东游西荡的人生。但生活并没有敦厚到让他的人生从此就一马平川，好在他是一个男人，再辛酸苦楚也不肯表现出狼狈来，咬咬牙也能熬过。把一个人的日子过得云淡风轻，成了这些年他最大的修为。

可他怎么会告诉面前的女孩，这数年来，他独自闯荡京城的酸甜苦辣，还有，一些让他鄙视自己却又无法甩掉的不堪过往，蜷缩在黑暗的时间之中，总在伺机跳跃而出，露出它冷冷的笑意，面目狰狞地逼视他，叫他寝食难安。他什么都不会说。她只是一个与他"萍水相逢"的女孩。

他忍不住也叹了一口气，像与她达成了对某种认识的默契。

我来北京是为投奔男朋友的。话一出口，自己都有些吃惊，分明只是一个在网络上相谈甚欢的人，她连他的真实姓名和容貌，还有职业，一应都不甚了了，而且他们也并没有互生情愫的表白，怎么就变成了她的男朋友呢？但既然已经以男朋友的身份出现了，索性就担待了这个身份吧，反正，她再逢不上他。在他那里，自己说不定已被沉尸海底，断无再见天日的可能了。

只是，投奔得并不成功。他奇怪地失踪了，我再无他的音讯，不知道是不是在躲着我。我可能是个累赘，为什么要往北京来？原本就应该待在家里，找一个相看不厌的男人嫁了，生个孩子，在小城过那种平静安宁没有太多负担的生活……她想象着自己依旧在小城的样子，骑着电动车，在并不宽畅的街道与渐渐增多的小汽车负气地争抢道路，比着赛地摁响喇叭，与过往的熟人恣意地打着招呼。一定不会有拖着行李箱站在某条路边茫然失措、惶恐到心惊、眼泪扑簌簌往下落的情形。明明述说的是哀伤的事情，因为有了想象，其慰藉的力度大过哀伤，她的脸上反露出一丝笑意，只是再想起自己的局促，日夜被惨淡灯光漂白的地下室那几平米的空间，那笑意迅疾消逝，神情如疾风骤雨摧残过凌乱不堪。

往镜中一瞥，她低垂眉眼的慌张和哀恸尽收了他的眼底，他的心突然坠入深谷般，有种无能为力的撕裂和悬空感。或许，有他不得已的苦衷吧。他只能这么说。这座城市看似繁华热闹，光鲜异常，可每一分光鲜里，都如同被撕裂的纸帛，有着无法打磨的毛边，但少有人会将这毛边的粗糙袒露出来，毕竟人都习惯被光耀的东西撩拨，锦衣夜行说到底就是一种资源浪费——若是无人相看，锦衣又有何用？很多时候，人就是活在他人的眼光中的。比如刚才，她说他"闯出来了"时，他其实还是有些小得意的，至少旁人的眼中，他是体面的。

你说人与人的距离是不是很微妙，忽冷忽热忽亲忽疏都成为常态，真希望人人的体温都是三十七度，不要超过了，超过了就意味着生病，越高的温度病得越严重……她的声音变得细弱，最后闭上了眼睛。

他不敢说话，怕言多必失。三十七度酒店老板是外地人，生日在三月七号，酒店开在首都，本来是叫三十七都，嫌"都"的音太平，便改成了三十七度，跟人的体温其实并无关系。但字义是用来演绎的，演绎得越细致漫长越有味道。三十七度跟人体温相关就算是他的一个版本吧。

剪刀细短而急促的嚓嚓声变得密集，她感觉到他气息在发际间环绕，像轻风，恣意又克制。她注意到旁边区域里，几个发型师与顾客的热络，有话没话，总不肯停下，尤其那个发型有点儿像鱼鳍的男人，身形显得胖了些，底气足嗓门大，他的顾客是位女士，染得一头橘黄色头发，他一直跟她推销一种清理头皮的产品，让"头皮上无化学物的残留"是他说得最多的一句话。染发剂都是化学合成物，在头皮上会有残留，而洗头膏也会有残留，久了，就把头皮上的毛孔都堵塞了，容易脱发。鱼鳍头大概以为普及养护发知识很得体，在自作主张把小瓶产品替女士用完之后，嫌清理的范围窄了，没等女士反应过来，他半是征询半是强制地又用掉了两瓶，女士终于急了，一小瓶一百块钱，三瓶连头皮的半壁江山都没拿下，她忽地从座椅上站了起来，对鱼鳍头说，你再搓我的头皮请你给我赔偿，知道你摧残了我多少脑细胞吗？

别以为用个"化学物"整个"残留"这样的词就高大上了，我不吭声你真当我二啊？

她听了差点儿笑出声，用眼角余光往那边瞅了瞅，见鱼鳍头一手微举着一个小玻璃瓶，另一手翘着食指，讪讪的模样。收回目光，觉出身边人的和善来，除了发型，自始至终没给她推销过任何产品，倒给她守住了一份清静，让她这个误坐到椅子上的人并没有对剪发产生一丝排斥——忽然她想到了什么，一下子紧张起来。

他果然有和风细雨的熨帖，修剪得差不多了，两个中指端直了她的头，看着镜子里的她，微笑着，您看，这样还行吗？哪里还需要修剪一下？她却无心端详镜子里的自己，她想的是钱，不知道他是什么级别的收费，若是太贵，那是心不甘情不愿，她要为即将而来的日子用好每一笔钱，至少，目前她没有修剪头发这项开支的预算。

她复归一脸茫然，没听进他的话一样，脑子飞速转起来，进到这个店原本是来蹭空调的，怎么就成了他的顾客，扎得好端端的马尾辫怎么就成了披发？

还……行吧，就是，就是，我……她嗫嚅着，脸上愁云密布，外披下的双手已经拧在了一起，准备着要做一次耍赖的"上帝"。

他看到她的局促，也看到曾经的自己默默出现在不远处。生活本就是一幕幕的剧，前面走过去的人总能在后来者身上看到当年某个瞬间的自己，自己和自己相遇，却只能彼此保持在原地，以不同的身份互相凝望，无法靠拢贴近。他把脸上的笑意放大，对于他们服务行业的人来说，笑容仅是一个面具，可卸可装，并不真正是他们内心的表达。但笑的标签就是良善，就像是一张可以随意出入屋舍的通行证。他说，您发质是我少见的好，作为一个发型师，能打理这样的头发是很幸运的。我们发型师每人每月都有一次给自己顾客免单的机会，我想给您免了这单，可以吗？

她不免吃惊，这像是一缕从云层泄漏的阳光，轻盈而温暖，让她黯然的心一下子亮堂起来。一个小小的星火，运气的星火。有了星火，就不怕没有燎原之势。她眉头舒展开，却又为刚才自己的念头羞愧。幸好，内心的迟疑让她没来得及，给了她一个顾全别人也保全自己的机会。

她轻声道谢。他给她把脖颈上的碎发清理干净，才将外披小心取下来，抖了抖，搭在椅背上，示意着一次服务的结束。她起身，有些犹豫此时是往外走还是继续待在屋里享受这份清凉。见势跑过来的接待小姐热情依旧，姐，剪完了，这边结账噢。说着，引导她往收银台走。他拦住接待小姐，一会儿我去签单。

她有些尴尬，这情形自己是再不好意思待下去了，只得推门出去。屋外满地白花花的阳光，铺张得让人生厌。她想这真是一件奇怪的事，阳光明明是尽人挥霍，奢侈得没有底线，但依然有地方尽生寒凉，冷与热，有时候就是一条黑白线，连个中间地带都没有，一个迈步，冷热两重。

到收银台结账，他划的是自己的卡，九十八块钱，所谓给顾客免单的名额只是他随口诌出来的，自己给自己的服务买单，这个行业里大概他是第一人吧。他能做的只能是这些，隐没自己，在北京的生活并不如他向她描述的那样，充满希望，但既然在这里驻足，他倒情愿自己在她心里是西装革履、春风得意的，生活里没有"窘迫"二字。她倒简单，真就信了他给自己裁设的这套鲜亮外衣。原以为南北两地，就做这么一对人生没有交集的网友也挺好，聊聊天，充斥一下工作之外无处可消遣的时间，听她说小城里发生的事，也当当她的心灵导师，灌些从别处搜罗来的鸡汤。他并未意识到，靠着这些所谓的人生顿悟，一个尽责的邻家哥哥形象就这般树了起来。毫无防备之下，她突然发短信说要来北京，投入北京的怀抱，还要见阳光帅气的哥哥。他第一反应是扔下手机开始收拾起屋子，不能让她到北京后看到屋里的乱象啊，那会有损他在她心目中的形象。但很快他又停下，想起来这个单间是和同事合住的公司租的公寓房，他根本没有完全属于自己的住处。他自嘲地摇了摇头，他把希望灌输给别人，自己却生活在希望的阴影里。这座过于巨大的城市里，其实有多少空荡荡的灵魂如春天的柳絮四处飘摇，无以安生的流离与动荡让他们在虚妄的理想构织中自欺欺人，而一旦迎面碰上不可逾越的现实时，便不由自主地选择逃避，以尽可能减少付出后的被伤害。他眼里的北京，不缺冷漠，或者不缺冷漠的假象，因为无能为力。人有三十七度的正常温度，其实，人和人之间的情感又何尝不需要一个正常的温度范围值？太冷容易冻着，太热又会被灼伤。

他慢慢退回到自己的床上，点开她的朋友圈，翻出一张又一张她的自拍，她其实是爱美的，每张照片都被修过，大眼睛，尖下巴，唯一不曾改变的，是几乎扎上头顶的马尾辫，像她的标志性记号。但跟他有什么关系呢？

他斜趴在椅背上，想起她进门时茫然无助的眼神，她对剪发的无动于衷，她微眯着眼还时不时发出的叹息，想到她失去的马尾辫，他的心堵着，堵到气喘不匀，她真的能适应披肩发吗？这时，有人推了推他的胳膊，他抬起头，是店里的接待小姐。见他两眼泛红，她没敢像日常那样跟他嬉笑，轻声说了句，找你的。

他抬头看向接待小姐的后面，首先冲进他眼里的是头上参差不齐的短短的马尾，她脸上被阳光照射的红晕未褪，眼睛亮晶晶地看着他。

她说，哥，你们这里还需要人手吗？

向 晚 之 心

　　李向晚吃完饭的时候，杜小昂的碗里还有差不多一半没吃完。她吃饭本来就慢，又喜欢一边吃饭一边看微信。李向晚当兵出身，是饭堂人堆里抢过饭的，吃饭的速度简直就是疾风骤雨，结婚十多年，很多习惯都在杜小昂的努力下慢慢改造了，唯独吃饭这一手，无论杜小昂怎么批判嘲讽他，就是改不过来。端上碗就习惯性地闷声不吭，把饭桌当成战场，以风卷残云的气势解决着日常的一次次战斗。杜小昂开始还一副恨铁不成钢的样子，可李向晚说，钢与铁说到底是一样的元素，同样的材质，用途也差不多，只不过硬度有点差异罢了，而这硬度对她有什么关系呢？杜小昂一想也对。李向晚吃饭快是快，却从没有肆意地嚼出过声，也不会很嚣张地吧唧嘴。她见过那种饭桌上看起来很文雅的男人，举箸动作轻缓，落箸就像搁羊毫，但嘴里的那个声音，一张一合间，就是一出缺了指挥的交响曲啊。杜小昂不是很矫情的人，既然李向晚改不了吃饭的速度，她也就坦然接受，直接无视了——反正对她没什么影响。不过后来她发现自己还是上了李向晚的当，说没有一点影响是不正确的，因为她最后吃完饭洗碗就是她的事了。这没办法，李向晚吃过饭就端坐到客厅看书或微信聊天，她做不到两手一摊什么都不管地等着李向晚收拾。只有在洗碗刷锅的时候，她心里才百般不是滋味，觉得李向晚把饭吃那么快不仅仅是种习惯，还是个陷阱，为了躲开做家务的陷阱。只是到了这个时候，她觉得愤怒也晚了，就算是个坑，也是她一步一步帮着李向晚给自己挖的。于是坐在客厅的李向晚会听到厨房里碗碟刻意碰撞发出噼里啪啦的、惊心动魄的响声。有时候，李向晚会口是心非地对杜小昂隔空喊话，放那儿吧，一会儿我来洗。一会儿洗？杜小昂知道他的"一会儿"是多会儿？可能到第二天也没准。对这样的喊话杜小昂只能权当没听见。当然，若是心情特别不爽，或者是正在月经期，杜小昂还真是能停下来，把一摊子推给李向晚的"一会儿"。她洗干净手，坐到李向晚跟前，用无声的肢体语言督促着这个男人，直到他再坐不住，放下手机带着同样的情绪去厨房。

今天杜小昂没有给李向晚"一会儿"的打算。李向晚却表现得有点反常，他居然没有坐到客厅，而是一直守在餐桌边等着杜小昂，见她吃几口饭刷一会儿朋友圈，不满起来："你快点吃行不行，吃完我要刷碗了。"

这一催，把杜小昂惊着了，抬头看他，一脸太阳从西边出来的不可置信。李向晚一副无辜而又委屈的样子："看我干什么，这还不是我的活嘛！"

杜小昂一口饭差点儿喷出来。她知道李向晚的样子绝不是装的，他不是那种翻手为云覆手为雨的人，但在她面前，绝对可以把几次的行为无限放大成"一直"有的行为，唯有"一直"，他才可以那么坦荡。李向晚在厨房的动静不比杜小昂生气的时候弄出来的小，不过，这不影响此刻杜小昂的好心情。李向晚能主动承担洗碗这样的家务是可遇不可求的事，就算他磕破个碗摔碎个盘她也没脾气。心情大好的杜小昂，跟着来自厨房的响声毫无章法地哼唱，赤裸裸地表达着自己对这份不期然而来的待遇的愉悦之情。李向晚忽然地积极勤奋，让她一下子感受到生活的可爱，至于这勤奋的后面藏着什么，她都不愿意去想了。就像坐长途车没有座位，站的时间长了，疲惫得摇摇欲坠时，忽然有人起身给你让座，尽管过后座位还得还给人家，但那种身心暂时的释然，依然会让你对这份好意充满无限感激。

洗过碗，李向晚又非常勤快地把厨房收拾了一遍，除了油烟机，其他能擦的地方他都卖力地擦过，杜小昂被厨房的整洁吓了一跳。长期以来厨房是她最坚不可摧的阵地，她在这里舞刀弄棒之后，最后的清理通常也是敷衍的，漫不经心的，这样日积月累的结果就是厨房的暗淡无光。杜小昂并没有麻木到无视厨房的暗淡，但她对这种粘了灰的凝固的油腻有着本能排斥。她一直想找钟点工来处理，只是李向晚反对，在他眼里，他们家请钟点工是太小题大做了。又不是富贵之家，有必要花这个钱嘛！这样的态度本身就叫杜小昂不爽：没必要花这个钱，你倒是自己动手啊，一个大男人只会在那里说东道西，根本不知道动手，难道就坐等着我把这笔钱省下来？她看看自己枯干粗糙的手，手背还有隐隐的色斑，窥视着堂皇坐正的时机，看不出一点细腻或者精致的意味来。都说手是女人的第二张脸，可这张脸和她的第一张脸一样布满了岁月的痕迹，她不敢用"沧桑"这么厚重的词儿，她不曾沧桑过，最多也只是日子粗疏了些。

杜小昂不是动用昂贵的衣物和皮具来炫耀男人的女人，曾经觉得那是无比的虚荣和肤浅，还非常不屑：不过有钱，只是有钱而已！那种有钱嚣张还被爱浸润的女人能有几个？可是日子过得久了，看着自己一天天除了早九晚五的工作，剩下的就只是家里那些琐琐碎碎，她已经连端详四季的心思都没有，更别说在某个风清月朗的夜晚，跟李向晚一起回味哪年哪月的风花雪月，让慢慢枯干的心重新滋润起来。李向晚也是越来越中年的样子，尖瘦的脸圆了，肚子鼓得如同有了身孕，走路也外八字，说话有意无意拉了长腔，不急不缓地，像是一块锋利的石头被风蚀了，看着还有些棱棱角角，用手轻轻一抚，那些棱棱角角都化成了尘土。只是杜小昂明白，李向晚失去的是外表的棱棱角角，他的性格他的思想，却是依然坚硬，依然不可摧毁。

看着被擦拭光洁的灶具和水池，被收拾得干净利落的台面，杜小昂叫了一声"天哪"！她用怜惜的眼神看着李向晚，不愿意干的活被这个习惯把自己束之高阁的男人解决了，她内心无法不涌动着感动和柔情。李向晚得意地看着杜小昂，下巴微微向上抬了抬，一副立下千秋万代功劳的模样。

只是柔情之后，杜小昂没能忍住，犹豫之间还是把那句卡在嗓子眼里想往外蹦的话问了出来："老公，你是不有什么事要跟我说？"

李向晚脸上的得意一下子僵住，他皱了眉，表情恢复成惯常的不耐烦："我能有什么事？帮你干活还招你了？"

杜小昂主动忽略掉"帮你干活"这几个字，嬉笑着，作一副温柔女子之态靠近李向晚："就喜欢你这般勤奋能干！"

李向晚板着的脸像是被风吹软了，荡漾着春色："哎，这大白天的乱想什么呢，真不害臊！"他用臀部轻磕着杜小昂，轻佻的模样。

杜小昂心中忽地一颤，她居然爱极了这样轻佻的李向晚。

一连几天，李向晚几乎没让杜小昂插手厨房事务，顺带连拖地、洗衣服这种比较稳固地贴着杜小昂标签的家庭工作都一并代劳了。尽管对于李向晚这样突如其来且如同快速吃饭一样具有连贯性的行为很有好感，觉得肯做家务的男人才是最美的，才是一个女人被宠溺被呵护的体现，杜小昂还是觉得自己的男人有点不正常。一个能把饭吃到飞快并借此连碗都不肯洗的人，怎么一下子会沉溺到他所不齿不为的家务之中呢？享受了几天毫无家庭事务压力的放松日子之后，杜小昂不那么淡定了。

刚结婚那几年，李向晚在基层，那时他工作忙，一个月有大半时间是在单位，带兵训练、执勤，在家待不了几天，心里对杜小昂充满了愧疚，对杜小昂的好就表现得格外突出。除了身体上卖力地补偿，还有不吝啬的语言赞美，再就是雷厉风行的内务整理：所有明面上摆放不端正不齐整的物品，他全部收拾起来，一股脑儿地放进柜子、抽屉，甚至他把衣柜里的衣服都分门别类地重新整理了一遍，地拖了，桌子抹了，衣服泡了，有时还会做那么一两顿饭。不过李向晚做饭的机会不多，婚前他跟杜小昂吹牛说做饭对他就是毛毛雨，他绝对有很高的做饭天赋。结婚后杜小昂发现，李向晚只有品尝的天赋——一个吃惯食堂的人居然对吃挑剔得像是一直生活在尖端美食之中，除了咸淡，还有颜色的深浅、材质口感的老嫩，或者材料的搭配，指手画脚如同演练过千军万马的统领。杜小昂索性把厨房的使用权全部移交出去，没承想李向晚有负她望，几次操练过后，尽失挥斥方遒的英雄气概，简直溃不成军，把所用材料完全变成一团不明所以、不忍直视的黑状物。从此李向晚再不对杜小昂的厨技说三道四，乖乖地噤声不语，只管来者不拒，完全恢复了吃食堂大锅饭的本性。后来，从基层调到机关，李向晚的食堂生存环境没变，但饮食品质有了提高，慢慢有了临近中年男人的惰性，有了养尊处优的优越，也有了微微隆起的肚腩。那个雷厉风行的男人不再风一般行了，他漠视身边的熟悉，也漠视家庭里微尘一样绵延的碎屑事务，他可以和杜小昂谈天论地，说国外的战事，国内的经济，上天文下地理，前历史后未来，倒是没让杜小昂寂寞过，但一涉及家中具体事务，李向晚要么不接话茬说东道西，要么皱着眉头不搭一话，做一副正深思国事要论不宜惊扰的模样。这惯用的两种态度模式刚开始启用时杜小昂还没多少想法，反正她每天工作也不是多忙，单位离家近，上下班不用卡着点，时间上弹性比较大，回到家洗衣做饭这样的家务活对她也制造不了太大的压力，所以李向晚的避活她并不以为然，何况，女人承担家务似乎也一直被社会认为是理所当然。既然是存在的既定模式，杜小昂就接受了吧。不过一种版本的模式用得太固定，容易引起视觉和心理的疲劳，杜小昂的愤懑之情也就时不时像春天里不轻易就拱出地面的小草，会出其不意地蹿出来爆发一下。而所谓"爆发"，其实就是小女人的撒娇手段，跟"软糯""娇柔"这样的词是等同的，只是这个手段呢，偶尔用用还管点用，用多了次数就不灵了。李向晚可不是那种善解风情的男人，更多时候，他一板一眼的有如走正步，你要想从那正步里面看出一点山光水色来，绝对徒然。

说徒然，仅是对外界而言，内里这头的李向晚，则有着另一番风景，说不上妖娆，但绝对旖旎。这样的旖旎呢，杜小昂是见过的，只是见过，像海市蜃楼，闪在她面前，而那可触的华丽跟她却是一点关系没有。

起初是杜小昂的侄女杜杜，大学还没毕业就在北京联系好了工作，来到北京后拖着行李直接去联系好的单位面试，面试通过才给杜小昂打电话。杜小昂当时就心酸得不行。杜杜从小没母亲，跟着爷爷奶奶长大，她比杜杜只大十三岁，却把杜杜照看得犹如自己的孩子。离开故乡后，还在上小学的杜杜给她写信一直到高中，关系比跟家里其他人都亲。这会儿来北京，是怕给她添麻烦，所以才会在一切都安顿好了之后才告诉她，以免她担心。李向晚倒很坦然，说年轻人就该这样，自己打理自己最好，若是连未来都要让别的人来操持，就永远不会长大。这话说得没什么不妥，可是听到杜小昂的耳朵里，总有种置身事外的不以为然。趁着周六日，杜杜会过来看姑姑和姑父，差不多两周一次，从来不会空着手。女孩心细，买礼物不偏心，这次是专门给杜小昂，下次必定是给李向晚备的。杜小昂不把杜杜当客人，每次来了吃饭也不特意准备。侄女跟姑姑随意得很，没觉得普普通通的饭菜有什么不好。就是这样，李向晚还是觉得被打扰了，家里凭空多出个人来他觉得不自在。杜小昂问他有什么不自在的，他想了一下说，不能享受安静了，有外人还不能穿短裤，这么热的天，在家要捂着长裤，多难受。见杜小昂的脸色一变，他赶紧又说，这都没事，我就觉得你比较辛苦，杜杜都这么大了，还这么懒，每次来都不知道帮你干干活，洗个菜总会的吧？杜小昂说不出话来。李向晚的观察确实细致无比，侄女每次进厨房，问一句要我帮什么忙？听到杜小昂说不用不用，陪我聊天就行，果真就站在一旁跟她聊天，间或伸手帮她递一下菜，还真是极少插手厨房的事务。杜小昂很郁闷，杜杜的存在虽然没太多影响到他们的生活，但李向晚的判断影响了她的情绪。她本应该是杜杜在北京的依赖，杜杜的到来让她在偌大的北京有了亲人，让四面八方都是人流车流、都是繁华高耸建筑物的北京从此没那么宽阔，也没那么拥挤了。只是没想到杜杜会成为李向晚眼前的一堵墙，他只要一抬眼，墙上的每一道痕迹都那么鲜明。

杜杜是有意识的。李向晚在她到来之前会消失在家里，加班，或者有个推脱不掉的应酬。几次之后，杜杜就来得少了，到后来，就只在过节的时候，来跟杜小昂说说话，赶在吃饭前，匆忙告辞。

杜杜在北京待的时间并不长，两年不到，她放弃北京，申请去了外地的分公司，那里有个小小的职位，她男朋友就在那座城市。以后连过节杜杜都不再出现了。杜小昂这时候没有心酸，只有迟钝——日子重归了宁静，不，是寂寥。

是李向晚喜欢的没有惊扰的生活。

杜小昂并非不喜欢热闹，她性格活泼，不烦与人交谊。反而是原来的李向晚，整天与一群憨头憨脑的兵打交道，或许是惯于在兵们面前威严着脸，那脸上的表情就不太爱变化了。一张不太变化的脸，倘是旁人说什么笑话，他的笑也总是比别人要慢上一拍，跟一个掌握不好节奏的小学生般，倒让别人笑过笑话再乐他的表情。这叫李向晚不爽，又不能把这种不爽流于情绪，于是就尽量不往人多的地方凑。自己不往人多的地方凑，也劝着杜小昂，人多有什么意思，狭隘的空间、密集的人群，大家都说话，有些人只荤不素，拉来扯去都离不开下半身那些事，感觉是热闹，可是想想有多恶心哪，你呼吸的每一口空气里都泛滥着别人的口水……不同的劝词，良苦的用心，反倒比参加一些集会更有味道。杜小昂的生活可繁可简，享得起热闹也守得住安静，何况李向晚几番游说，她也没觉出整天拎着包穿梭于一张张认识或不认识的脸皮中有太多的乐趣，果然也就收了她喧闹的一面，守在家里安于家务，再到网上买了些书，打算就这么安静地度过自己漫长的人生。她反正也没有雄心壮志，也不认为固守安静就是平庸，这世上，能有多少人像自己所希望的那种生活？所以杜小昂觉得有时间看看书，用旁观者的身份去体会别人的人生，又有何不好呢？

自此却是知道，李向晚是真的不喜欢热闹，连她的那点小小热闹都不甚喜欢。好吧，那她就独自对镜狂欢吧，一花一世界，一人也可以一宇宙。

当杜小昂以为她和李向晚会一直这么恪守宁静时，忽然某一天，家里又多出一个人。李向晚的小侄女，考学北京，学校离得不远，到杜小昂家公交车几站路，连车都不用倒。宁静于是就这么重新被打破。像是一个轮回，走一个，来一个，情景相同。杜小昂一开始担心李向晚的不自在会再次出现，她与小侄女还不能做到与杜杜那般自然，很怕怠慢了刚进入大学的女孩。很快杜小昂发现自己实在是多虑了，李向晚不但没有不自在，反而欢喜得很，那种发自肺腑的欢喜让李向晚的眉眼处着着实实铺满了笑意，好像他身上揣了一件宝物，从此可以上天入地或长命百岁。杜小昂于是知道什么叫排他。一山有两景，杜杜呢，是李向晚冰雪覆顶的寒，小侄女则是他四季皆春的暖。不仅是杜杜，杜小昂一天一天发现，自己在这个家几乎也是可有可无的，她也成了李向晚的寒。李向晚不再与她交流什么看法，若非找些话题，也只是关于女孩的学业、女孩的其他事务、女孩的穿着，还有——特别骄傲的口吻说，今天吃什么什么，你甭管了，蕾儿会做呢。一下就把杜杜区别了，杜杜可是个连菜都不会洗的女孩，这让李向晚对蕾儿的"自然"有了足够的底气——一个勤快能干的女孩子，怎么能不令人惊喜！杜小昂似乎找不到李向晚不骄傲的理由，只能应答一声，那就辛苦蕾儿了。女孩笑笑，并不答话。杜小昂很奇怪，她跟女孩虽没有血肉亲缘，但也不拿长辈的架子，尽量不让女孩在家里有陌生感，可女孩与她，仿若天生有着隔山隔水的距离，从不主动与她说话，就是她主动寻些话题聊时，女孩也只是"嗯嗯啊啊"的，好像跟她一说话，便失了自由，实在令人气馁得很。杜小昂忍不住自嘲，看来自己不是人家的菜，就算再怎么鲜亮，搁到人家面前，也是倒人胃口的。她想李向晚若对杜杜有这份主动，杜杜肯定是欢跃的。可惜，杜杜的热换不来同样的热。

女孩确实能干，李向晚爱吃的饭食，她都能做出家乡的味道来，让李向晚赞赏有加。只是李向晚并不知道，若是某个周末过来他不在家，女孩便非常客人的样子，要么依靠在沙发上低了头只管沉入手机世界，要么一直待在他们兼卧房的小书房里，除了上厕所是不出来的，连杜小昂给她冲好茶端过去身子都不肯欠一下，也自然不会像杜杜那样跟她聊天，更别说亲自上阵单独给杜小昂做一次饭——也是连菜都不肯帮着洗的。离开家的时候，甚至都不屑于把自己制造的垃圾收拾一下。那般的不屑一顾，杜小昂只能用"代沟"来安慰自己。一岁一条沟，她和女孩之间相差快二十岁呢，那沟还不得深不见底、宽阔无比？想要逾越，哪那么轻易。

原还想把自己定位到知心姐姐的位置，结果发现实在高估了自己的能力，或者低估了女孩的防御。婶婶就是婶婶，安分守己是最好，别想着翻墙入境，还要往背上硬插上一双翅膀，当什么贴心天使了。这样一想，杜小昂就没那么掏心掏肺地往女孩跟前贴了，贴也贴不上啊，她就算是块膏药，也是过了期的。

这时候的热闹就是李向晚的，生生撤掉了杜小昂。偶尔，杜小昂耍个性子，把满心的不痛快挂到脸上，想的是若被李向晚责问，或是略有微词，她也要借了机会宣泄一下。这好歹是她的家呀，被这么生硬地无视掉，她还不能像李向晚那样找个借口躲出去——能往哪儿躲呢？单位算不得远，可坐地铁连带着走路单趟也要耗掉一个小时，她又不喜逛商场，况且躲得了白天躲不了夜晚——难道就不许她有点小情绪？谁知她还是被自己的感觉绊了一个趔趄，李向晚根本没接她的茬，对她设的梗既不想拔掉，也没打算绕过去，就随其戳在那里，闪着红艳艳的光芒。

在杜小昂眼里，李向晚属于温和男人中的大男子主义，大男子主义中的温和派。他对她从来没有颐指气使过，有事都与她商量，但这商量里，他其实已经定了调，只不过是用商量的口吻来告知她这件事的结果而已。若杜小昂真就这事有不同的看法，他也不会一意孤行，强行让她接纳，而是将此事搁下暂且不提，过一段时间再旧事重提，他的貌似柔弱其实坚硬的态度还在原地不动，除非他自己在此期间有了其他的想法，这就另当别论了。李向晚的迂回战术只能让杜小昂低头，不低头又能怎样？没有好坏之说，更无敌我的界限，只是家庭生活的碎屑，若只硬碰硬，不过两两受伤而已，却于事无补。而她的这一低头，又有了新的说法，李向晚借此来个顺水推舟，说这事本就是杜小昂决定的，再婉约一点的说法呢，是他们商量着来的——接下来的话，才是李向晚铺垫的结果：万一有什么不满意，杜小昂就不能埋怨他了，有什么可埋怨的呢，当初都是两个人一起做的决定！好像杜小昂随时都在伺机找他的碴，他以极度的警惕来应对杜小昂的防守，以免不期然间被攻个措手不及。

杜小昂原也不是那种什么心都不操的人，但李向晚温敦的强悍像一堵夯实的没法逾越的土墙，虽不坚硬锐利，她撞上去不会头破血流，也不会一身青紫，只是软软地说不出来的疼，外嫩里焦，让人束手无策。所以她的选择是退缩，只不过这种退缩却是用了力气的，她用负气的态度和坚硬的外表来抗衡李向晚，这就有了对峙的味道。明明杜小昂是退了的，偏偏在退的时候刺猬一般竖起了锐刺，纯粹下意识，是已经被攻城略地后对尊严的维护，却好像是她不肯示弱。于是在外人看来，杜小昂坚强而有主见，语言上有绝对的锋芒；倒是李向晚，一脸的平静安和，像春日清晨的阳光，温暖而详宁，有着令人依赖的气质。

像吹到快极致的气球，明明是弹性十足地软，偏膨胀成圆咕隆咚地硬，又没有自行发作的条件，便只好躲在尘土如霜的角落，自行消解。消解之后，却明白了夫妻的关系，无论表面怎样融洽，仍不过你是你，我是我。

三年半的时间说起来还是漫长的，一旦过去，回过头再看，却也不过眨眼间。杜小昂戳在李向晚和小侄女亲情之间的那份生硬终于成为啼笑皆非的历史。不管怎么说，过去了便风轻云淡，日子本来就是用来遗忘不快的。杜小昂有时候也想，李向晚对她情绪的视而不见，或者不是视而不见，而是真的没见。他的细腻与粗糙是有针对性的，同一件事，在他身上是细，到了她身上，就只能是糙。事物的相对性，就是在生活的各个细节上体现的。李向晚只看到杜杜一身的尘垢，却看不到蕾儿背后的不堪。

好在杜小昂乐观，生活本来就是粗糙的，这世上有多少人能把生活过得精细，过得随心所欲？无论是细还是糙，不过是婚姻行程里的彼此适应过程，进与退，也都是对对方的渐渐习惯，或者叫作接受。这样一想，心也就一点一点平复。

依赖成瘾。杜小昂认为瘾是一种过程，没有哪种感觉会一下子成瘾，而李向晚给了她一个正好可以成瘾的时间期限，十天。这十天，她享受着李向晚分担她所不期待的家务工作，从不适应、内心忐忑再到顺其自然地接纳，再到背靠大山的踏实，这种依赖的产生一步一步，好像在空无一人的沙滩上放开手脚把自己赤裸裸地摊开，正好是她感觉最放松最慰藉的时候，根本不用提防会有什么侵扰出现。

那天是周五，晚饭一过，李向晚下楼到院子里散步去了，这是他雷打不动的节目，从他坐机关的第二年就开始了。杜小昂起初还跟着一起出门，那时她还喜欢小鸟依人状地挽着李向晚的胳膊，在旁人眼里，就是一副夫妻恩爱的模样，还引得不少熟悉和不熟悉的人向他们侧目——老夫老妻的样子，还能这般你侬我侬的实不多见，如今的感情大多跟肯德基、麦当劳快餐似的，要么打包，要么吃完迅速走人，买到手的东西谁有工夫欣赏？坚持了一段时间之后，杜小昂没耐心了。工作虽不累人可熬人啊，朝九晚五，被掐掉的头尾才属于家庭。无论有没有工作，一日三餐和三餐之外的琐屑，是谁都没有办法避开的事。杜小昂是家务的主力，洗衣拖地，做饭买菜，样样她得冲锋在前。说家务活有多累人总让人不信，连她自己都非常茫然，就如同大热天穿着春秋的外套，最多是不合季节，没人会觉得是种负重。当杜小昂从家庭琐屑中拔出身子，除了倦怠就什么想法都没有了，秀恩爱的事情在日复一日的家务磨损中渐行渐远。后来偶尔兴致来了，再跟着出门，已想不起要挽着李向晚的胳膊，埋头跟在李向晚的后面，各走各的路，仿若陌路人。

李向晚下楼没多久，他正在充电的手机便欢唱起来。杜小昂没动身，她连去瞅一眼谁打来电话的念头都没有。李向晚出门必带手机，哪怕只是到楼下扔垃圾。对敏感点的女人来说，丈夫从不允许让手机落单也许是背后隐藏着什么不可告人的事儿，而女人的天性又必定会让自己将这背后的隐秘挖掘出来，无论祸福，也不肯不明不白。杜小昂觉得自己是女人中的异类，她对李向晚毫无探究的好奇，就算有什么意外，打探出来又怎样？她既阻止不了想象中事情的发生，也阻止不了人家那一颗向外奔突的心。有这么淡然的态度，她也就不在意李向晚的手机里有什么风云，反正兵来将挡，水来土掩，见招才能拆招，什么都没见你一门心思想拆招那不是给自己找罪受嘛！李向晚对手机的不离不弃反倒使杜小昂对他的手机有了排斥心理，她轻易不会主动去碰，有时候李向晚人在卫生间，电话响了，她才掂着炸弹似的把手机从门缝里递过去。这次李向晚不在，杜小昂依然不想理这个茬，任手机铃声呼天抢地，没人接对方自然会挂机。铃声果然停了。杜小昂嘴角微微上扬，很满意铃声这么通她心意。但也就一瞬间，固定电话响了起来。知道固定电话的人不多，一般都是家里人。手机太方便，再加上微信超强的语音和短信功能，固定电话越来越像个摆设。杜小昂不得不起身去接电话。是小姑子打过来的，一听杜小昂的声音，叫了声嫂子，问我哥呢？杜小昂说在楼下呢，手机正充着电。小姑子"哦"了一声，说难怪微信没回电话没人接，嫂子我们明天一早就到了，你跟我哥这次不用来接，西站地铁、公交车都很方便，丢不了！小姑子"呵呵"笑起来，说早饭也不用准备，啥也甭操心，平时你们怎么着还怎么着，别影响了你们的生活。

杜小昂虽然一头雾水，但她还是明白了一个事实：小姑子要来北京，且不止她一个人，"我们"是多少数量目前还不清楚。杜小昂没多话，说了一句等你哥回来我跟他说。小姑子不知是听出她的冷淡还是感知她对此事的茫然，问候了她一下便挂断电话。杜小昂还在懵懂之中，身子充了气般，竟晃悠起来。她没弄明白，怎么突然间，就觉得家里拥挤了呢？

蕾儿离开北京之后，杜小昂以为自己和李向晚总算要过一段云淡风轻的日子了，对杜杜的心疼，对蕾儿的不适，无论痛还是痒，在无休止的日常里，其实也只是明晰那么一会儿，剩下的日子那么长，她不能沉没在过往的事件中。

但杜小昂实在天真。再华美的风景，一旦被众人知晓，那华美便渐不复存。小侄女之后，在没有任何预兆的情况下，李向晚的兄嫂带着已婚的侄子侄媳，还有侄媳家的两个孩子来到北京，浩浩荡荡进驻到这个家。

生活毕竟是生活，树木尚且有四季的风情，何况鲜活的生活，它肯定不会是一个模框，只要把每一天放进去，便有毫无变化的固定形状出来，总有枝枝杈杈旁逸而出，让人猝不及防。其实用"猝不及防"这个词有些夸张，一切不过都是可预见的，只是人在自己的世界时，多半会忽略掉外界。

客厅打了地铺，沙发变成床位，不过六十几平方米的小屋，连大家的呼吸都在空气中相互碰撞，还有人声，简直是"鼎沸"了。杜小昂手足无措，没经历过众多人口齐聚一堂的盛况，加之人物陌生，李向晚也没有提前跟她说要来一拨亲戚，要有一大波的"热闹"，她一时还无法应对。这拨人没把自己当外人，想要吃的东西想要玩的地方，一点不含糊地跟李向晚提出来，好像不提就过于生分，体现不出这份浓浓亲情。这时的李向晚也未见他丝毫"不自然"的意思，尽心尽力，动用他储备的人缘关系，跟人借车，跟人蹭票，还让杜小昂休年假专程陪同，将一行人的吃喝玩乐都招呼上，最后发展到他们逛街购物时都静等杜小昂买单。所幸他们对小店的兴趣大过商场，购买力不算高，杜小昂咬咬牙还是能满足的。临到离开，带着两个行李包来的三代人又增加了三个行李箱，李向晚从超市买的火车上吃的食品，也是一个大包，由大点的孩子一脸喜庆地抱着。

整整十天，疲惫不堪的杜小昂终于有了阳光穿过云层的明媚，她笑意盎然，逗着最小的孩子，装着抢夺孩子手里的零食。不想孩子信以为真，哭闹起来。嫂子过来哄劝，说这都快回家了，不受罪了，是高兴的事嘛，还哭呢，再哭，就把你留下来。孩子果然不哭了。

留下是受罪，回家才是欢天喜地的。杜小昂装没听清嫂子的话，反正是要走，受不受罪、开不开心都是过去式了。

哥哥似乎想要澄清什么，对杜小昂说，主要是你们家地方小，太打扰，一开始我们应该住到宾馆去，这样你们也清静。

这话说得李向晚有点尴尬，挠着头说，是呀是呀，是我们考虑得不周到，没让你们吃好住好玩好。

嫂子这时又跟上一句话，北京真没啥好的，瞧你们住这地方，手脚都伸不开，难怪蕾儿老说她不开心，说她过得不好，不愿意留在北京。

杜小昂不爽了，蕾儿从外地实习回北京后，就要李向晚给她联系工作，说她不想回老家。李向晚到哪儿去帮她联系工作？还是杜小昂同事老公的公司招人，走了个后门才进去。可没等三个月的实习期满，她就不肯再去，说是拿的工资低，还有人骚扰她。后来杜小昂从同事那里弄明白，是蕾儿跟公司一个中层领导眉来眼去，没等把人家拿下，就让中层领导的老婆在不同场合含沙射影地骂过几回。到底还不是那种脸皮太厚的女孩儿，在各种目光中受了伤，蕾儿忍怒含羞，执意回了老家，连毕业证都是托了同学给她寄回去的。

杜小昂心里冷笑，这才觉出李向晚的可怜。他的四季如春原来也没暖过一颗心来，更别说面前这么多颗心了，真是白白浪费了无数的心思。这时候杜小昂也不屑跟嫂子多说什么，不说伤肝，说了伤情，权衡之下，反正肝功能强大，修复能力强，伤一回是伤，伤十回也是伤。不说是不说，脸色不那么好看了，笑意收得猛，一下子由春天百花开到秋季草木凋零。李向晚看出杜小昂的怒意，却不能就北京好不好的话题发表言论，只好"呵呵"一笑，说赶早不赶晚，还是早点儿出发吧。不由分说，直接把一个行李箱塞进杜小昂的手里，把她先推出了门。

送走兄嫂一家，杜小昂觉得李向晚总要给自己说点什么，不管务虚还是务实，她这十天年假休得如此筋疲力尽，临到末了，没落个好，倒惹出一堆的不快，又连累北京被藐视。她不在兄嫂们面前发作那叫涵养，却不能不在李向晚那里寻求慰藉，他是他们的亲人，更是她的丈夫！

李向晚毫不掩饰他的如释重负，前后十天，虽然不是他全程陪同，可他又何曾轻松过片刻？现在，他的心情就像受阻的洪水终于冲破防洪堤，有一泻千里的磅礴。这一磅礴，难免不忽略杜小昂的情绪，哪还能体会到她内心的郁闷和委屈？就算有体会，随兄嫂的离开，一切不快不就都烟消云散了吗？一种情绪若失去了发酵的条件，自然不能持续下去。由此看来，李向晚并非真的一点不懂杜小昂，他只是有意地忽略掉。只有忽略掉，他才能坦然。

清理完凌乱的客厅，杜小昂又去整理书房。打扫出几张被撕坏的照片，是她和李向晚新婚旅游的合影，仅有的几张。还有，一枚小小的戒指，不值钱，却是他俩的定情信物，被她嵌进相册放在电脑桌的抽屉里。相册摊在电脑桌上，粘贴的痕迹，被撕扯的痕迹，一一在目。等不到李向晚的安抚，杜小昂的心如夜色漫过，忽地黯淡，孤单了。心一孤单，就易生薄寒，易敏感。杜小昂小心翼翼翻着相册，里面真的是空无一物，干净得只剩下相册。她觉出自己的胸腔在变空，像秋冬后的草原，万物枯尽。强风冷冷袭来，抽着旋，打着滚，发出呼啸的声音。她一挥手，相册飞出书房，砸在客厅的地板上。李向晚呆愣片刻，等他意识到什么，书房里的呼啸仿若箭镞，尖锐地向他直插而来。

日子重归旧辙。只是旧辙那么多，总免不了来来回回地蹭。热闹过了，归了平静，平静一段时间呢，还得再迎进新的热闹。杜小昂明白，很多东西由不得自己，她摆脱不了，李向晚也不能。一波又一波的亲人攒着劲拥来北京——旅游似的来了去、去了又来的父母，拖儿带女的妹妹、不甘示弱的舅舅舅妈、比攀着的姨妈一家，像钦定的驿站，理直气壮地要求去接站，住进来，还一路伺候着。最奇怪的是舅舅，像赵本山、宋丹丹演的小品一样，拿着来时的火车票，问李向晚能不能拿到单位给报销了，说村里某某的外甥不光是来回车票，连吃喝玩乐的费用都让单位给报销了，反正国家的钱不用白不用，你不花，都叫当官的给贪污了。杜小昂一听就笑得不行，舅舅的言论显见是有一定见识和想法的，可你一个纯粹的农民，只是到北京游玩，凭什么要让国家替你买单？李向晚严肃认真得很，接过车票，转身把车票钱给了舅舅。杜小昂这才反应过来，那是舅舅的智慧，是不想花自己的钱，还可以心安理得。

生活里的梗很多，一个接一个，有些可以消解，有些消解不了一直梗在那里，绕过它，似乎也没什么感觉，但若不经意触碰上了，也免不了生出一场风雨。一时风雨一时晴，日子就是这样吧。几年下来，李向晚还是之前的李向晚，喜欢拿清静说事，只是他的清静原是有两端的，一端是幽暗，另一端，算不算是他世界的天堂？人声鼎沸下有他眼里的阳光。杜小昂倒成身披铠甲、满面风霜的杜小昂，她的硬，由外而里，连成了片。

杜小昂终于明白，李向晚有着和他舅舅一样的智慧，只不过舅舅干脆利落，而他迂回得太久，以为用十天的家务活可以换取一场喧哗的阳光。而当阳光隐退，剩下的便是黑暗和黑暗中他们的沉寂。那些蜂拥而至的亲人们，他们只感受来时的得意，离开时最后意愿未达的不得意，又怎可体会，慢慢转身的杜小昂强撑背后的疲惫和那落满一地的失意？

天色向晚，暮意渐近，一点一点沉进杜小昂的心。

兄　弟

　　出了电梯，左右都是自家后装的防盗门。这扇防盗门不是为防盗，不过是把正门与电梯之间的楼道利用起来，隔出约一点五平方米的小单间，也就是把本属公共的场地变成了私用。小单间也没啥大作用，就是多了些私密性，依旧是进入第二道防盗门的通道，置上鞋柜，类似于玄关。

　　每次从电梯出来，米秋会习惯性地朝防盗门窗户看，窗户若是有灯光，那便意味着凌子肖已先于她到家。看到灯光，米秋莫名其妙地总要叹口气，好像什么东西堵到嗓子眼里无法释放出来。开门，换鞋，再开门进屋。米秋看都不用看，这时屋里的凌子肖一定是靠在沙发上低头翻看手机，并不因为她的进门而抬一下头，或者起身迎一下，再不济，抛个蔫不拉叽的秋波什么的。但在米秋进门的那一瞬，他的话会毫不拖沓地跟上来：晚上吃什么？别以为他说这话是为了迎合米秋的喜好，特意等她回来再着手准备，并不是！

　　吃是大问题，无论是对生命还是对婚姻而言。就像《哈姆莱特》里那句经典的台词，生存还是死亡，这是个问题。吃确实是个问题。但米秋最头痛的不是吃什么，而是凌子肖凌驾于她之上的那种态度——回家再早，在冷锅冷灶面前，也只是表现出比米秋稍早一步进门而已，理直气壮地静候米秋回家做饭——不光做饭，别的事也一样，比如洗衣服、拖地、打扫厨房、清理油烟机、整理衣柜，甚至洗刷马桶。细想想，这些都属于家务活，家务活天经地义是女人干的，难不成这些都由男人来做，让女人抱着胳膊跷着大腿享受着？不正常。若是新婚时期，做家务既有初为人夫的新鲜感，又体现着对女人的呵护与爱，还能勉强为之，现在都十几年的夫妻了，别说新鲜，连"感"都没了，再说什么呵护与爱的，就未免矫情。

当然，更多时候，米秋看到的防盗门窗是黑色的。这时候的米秋，多半是轻松的，因为先于凌子肖到家，这是迫于必须要为的现实压力，强于来自凌子肖回家当甩手掌柜还咄咄逼人，动不动就拉个长脸表达内心不满的压力。两种压力实际上是主动和被动的关系。虽然，无论主动与被动，都是她面前的不可跨越，但由于内心的承载不一样，这就注定主动和被动之间存在的对立关系，对事物本质和个人情绪有着决然不同的影响。所以说，米秋还是更愿意比凌子肖早一步回到家，相对心甘情愿地干着那些永远也无法从她面前消匿的家务活。

米秋抬头看看防盗门窗，上面并无灯光透射，与门赭红的颜色相比，窗口的暗倒像是被心不在焉的人随便涂抹的画，透着一股子浮皮潦草的劲儿。这样厚薄不匀的暗黑在米秋看来却有着让人踏实的安静气息。她嘴角不自觉地往上挑了挑，有些隐约的快乐。

然而，即使是隐约的快乐也并不易得。米秋把钥匙插进锁孔，还没及旋转时，另一只手已下意识地往下扣住锁把手。门开了。

米秋吓了一跳，早上她明明锁了门的！米秋是期刊编辑，前些年为了错开上下班高峰，单位把上班时间推迟了，这样她早上再不用赶时间，甚至慢腾腾收拾一下屋子之后还能拿起手机翻翻网上头一天的新闻。时间充足，出门还晚，锁门就成了穿衣、着鞋一样必不能漏掉的事儿。凌子肖单位有免费早餐，他每天都早早地赶过去。当然，用凌子肖的话来说，吃这顿早餐不是因为免费，而是因为丰富。说到"丰富"时，凌子肖会用很意味深长的目光盯视米秋一会儿。作为一个标准的长江以南的南方人，米秋早餐喜欢熬稀饭，或辅以馒头、包子，攒劲时炒个土豆丝就着，不想炒菜也有超市买回来的咸菜。花样是少，一周里要想吃个不重样的早餐，就只能借助稀饭里的辅料了，比如今天放青葱嫩绿的青菜，明天就是金黄糯软的南瓜，后天往里面剁点山药加点茼蒿，接下来还有红彤彤的西红柿，颜色绝对鲜艳招人。可惜凌子肖并不屑于这种色诱，他甚至讨厌白亮的稀饭里放入杂七杂八的东西，他说这让稀饭失去了纯洁性，失去纯洁性的稀饭哪还让人有欲望？不倒胃口都不错了。这就让米秋为难了，到网上下载了不少天南地北制作主食的方法，当然大多以面食为主，这些方法貌似简单，但对掌握不了技巧的米秋而言，就复杂到让人悲观，再看自己的出品，没一样不是歪瓜裂枣的模样，简直寒碜到米秋自己看都不好意思看，更别提吊凌子肖的胃口了。后来凌子肖单位开放了免费早餐，每天十几个可选主食、小菜，还搭配牛奶、豆浆、酸奶之类，模样好，花样多，营养佳，重点是还免费。这一来，凌子肖再不肯留在家里干啃馒头淡吃稀饭了。不过米秋对餐食的无能为力自此也毫无悬念地成了凌之肖蔑视的理由。你就是缺少饮食文化的熏染。凌子肖心情好的时候是这么说的。米秋心里好笑，饮食本是寻常，家庭的一日三餐，不过是果腹的需要，若也贴上文化的标签，那这文化的内涵简直宽泛到毫无原则，实在没有底线了。凌子肖心情不好的时候，直接说米秋就是懒和笨，这么多年，连个早饭都不会做。米秋心里只能慨叹，做女人就是这么悲摧，会做饭的女人是贤惠温存，不会做呢，就没了被看重的优点，想来也悲哀了。但她不会跟凌子肖探讨这些，就某句话、某个词和语法，或者某个观点跟凌子肖进行夫妻间的探讨，那绝对是最浅的池水，最大的风浪。

门开着，自然是凌子肖已经回来了。

米秋伸手摸墙上灯的开关，摁了几下，灯未亮。又坏了！她皱了皱眉头，这廊灯坏的频率很高，差不多两个月就得换一次。换廊灯本来是由物业操这份心的，但被圈进了自家，便只能由自家买来灯管，再打电话报修物业来人换上。起初，凌子肖嫌打电话给物业麻烦，换个灯管的事，又没有多高的技术含量，执意要自己操作。结果呢，第一次上手，灯罩卸下来，再也没安上去过，天知道他用的什么精妙手法，连物业来人都没能把灯罩安上去，几番折腾，绝望离开。从此廊灯再也没上过灯罩，就那么不尴不尬地袒露着灯盘上的支架、线和螺钉，好像一个中年男人的楚楚衣冠被剥落，露出丑陋的身体。这跟她操练主食简直异曲同工，本来都是想"秀"，结果都变成了"糗"。

米秋抬头看看头顶上在灰暗中惨白的灯管，想到当时凌子肖抱着灯罩一脸的烦躁，忍不住笑出声。她正弯腰换鞋时，里面的门开了。

哟，米秋回来了！

米秋抬头愣住，是凌子肖的哥哥凌子亭。

进到屋里，凌子肖不在米秋的预期里，沙发上没人，倒是茶几上，乱七八糟地堆着几个塑料袋，红的、黑的、乳白色的，皱皱巴巴地一副受尽长途跋涉的蹂躏与挤压的模样。米秋不用看都能猜得到这些塑料袋里装的东西，多是桃核、花生、芝麻、大豆之类，是凌子肖比较钟爱的。凌子肖不爱吃水果，对干果类却是情有独钟，加之他的头发稀薄，就常将这些东西碾成粉冲喝，若将这当成是零食的话，一年四季里，这些粉末大概就是他唯一的零食了。至于这些东西是不是真的能改善头发的环境，从凌子肖头上还没看到明显的迹象。米秋同时还能肯定的是，这么多塑料袋，没有一个是凌子亭准备的。东西不都是自家产的，买其实也不花几个钱，可就是这几个钱，放在凌子亭那里，也会被当成是相当大的一笔开支，这样的开支百分百地与他无关。他不会为这无关的事物付出哪怕一星半点。倒不是凌子亭的生活有多困顿多窘迫，他对家中财物的看守似乎有一种天然的紧密与严苛。军旅老歌《三大纪律八项注意》里有"不拿群众一针一线"，那是部队对军人的要求，但要遇上凌子亭，这一针一线就不是你拿与不拿的问题，而是他愿不愿拿出来，更多时候，他是宁愿那针线腐在框里心才安然。这样说凌子亭，似乎也不对，他不是吝啬，他只是守财，守所有能搂进自个儿怀抱的财与物。以他的逻辑，钱是赚来的，东西是买来的，自然要守好，爱护好，不懂得守护，再多的钱再多的物也挡不住流水哗啦。想想，凌子亭没错，成由勤俭败由奢，若是不能勤，俭总是可以的吧？！但这俭，不是俭在凌子亭和他的妻儿身上，他这点还是很有男人意气的。也就是说，俭是相对的，出手与不出手就是内外的关系，当然这"内外"也是相对的。然凌子亭不只是俭，俭是一种风范，还是值得提倡。

米秋记得，她和凌子肖刚结婚，第一次去凌子肖家的时候，凌子亭很远就伸手去接凌子肖和米秋手里的大袋小袋，对他们拖着的箱子则无动于衷。米秋纳闷，那些大都是食品，体积庞大，并不重。后来米秋才明白，凌子肖是把那些袋装的东西直接拎回自己的房屋，将那些东西进行过滤，先拿出来一部分，再把剩下的拎出来。凌子肖不能为这个说什么，东西本就是买给大家的。不过，米秋发现，凌子亭并不因为之前留下过一些就对剩下的东西有丝毫推辞。开袋的食品，他一定是要瞅机会连袋塞到孩子手里，就连米秋火车上剩下的口香糖，随手放在桌上，他也装作不经意地抽出一支，又一支，再漫不经心地放进自己的口袋。休息两天，凌子肖带着米秋要去走亲戚，公公婆婆忙不迭地把他们带来剩下的物品不分轻重，一股脑地塞到他们手里，说这些东西自己也用不着，拿去做客，就不要再花钱买了。凌子肖把东西放回去，说这老远拎着还怪累，走亲戚的东西又花不了多少钱，凌子亭一旁像知音一样点头，劝着父母，花不了几个钱的，就别叫他们再拎上拎下的了，费那劲干嘛。可等他们走完一圈亲戚回来，留给父母的那些东西，在炕头上就只剩了一个空荡荡的塑料袋。凌子亭说是要去丈母娘家，全拿走了。米秋看出来，凌子肖有些无奈。因了她在跟前，也不好说哥哥的不是，只是叹了口气，说他要去走亲戚早点儿说嘛，我一块儿给他带些礼品回来。

凌子亭跟父母未分家，吃喝都在一个锅里，家里有地，粮食不用买，母亲还养了猪，种了菜，平常的吃喝基本上没有大的花销。凌子亭也从未给父母买过衣服什么的，只是偶尔，父母身体有些不爽时，他会掏上几块钱买点最普通的药，至于这药是不是管用，就不是他操心的事儿。而这买药的钱，成了凌子亭最能表现自己孝敬体贴的绝好本钱，他总会在日常的聊天中扯到药费那里，就像是解放一座城最后的几枪一样，有着无与伦比的使命感。除此，他几乎没有再往外拿钱的理由。当然，这是后来凌子肖跟米秋聊天时忍不住发的牢骚，一般情况下，他跟米秋说的是凌子亭的不易，比如夫妻俩没有稳定收入，孩子又小，平时还要替他这个兄弟在父母面前尽孝，照顾着两个老人。却绝口不提他们的孩子从一出生就是父母在照看，他们一家的一日三餐也是母亲在操持，凌子亭即使不去外面干活，在家也像个少爷一样等着伺候的事。

在家住了一个多礼拜，开始凌子肖的嫂子都在厨房忙乎。凌子肖每顿饭都要对米秋夸嫂子贤惠能干，夸了两天，嫂子忽然不再进厨房，忙里忙外的就变成了婆婆一个人。凌子肖推着米秋到厨房帮忙，其实也帮不上什么忙，不一样的饮食，根本都不知道自己站在旁边该做什么，就依着凌子肖的意思蹲在灶口往里添柴火。添柴火也不对，火高了两口同时高热的锅反把婆婆弄得手忙脚乱，想把火压低点，铲了一铲子煤抛进去，直接把旺柴火压成了满灶的浓烟，呛得几个人一声紧一声地咳。即使这样插不上手干活，凌子肖也每次都把米秋推进厨房，他在旁边陪着，像履行某种仪式般。米秋反应迟钝，没觉出什么异样，凌子肖悄悄说，你不进厨房，嫂子心里会不舒服嘛，同样是媳妇，怎么就该她给你做饭？再说她在家也经常下厨，现在你这个新媳妇来了，也该表现表现对吧！米秋先是愕然，再是失笑，心说也真是难为了凌子肖，看上去粗枝大叶的男人，倒把这些事因看得一清二楚。米秋不计较，她明白无论南方北方，在乡里，这种说亲不亲说疏不疏的关系之间，人情世故最是微妙复杂，一个不经意的动作，一句无意识的话，甚至一个飘忽的眼神，不定就在谁的心里存下了芥蒂，这芥蒂犹如野外的杂草，不管不顾之时，可能自生自灭，悄无声息；也可能恣意成长，或就汪洋一片了。

临到快离开，米秋已经能熟稔地点火、架柴、盖煤、拉风箱，还能连猜带比画地听明白婆婆那一口毫不含糊的当地方言。这种熟稔让米秋喜欢上了这间狭长暗黑的厨房，也宿命一般，让她以后的人生再逃避不开厨房。而嫂子在米秋在时再没有进过厨房，连吃饭都是饭菜端上了桌以后，凌子亭去喊才从屋里出来，一身光鲜的衣着让米秋不禁恍惚这才应该是新婚不久的女人。

离开前，公公婆婆准备了核桃、花生、南瓜子，找不出米秋喜欢的东西，就买了两个精巧的灯笼。那是陪着婆婆去集市时，看到一家店门口挂了一排小灯笼，不同的图案不同的形态，在人声沸腾中，在一阵一阵裹着尘土的寒风里显得无比妖娆。米秋一个一个看过去，灯笼上活泼生动的虫鱼花草、妩媚情态的古装仕女，惹得她忍不住感叹。并非米秋多么喜欢，集市细长的街道上，挤满了人群，耳边更充实着来来回回讨价还价、闲扯聊天的声音。在这种嘈杂、拥挤、混乱的环境里，几盏玲珑的灯笼实在清新得很。大概就是留恋的几分钟，让婆婆以为米秋是喜欢那些灯笼。

米秋懂礼轻情义重的含义，婆婆没什么经济来源，她的零用钱都是从牙口里省下来的，能舍得给米秋买两个灯笼，可见对米秋也是用心的。米秋想象着在北京她和凌子肖那二十几平方米的过渡房，只是简单刷了刷的白墙上趴着两个明艳的灯笼，在狭小静寂的屋里，这明艳也算是一种声色了。米秋发愁的是要怎样将灯笼带回北京，纸做的面竹子做的骨，拎在手上得担心会不会被人群挤压。这时凌子亭过来，见状摇着头说，这不好这不好。米秋问什么不好？他说这灯笼不好看，太简陋，还不能折叠，容易坏，说不定没到北京就已经没形状了，只能扔了的东西，费心费力地带它干吗？米秋担心拂了婆婆的一片好意。凌子亭不以为然，伸出手说，你给我，我帮你处理掉它。米秋犹豫了一下，凌子亭已伸手把灯笼拿了过去，提进自己的房间。米秋愣愣地看着他挂在两侧的窗棱上，像深秋的柿树，几片干枯叶片间彤红的柿子，明媚得有些忘乎所以。再出来，凌子亭说，怎么样，我帮你把问题解决得多好！

最初几年，米秋每年都要跟着凌子肖回家过春节，每次回去，都能刷新对凌子亭的认识。

比如婆婆让他下班回家时带些什么东西回来，给不给钱，他都是要到凌子肖跟前说上一声，还不忘问一声有没有要买的东西。凌子肖若是真有想要买的，他一定要说，唔，我身上的钱不够，你先拿点给我。凌子肖给钱，不好意思拿十块二十块，都是以五十元、百元计。凌子亭接过钱从不多话，买完东西后剩余的钱，也不说还回来。若凌子肖没啥要买，他是一定要叮嘱凌子肖几点出门，他在哪个地方等他，一块儿去看个什么东西，或者他想要买些什么，帮他参考一下。凌子肖有时候去，有时候不愿意，说我去干什么？我哪里会买东西，嫂子这不跟你一起嘛，让嫂子帮你参考好了。这时候的凌子亭，脸色就没那么好看了，冷声说，这不，想着你是从北京来的，见多识广，才让你一起帮着看看，买不买再说，又没叫你掏钱，你着的哪门子急？凌子肖本来不急，让凌子亭一说，反倒有些急，说道，又不是买大部件，要人帮着抬。到时你接上嫂子，我一个人走半个小时路回来？凌子亭有摩托车，春节期间他没事可干，早上骑摩托送嫂子到集市，下午再把在集市给人卖服装的嫂子接回家。这一天的时间，也没人知道他都干嘛去。凌子亭这时候恍然大悟，噢，对哦，你反正今天不走亲戚，别待家里了，不然你去帮妈买东西。我还有其他的事要跑，人累，没情绪，也没多少精力。这样一来，要掏钱的事儿，无论多少，只要凌子肖在家，就绝没有袖手的道理。这其实也没什么，凌子肖虽不是个大手大脚的人，回了家却从不吝啬，那时他的工资不是很高，但在凌子亭看来，一个月两千多块钱已经不低了，没有孩子，上班连吃饭都是单位的，几乎是没什么花销，那些钱攒下来就很不少了。所以一回了家，各种买东西的费用，哪怕是买把菠菜两个土豆，跟小贩结账的也绝对是他。凌子亭理所当然地认为这是兄弟的责任，一年回两三次家，不趁这时候多费心出力、尽责尽孝还等什么时候？

　　有时一家人相约出门赶集，到了饭点，凌子亭一定是要挑那最好的饭馆，大气地让大家随便点，想吃什么吃什么，一家人不兴客气。等到大家吃完，凌子肖和一起来的姐姐抢着结账时，凌子亭已扯着妻儿出了饭馆的门，在外面候着了。若是候着的时候略有些长，他还要把不耐烦挂满一张脸，埋怨凌子肖太过磨叽，提前把账结了还能让他们在外面受这个冻吗？凌子肖开玩笑说，谁让你们这么早跑到外面来受这个罪，又不要你结账，跑那么快干吗？凌子亭就讥诮地说，咋？就吃个饭让你掏钱还不乐意了？这要不是看得起你，平时你想给我们掏个钱还没机会呢。凌子肖无奈，嘀咕一句，我哪里不愿意，你天天来吃我也得掏钱，一家人说啥外话。凌子亭站住脚，把头一偏，行啊，我也不要每天都点这么多菜，一碗面足够，三块五，一年三百六十五天，一千二百多块钱，你给我整数一千块就好。凌子肖一听哭笑不得，这吃饭还吃出一笔债，就算开玩笑心里也不舒服的。但凌子亭一点也没有开玩笑的意思，他很认真地盯着凌子肖，你准备啥时候把这钱给我？

不多不少一千块。旁边的姐姐局促起来，歉意地看着凌子肖。凌子肖反应不比姐姐慢，明白凌子亭的意思，心里一冷，再没吭声。紧跟着的米秋自然也明白了这一千块的出处。

　　凌子亭和凌子肖的姐姐并非亲姐，是娘一个远房亲戚家的孩子，不到六岁爹娘得病相继过世，留下女儿一个人孤苦无依。那时候大家的生活都不富裕，偶尔接济一下吃喝还没什么问题，要天长日久地容留一个女孩儿并不是件轻松的事。娘那时刚刚怀上凌子肖，虽然家里并不比别人家多块砖余片瓦，但爹勤快，娘厚道，日子算不得绝望。见女孩儿经常饥一顿饱一顿，脸上是多少天没认真洗过的那种脏黑，穿得稀薄，袖口因为经常用来擦拖得老长的鼻涕，变得又硬又黑又亮，头发倒时常是扎着的，但从没洗过的头发再怎么扎也是凌乱得像一团枯草。娘一见之下，眼泪唰唰地流，把女孩儿带回家，洗干净，梳理整洁，本来就是个眉清目秀的女孩儿。女孩儿人小却懂事儿，小心翼翼地跟着娘，看娘拎东西就一定要搭把手帮着抬，其实没什么力气，把脸憋得通红却依然不肯撒手，以为自己多出点力娘就可以少用点劲儿。还有各种跑腿的事儿，听到一点话音就赶紧揽过来，小身影蹿得快快的。女孩儿总在吃饭前抱着碗大口大口喝水，到吃饭时就只是少少地吃那么一点。娘知道女孩儿是怕吃多了遭嫌弃，担心被送走，娘忍不住心酸，原本确实是打算带着女孩儿住几天，再把她送回去，可这样一来，娘舍不得把孩子送走，不想她重新变回那个乌漆抹黑、神情怯弱的女孩儿。爹随了娘的意思，女孩儿就这么被收留下来，成了凌子亭和凌子肖的姐姐。

　　姐姐结婚晚，亲是早定下来的，原是想多帮衬一下家里。爹娘急了，村里跟姐姐差不多大的女孩子一个个都嫁人了，姐姐再不出嫁，倒容易让人说东道西。姐嫁的人家起初家境并不差，公公还是村里的支书，可是后来突然中风，瘫在床上起不来，两年后撒手人寰。姐夫本是个木匠，凭着一手的好技艺走家串户，倒也挣了不少钱。却不知道受了谁的蛊惑，偏要扔下自己的手艺，跟人合伙买了一辆二手皮卡车，连驾照都没有，就开着皮卡车到各个乡村去收购药材，结果一次为躲避一只受惊吓扑腾着飞起来的大公鸡，皮卡车撞到了旁边的树上。奇怪的是皮卡车没受大伤，人也没大碍，就是右腿直接"咔嚓"了一下。当时就有好心的村人过来，见他动弹不了，把他抬到村里的兽医那里，一检查，是骨折。兽医也是热心人，给家畜接过骨，自恃有功底，毫不退让轻轻摸着摸着，聊着天，不经意间把两手一揉一推，就听到"咔嚓"的声音。有人说好了好了，接好了。让姐夫站起来试试。也合着姐夫有这一难，忍着疼撑着床板踮着脚站起来，刚把踮着的脚放下来，还没怎么用力，一个莽撞的孩子突然被后面观看的人挤出来，一个趔趄直接撞到姐夫的身上。姐夫没防备，整个身体重心一下子落到正要慢慢用力的脚上。这大概就是祸不单行的一种吧，姐夫的腿一拧巴，所有在场的人都听到了骨裂的声音，还有随之而来的一声惨叫。

姐夫被人送到县上医院，医生一检查，粉碎性骨折，说是第一次的接骨根本就没接上，完全是骨渣和骨渣卡在一起，稍有外力，不断都是奇迹。姐夫就这么瘸了。瘸了也就瘸了，从此右腿却不再承力。远远看去，姐夫的右腿就像是被身体拖住一样。

婆婆年迈，姐夫又体弱，家里的活很多都只能是姐姐独自承担。每年农忙时，凌子肖心疼姐姐，会给她寄上点钱，让她找人帮衬一下农活。这事叫凌子亭知道，大发雷霆，骂凌子肖不分轻重，家里有父有母，倒不知道体恤孝敬，让他们暑天在地里奔波劳作，装没事人一样不闻不问。倒是对外人殷勤体贴，这是想造什么名声啊？胳膊肘往外拐不难受吗？娘听不下去，替凌子肖辩解着，你姐咋能是外人，她一家人的地一个人能种得过来？我们也没有力气去帮她，子肖能帮一程咋就不行了？凌子亭不屑地说，啥叫我姐啊？跟我可一点血亲都没有。她一个女人家，那地种不过来就别种啊，抛荒的地那么多，还多她家那几亩？娘说，可不能，那地可是一家人的生活呢。凌子亭哼了一声，就算我喊姐吧，这还有嫁出去的女泼出去的水一说呢，那钱，就算是子肖接济她的，她也不能要，就应该拿回家，哪怕当是她孝敬你和爹的呢！婆婆叹了口气，不再多说，实在，也不想多说了。

这就是凌子亭一直耿耿于怀的一千块钱，亲情连摆设的意味都没有，在凌子亭的心里，大概没什么能比钱更为亲切和令人欣慰的。

洗过手，米秋直奔厨房，这早已经成为她的习惯。令她诧异的是，不在客厅端坐的凌子肖此刻正在厨房满头大汗地操持着。他的面前已经摆了几个装好的熟食盘，水晶酱肘子、卤牛肉、片好的烤鸭、半只扒鸡，每盘肉片都摆得相当有层次，一见就知道是对生活用了心的人才有如此情趣。还有三个热菜，西红柿炒鸡蛋、秋葵豆腐、素炒土豆丝，颜色既丰富又艳丽。

见米秋一副惊讶的样子，凌子肖同样习惯性地皱起了眉头，冲米秋摆了摆下巴，示意将那些已完成的作品端上桌。米秋还是不能从惊讶中缓过神，她想不起来，有多少年没见凌子肖下过厨，她一直以为，时间如水般从她们的生活中流过去，带走的除了对生活对婚姻的期待与欣喜，还有凌子肖用厨艺为她秀出来的恩爱，那真的就像是一束花，那么灿烂地盛开过，芳香氤氲。而那芳香从什么时候消散，并再无渗出？每个人都在忙叨叨地关注着自己的眼前，没有谁会留意那一点一点的变化，当变化在琐碎的日常中完成了量的积累之后，曾经便只成为曾经。

米秋把菜一一端出来，把碗筷摆放好，招呼在电视机跟前不停换台的凌子亭。凌子亭像候了许久，用手捋了捋油光锃亮的头发，站起身伸了个长长的懒腰，几步路的距离，他却走出了方步的气概。在餐桌旁坐下后，凌子亭往厨房看了一眼，凌子肖还正忙活着。米秋正待解释子肖还有一个汤马上就好，话未出口，凌子亭说话了，说话的神态犹如领导在大会最后的总结。

厨房就不该是男人进的！凌子亭看一眼米秋，替凌子肖很不值似的摇着头，子肖就是脾气好，下厨这样的事，哪能男人做，他真是太惯着你了。

像是艳阳天里倏忽笼罩过来一片浓黑的云雾，阳光被遮蔽了，朗清消失无踪。

米秋顿时郁结心头。不怪凌子亭居高临下的样子责怪她不下厨，只为那句"他真是太惯着你了"。这样的话放在别的女人身上，一定是满心欢喜，被自己的男人惯着，哪怕被天下所有男人瞧不起，也是甜蜜的事。而她，白担了这样的名，却渴望着被自己的男人真刀实枪地"惯着"。

你错了。米秋轻呼了一口气，攥紧的手松开了，她很想冲着那张与凌子肖的方脸截然不同的长脸将自己的拳头挥出去，把上面那莫名的傲慢和轻视全部都掼下来。但，就算她把拳头挥出去，凌子肖就会"惯"她吗？她忍不住惆怅地微微一笑，心想自己这是在跟凌子亭吃醋吗？

子肖惯的是你才对！米秋看着凌子亭。她的微微一笑在凌子亭的眼里，像是嘲讽。

凌子亭一愣，没反应米秋话里的意思，有些尴尬，这这这……话说的，他能惯着我啥呢？我又不是女人。

米秋哼笑了一声，不再说话。她在猜凌子亭这次过来的目的。

依凌子亭的行事风格，绝不肯平白花这来回坐火车的钱，就算别人请他出来旅游，他也要考虑一下出门能不能做到零花销，还一定要让人提前把车票钱给出来，以免过后不认账，最好呢，像很多参加这个会那个会的人，会有个红包拿在手里。在对钱的考量上，他有着非同一般人的严谨思维。米秋曾开玩笑地跟凌子肖说过，凌子亭的人生底线是即使没有便宜可占，也绝不能吃亏。凌子肖当时就白了她一眼，说这话一点逻辑性都没有，便宜谁不想占？亏谁又肯吃？每个人的人性里本来就有阴暗的那一面，只是不同环境的作用之下，所体现的个体行为不一样而已。那到底什么样的环境造就了你们兄弟在某些方面迥异的行为逻辑？米秋追问道，同样是结婚，他们结婚用尽爹娘全部的积蓄，咱们结婚不但一分钱没用，还得给家里贴钱请客，收到的礼金说是不多，留用在家里，这双重标准未免阴暗得有些变态吧？凌子肖愣了一下，说都多久的事了，再翻出来就没什么意思了。米秋说，你看，你在我和你家人之间也是有双重标准的，我只是说事，又没缠着要钱要物。凌子肖明显烦了，你有完没完了？再怎样他也是我哥！他替我在爹娘面前尽着孝呢，我能跟他计较什么？

不能在爹娘跟前尽孝，与其说这是凌子肖最大的软肋，不如说更像是孙悟空头上的金箍，凌子亭就是那咒，凌子肖所有的宽宥与迁就都逃不脱这个咒。

凌子亭女儿出生的第二年秋天，米秋也生了女儿，两个人的薪水都不是很高，住的地方也局促，是单位的过渡房，面积总共不过二十三四平方米，请不起月嫂，也不敢请保姆。凌子肖有心让娘过来帮一把，凌子亭怎么也不答应，说娘这一走，家里一大一小两个孩子谁来照顾？还有爹，爹的一日三餐难道就这么不管不顾？凌子肖难得地生气了，爹娘都过来，孩子是你们自己的，怎么就挂到娘身上，成了娘的任务？凌子亭理直气壮地说，爹娘由我们照顾，当然就该替我们分忧，你一年三百六十五天跟爹娘能见几次面？要是你有能力照顾着他们，就是天天替你们操持我也没啥意见！问题是你能吗？不能你跟我嚷什么嚷？哦，敢情平时爹娘是我们的，你们有事了需要人手就想起了爹娘？就把我们置之不理？你有孩子我没孩子？我孩子小，也没见你这个小爸替她花费过啥，看爹娘帮我们照顾了一下孩子，倒心里不舒服起来，要他们扔了我们去帮你们？

　　这话说得没一点道理。凌子肖生气，可没法回击，从他离开家的那一刻起，已注定他无法承欢父母膝下，这欢，自然也是包括他有了孩子后不能给予他最直接的帮助。

　　不管你怎么想，反正说破天我也不会同意爹娘去北京。凌子亭还在叨叨，凌子肖的沉默让他越发觉出自己这种想法是多么理所当然，而凌子肖的要求又是多么过分，简直自私得让人愤怒。凌子肖不想跟凌子亭较这个劲，他放弃了接爹娘进京的打算，转而劝说起米秋，看米秋妈妈是否能过来帮忙照看一下。

　　米秋妈妈没一点儿犹豫，什么话都没说也什么都不问，放下家里的事两天后就到了北京。虽然条件不尽如人意，南北方的生活差异又凸显，但米秋妈妈从未有任何抱怨，尽心照看着米秋和女儿。凌子肖看着岳母原本略显肥壮的身子几个月之后消瘦得竟只剩下百斤出头，心有不忍，有意让妈妈回家休息，无奈现实残酷——米秋产假休完要开始上班，就算咬牙找个保姆带孩子，与外人同住一室，终究不那么方便，再说一个陌生人也没法让人那么放心地把孩子交出去。几番思虑，凌子肖还是劝米秋留下了岳母，却不肯让岳母再无偿地替他们一家操持，他替岳母开了一张卡，每个月打进去两千块钱，按当时的市场，一点都不算高，他想就当是和米秋一块儿孝敬老人的吧。且不说岳母带孩子做家务的辛苦，只说作为晚辈的心意，凌子肖觉得这些钱给岳母也是应该的。从调进北京开始，他每月都会给父母汇钱，虽然他知道这些钱只有很少一部分会攒在爹或娘的手里，大部分则都用于家里的各种开销或被凌子亭用各种借口要了去，他并不介意，每年还是会增加些额度。只要这钱过了爹娘的手，他的心便多少安宁些。而对岳父母他则少了这样的细心，大概也是觉得那终不是自己的父母，该体贴的应该是米秋的兄弟吧。正因了之前一直存有这样的念头，他给岳母打钱时忍不住生出一种补偿的心理。

凌子亭对于钱的知觉敏锐而激烈。当他无意中听说了这件事后，激动得像是有人抢了他的存折一样，不停地念着"这太败家了，这太败家了"！让人以为他是替凌子肖担着多大的一份心。

谁也没想到凌子亭几天后破天荒地给凌子肖打了个电话，说破天荒，倒不是说他们兄弟之间没有电话联系，只不过，电话都是凌子肖打过去的。就算凌子亭要找凌子肖，也只会拨打过来听里面响两声然后挂掉，等着凌子肖拨打回来。凌子肖习惯性地等着电话的挂断，谁知道铃声一直持续着，这种从未有过的固执让凌子肖忽然有种不祥之感，他赶紧接起电话，提心吊胆的，生怕听到有关爹娘不好的消息。凌子亭省却了凌子肖打电话来时兄弟间必不可少的寒暄，直奔主题，要凌子肖赶紧叫岳母回去。凌子肖纳闷，我岳母要回去了，我女儿怎么办？不能叫米秋辞了工作专门在家带孩子做家务吧？我岳母帮我们好好的，你咋冒出这鬼想法来。

凌子亭问，你是不是每个月给她妈妈钱？

凌子肖说，老人不容易，帮我们带孩子，收拾家，还跟我们住得这么拥挤，太辛苦。

凌子亭说，你是不是傻啊，有没有脑子？你岳父岳母都是退休人员，有退休工资的，差你那几个钱？他们攒那么多钱以后还不是都留给米秋哥哥们的，你以为能有你们一份？一个月两千，这退休的都跟我挣的差不多了，敢情你这钱就这么不值钱啊？再说，既然你有这个钱干吗不叫咱娘去？咱娘那么顾着你们，你却对她有防备心，是觉得她带孩子不如你岳母？

凌子肖不怨兄长自私，每个人的人性中都会有为人所不齿的东西，只是有人掩饰，有人改变，而有人则在变本加厉。因为父母，他可以容忍凌子亭的攻于算计，毕竟一奶同胞，这种算计再怎样也不伤心损肺，最多只是伤及皮毛而已。他也明白兄长的关注点与常人无异，只是比常人更用心思。他能猜到得知这件事后的凌子亭有多煎熬，好像烧开的一锅水，你不屑地以为那只是一锅清水，却在别人那里成了活色生香的肉汤，这种未得即失的痛苦在别人那里或者只是一滴水，而在凌子亭这里可能就是一片汪洋。

沉默半晌，凌子肖才慢慢地说，咱娘不是要照顾你们一家吗？我不能让娘来为我们操持而置你们一家不顾啊。他把当初凌子亭反对娘过来替他帮一下手的那些话一点一点咽了下去，他能想得到自己的哥哥会有怎样的反应。果然，凌子亭没有一丝尴尬的意思，倒显得十分爽快的样子说，这话说得就见外了，娘是我的娘，也是你的娘，娘一直惦记着你们一家，这种需要家人帮助的时候，你怎么能不想到娘呢？凌子肖说，我也惦记着娘呢，再过些日子，我带着孩子去看爹和娘去。凌子亭不依，你这拖家带口的过来也不方便，孩子那么小，哪经得住路上折腾，还是叫娘去帮你们一阵吧。凌子肖说，房子实在小，我岳母在这里，孩子晚上还爱哭闹，娘过来也没地方住，还受罪，总不太方便。凌子肖这一推辞，倒有些理亏似的，觉得娘成了他们兄弟间的交易筹码，随意拨来让去，没有人考虑过娘在其中的感受。

凌子亭很生气，声音一下子高起来，像猛然被吹高的笛子音，乍然之下，有些尖锐刺耳，以前娘为你受的罪少吗？哦，这会儿你懂得体恤有孝心了？说得好听有用？你就是不想给咱娘掏这个钱！你宁愿把钱给这个那个外人，根本就想不到咱爹咱娘在家里的辛苦。咱爹娘也不知上辈子干下啥了，有你这么个胳膊肘喜欢往外拐的儿子……

话音未落，凌子亭挂了电话。凌子肖愣愣地，手机贴在耳朵上半天都没拿下来，他也不知道，他的胳膊肘怎样才算是没往外拐。

让凌子肖和米秋想不到的是在几天后，凌子亭没招呼一声，就带着娘来到了北京。接到凌子亭的电话，凌子肖傻眼了，人到了北京，再说任何话都已经无用。原想让娘和凌子亭先住宾馆，但凌子亭坚决不同意，说是送娘过来就是为了帮你们分忧的，要是再住到外边儿那不是添麻烦嘛。人多怕什么，挤挤就好了，咱小时候一家人还不一样在一张炕上挤着。凌子肖没办法，心想让他们来看看也好，看到家里这般拥挤，或者凌子亭会改变主意。他跟米秋说了一声，把娘和凌子亭接回了家。

不到三十平方米的房子里，因为多出来两个成年人，一下子显得异常拥挤。娘是喜欢子肖和米秋的孩子，七个多月大的孩子虽然还不能分清奶奶与外婆这样的称呼，但能辨得清生与熟，尽管娘一脸慈祥，可是陌生的脸和陌生的气息依然让孩子哭闹不止。娘很尴尬把孩子递给了米秋的妈妈，看着孩子在外婆的怀里哭声戛然而止，娘的目光羡慕又落寞。见娘脸上讪讪的表情，凌子肖不由得心酸，他不能消融祖孙之间的这种隔膜，在目前的状态下，只有时间有这种消解的力量。凌子亭却不乐意了，把头一偏，斜视着脸上还挂着泪水却已经在外婆的引逗下咯咯笑的孩子，冲着凌子肖不满地说了一句，瞧瞧，跟你一个德行。凌子肖没吭声，在岳母面前，他宁愿这是他们兄弟间的一种亲昵的语言方式，而不是凌子亭惯有的由他而及女儿"胳膊肘往外拐"的余音。

凌子肖以为，家里的一室一厅，尤其是所谓的"厅"还兼有吃饭、会客和岳母睡觉多种功能，这样的窘状可能会让凌子亭有不适，主动提出来去外面稍住几日，用这几日在北京转一转，然后再迫于环境的局促改变想法再陪着娘回家。

这似乎只是他的想法。

娘一直沉默不语。从接上到吃过晚饭，几个人坐在客厅寒暄时，她都沉静地不搭一语，似乎任何话题里她都是局外人，甚至这个世界都与她无关。这与那个总在厨房里忙活着的娘不像是同一个人。这时候的娘让凌子肖除了心疼还有不安。

凌子亭像一座孤城的驻守者，固执地守着这块领地，却无视这领地的实

89

际拥有者。也许在他的念头里，守即为有。当凌子肖再次说，"天色不早，我们去先找个地方歇息，明天再说其他的事"时，他依然毫不犹豫地拒绝。他扫视着客厅，一张可以打开的布艺沙发，一个玻璃茶几，一个小型的电视柜。剩下的空地，就只有沙发和电视柜之间一个婴儿摇床的位置。他就指着那块狭小的地方对凌子肖说，咱兄弟俩在这儿打个地铺，娘睡沙发，米秋和她妈妈跟孩子睡里屋，这样不是挺好？一家人挤挤，不要总想把钱花在不必要的地方。

没人说话。在这个狭小的空间里，这样的安排似乎合乎情理。

但凌子肖无法忍受几个人罐头一样的生活空间，尤其是凌子亭先声夺人的霸道让他呼吸不那么畅快。生活的空间被划割或者还不足为道，但生活的秩序被打乱——不，不仅仅是打乱，简直就像是绞肉机一样把所有的纹理经络全部绞碎咬烂，他再无法拼凑与续接。他的烦躁由火星到火苗，又由火苗开始燃烧，烧得他浑身每一个细胞都成了燎泡。

他却只能做米秋的工作。

米秋不说话。虽然是自己的妈妈，她还是觉得这种过河拆桥的做法让她无法启齿。两天之后，米秋妈妈主动跟凌子肖说，出来的时间长，早就想家了，因为孩子扯住，也没法回去，正好这时候你娘来了，就让你娘辛苦一下，帮你们看看孩子，什么时候她累了，要回家，我再过来。凌子肖一听岳母这话，就知道米秋还是跟妈妈透露了凌子亭与娘这次来的目的，自觉对不起岳母，鼻子一酸，眼泪就出来了。岳母没一点埋怨，走之前把孩子吃喝拉撒的事在闲扯中一样一样说给娘听。娘明白过来，拉着亲家的手，急切地说，亲家你别走，我只是来看看孩子们，住不了几天，很快就要走的。这个家你一直帮衬着，他们更需要你。我很难过帮不了他们，就只能多拜托你……

娘不会说普通话，急迫又浓重的口音让米秋妈妈没听太懂，只好一边笑着一边点头。一旁的凌子亭急了，打断娘的话，娘你说啥话呢，你来就是帮子肖的，咋能说住不了几天？住不了几天咱来有啥意义，还冤枉花这趟车费！再说外婆也该回家看看，她那还有一个家呢，离开这么久心里哪还放得下？

你就别拖住人家。

临走前，米秋妈妈把凌子肖给她的卡还给他，凌子肖不肯，就算这些钱对岳母来说没大用，但于他，心理多少可以平衡些。他当然明白，岳母对他们的感情并不是用钱来计较，可他，还能用什么方式来表达感激和求一份心安呢？

第一次来北京，凌子亭带着娘是用突袭的方式，凌子肖事先不知道。这是凌子亭第二次来北京，米秋疑惑，难道又是一次突击？不然，为何凌子肖只字未与她提过？

但似乎，并不是不知情。能从容地把凌子亭接到家里来，还有这"盛宴"的准备时间，怎么都不像是凌子亭的凌空而降。那么，凌子肖是知情的，只是，不屑于跟她说吧。

心里不痛快，米秋也不想主动去问凌子肖。十八年的婚姻，时间像一把锉刀，磨损他们的青春和对婚姻的热情，他们的容貌，虽然在日复一日的蚀刻中有了相似的特质，却并没有使他们内心的情感复如曾经。这可能才是无数婚姻生活里迈不过的一堵森森的铜墙铁壁。也许，"执子之手，与子偕老"的愿望依然里程碑一样竖立在前面，"偕老"并未改变，但两个人已在各自的世界，"执手"已如风吹，剩下悬丝般的微微颤动，最初的彼此热爱不知不觉就变成了最熟悉的陌生人。

夫妻间的变化是必然的，这是生活对婚姻最不经意地摧残，既严酷又顺理成章。米秋想不明白的是，时间能改变他们的婚姻，而无论有过什么事情发生，凌子肖对凌子亭从未有过改变，不见得是有求必应，但一定是不遗余力。

有些事，大概是兄弟俩在米秋回家之前就已经交流过了——不，不能说交流，凌子亭那里没有"交流"这样的词，应该是"通知"过了。通知的目的达到了，至于结果，在凌子肖这边，毫无疑问，他是绝对自信的。所以，凌子亭自始至终神情都是轻松的。吃罢饭，桌上凌乱一片，鸡鸭的细骨、掉落的菜、洒出来的菜汤、擦拭过的纸巾和凌子亭擦嘴擤鼻涕吐痰的纸巾堆到比碗还高。米秋有些厌恶，凌子亭的旁边明明就放着垃圾筒，他却视而不见，分明是有些刻意。

米秋忍着恶心正待收拾，凌子亭起身招呼凌子肖，子肖，咱们去客厅坐，别挡着米秋收拾。这话像个火星，一下子把米秋胸中的火点燃，蹿得老高，瞬间灭了收拾的心思，她比凌子亭更快地从椅子上站起来，迅速离开餐桌，对凌子肖说，我有事出去一下。连看都没看一眼凌子亭。没等凌子肖反应，米秋已走出了门。在外面过道换鞋时，她听到凌子亭说，看来在北京生活久了，男人就容易没血性，看看，女人连家务活都不做，看来你是被米秋驯化，站不起来了。

这话明显是说给她听的。凌子亭倒是很知道借话传话。

米秋心里冷笑，若不是因为来的是凌子亭，平时目中无活的凌子肖又怎肯献这份殷勤。既然好不容易有了这份殷勤，那就索性给他机会继续这份殷勤好了。这么多年，他们的生活被凌子亭横行插进来，无论大事小事，但凡只要有一丁点儿需要让人操心需要钱的事，哪怕是鸡不吃食，凌子亭都会不遗余力地传达过来。他的传达既显得自己在家里的重要性，是为大事小事都操碎了心的那种。而凌子肖呢，则因了兄长的这份操持而愧疚，自是觉得凌子亭替他承担了本应由他承担的一切，加之从凌子亭那里全盘接收了与家和家人相关的所有令人不安的信息，情绪常常很低落。这份低落，出现在米秋面前，就表现出细风绵雨的冷峭和尖厉，这是一种被阴云横扫的常态，没有一丝阳光可以在这样细密的阴云下透出来。凌子肖以为，这只是他的情绪，无关米秋。但他不知道，米秋不仅仅是直接面对，还要承受，承受他的烦躁、焦虑、愤懑和压抑。

米秋觉得，是凌子亭将他们的家搅得一团模糊，本来光阴斑斓的日子，生生被沉闷、压抑和暗旧的气息笼罩。回想起来，一路走过，虽是同行，却并非携手，且满是苍凉。

米秋很少见凌子肖对凌子亭有过抱怨，除了关注爹娘，他更是积极地为凌子亭一家人的生活尽心谋划着，好像他具有无所不在的能量，这种能量，就是凌子亭一家幸福与安康的源泉。而在自己的家庭生活里，凌子肖慢慢习惯将自己束之高阁，任由米秋一个人精疲力竭、满头大汗地卖着力气。甚至，他对女儿给予的关注都不及对凌子亭的子女。他并不清楚在这个家庭里，他的位置其实被自己边缘化了。凌子亭常说的就是，你是二爸，是他们的亲叔叔，你不关心谁来关心？于是，拥有重大责任的叔叔身份让凌子肖忘了自己也是一个父亲。所以在女儿的叛逆期，他看到的只是一个桀骜、不拘、冷漠且自私的女孩，不值得他为之而付出更多精力和时间，更动辄说出"不可救药""狼心狗肺"之类的话，直到女儿努力考去南方的大学，远远地躲开这个似是而非的家。他的眼里，侄子才是全家的希望所在，有目标有追求，还懂得节俭、孝顺、从善如流；侄女也是乖巧、听话，还很能干，偶尔会有些小脾气，只不过是受人煽动才会抽烟，谈恋爱。凌子肖努力地去做一个好叔叔，也努力配合凌子亭去做一个好父亲。他并没意识到，有些时候，"二爸"只是称呼，无论血缘还是亲缘，其位置永远是排在第"二"位，不可更改。

侄子高考前夕，凌子肖急性胃溃疡住进医院。凌子亭知悉后，说的第一句话是，哎，这紧张的时候，你咋住起院来？你倒是等两天，等凌波考完啊！凌子肖当时疼得脸都白了，蜷在床上问的果然是侄子凌波的临考状态。凌子亭说正等着你的鼓励呢，凌波还就听你的话。这孩子我算是白养了，啥时候都把你这个二爸挂在嘴上，他可是说了，考什么大学无所谓，反正以后有他二爸呢。看看看，这小子心里压根儿就不把我这个亲爸放在眼里，你可得给他打电话好好叮嘱一下，这高考的事可不是小事，考好了，可是你这个二爸脸上的光对吧！

凌子肖把电话搁在靠枕头的耳朵边上，双手抱着身子，脸上勉强地支撑起笑容，嗯嗯哈哈的样子，把一旁的米秋看得着急。她终于把置身事外的淡漠抛开，拿起枕头上的电话说，大哥，子肖马上要去做检查了，有什么事等他出院再说吧。那哪成！凌子亭反应迅敏，等他出院凌波都考完了。米秋本想直接挂掉，听到这话，忍不住生气，凌波高考是凌波的事，子肖又不能替他做什么，他现在生病，医生说诱因是他压力过大精神紧张，你们就体恤一下他，不要再让他有过度压力好吧！

子肖可是跟你一起生活的！凌子亭没等米秋话音落下，就喊了起来，你没照顾好他还来责怪我们？米秋你知不知道我替子肖承担了多少？他是凌波的二爸，难道高考这么大的事让他关心一下你都有意见？

米秋冷冷地回道，你们到底谁在替谁承担？我是没照顾好他，但他把你们一家人照顾得算是不错吧？你们谁替他想过？

怎么不是替他着想？咱爹娘你们可没操过一点心。按理，爹娘也该由你们赡养了，要不是考虑你们在大城市不方便，我能这么多年一直照顾爹娘？凌子亭一点都不示弱。

大哥，爹娘的牌打多了你不腻吗？要是你觉得爹娘在身边很多余，我们接过来好了！哦，你放心，不会让你出赡养费的。米秋说完，再无半点犹豫，在凌子亭再次高起来的声浪中挂了电话。

凌子肖却听得呆了，忘了疼痛，竟然坐了起来，指着米秋，你你你……了半天，脸上的表情拧巴得就像天津麻花又拧了几个圈。

米秋以为，这事之后凌子亭怎么也会消停几天，心性这么高的人，哪能受得了她这样抢白。她很快发现自己错了，高考结束没两天，凌子肖还没出院呢，就在一次打饭回来，听到凌子肖在电话里和凌子亭聊得热火朝天，看到她进来，特意地说了句，米秋也在呢！然后示意性地冲米秋指了指手机，高声大气地笑着说着，那自如的神情，放松的状态，一点也没有兄弟被生分过的感觉。米秋立在门口，忽然觉出几分凉意来，兄弟没有生分之说，倒是夫妻，有着同路陌人的悲凉。

到后来，米秋才明白，凌子亭并非不屑于记恨，他记恨的对象不是凌子肖，而是她。他清楚地知道，米秋再怎样排斥，也动摇不了凌子肖一颗护卫他们的心。何况，在以后的时间里，他还有着一个依靠他自己的力量根本无法逾越的难关，最直接的，无论儿子考没考好，他都没想过大学的费用会独自承担，他们兄弟两个家庭唯这一个男丁，这是凌家最根本的血脉，怎么可能由他独自供养呢？儿子大学毕业，总要找工作吧？找工作的大事，二爸不操心，还能由谁来操心？工作解决了，还有婚嫁呢？这可是爹娘的心头事，子肖能不倾力而为？儿子之后，接下来还有女儿，女儿考大学、工作、婚嫁之事。总之，人生之路漫长，兄弟之情绝不能被割断。

一个人时常在楼下胡乱转着，米秋脑子里一遍一遍揣测凌子亭所说的男人的血性究竟是什么。在凌子亭的概念里，这种"血性"应该是有针对性，那就是凌子肖凌驾于家庭之上的特权，是必须对她这个妻子全方位掌控或驾驭，而不用为这个家承担任何责任和义务。在米秋这里，凌子肖应该是像佛一样要被供起来，不得为那些凡尘俗事来操劳，被惊扰。当然这个凡尘，只是她和凌子肖的凡尘，而俗事，自然也只是她和凌子肖的俗事。

米秋像只蜗牛一样本能地缩紧了自己，她不想舒展也不想碰触，在凌子肖兄弟面前，她宁愿将自己画进圈里，再在周围竖起铜墙铁壁。她把夫妻的世界让了出去，由着凌子亭随意涂改，因为她无能为力，但她决不肯任自己在这日侵月食中，再迁就和接纳。

凌子肖并不迟钝米秋对凌子亭的反感，但他毫无消除这种反感的能力。之前凌子亭就像一个虚缥的存在，米秋无法近距离抵抗，况且他自始至终都是越过她的。这是距离和时间的优势，有与没有都一样，她改变不了。而现在，凌子亭就在她跟前，依然神气活现，像世界的主宰。失去距离的掩护，米秋自然可以毫不掩饰深埋在心里被时间发酵的厌恶。她退出家里所有的家务活，不打招呼地早出晚归，用无声的抵制来宣告她的态度。米秋的冷漠和无视让凌子肖越发心有惴惴，他并不是有意忽视米秋的存在，只不过忽视更容易心无障碍。他只能做这样的选择。他何尝不知道掩耳盗铃是个笑话，但人有时候需要这样掩饰，至少表面上是逾越了自己心理这一关。凌子亭也开始表现出不满来，他是真的一点也没有意识到，当他以客人的身份来到这个家的时候，那满身的锐刺就已经张开了，不是为了防卫，而是一种明目张胆的侵略。不过这十几年来，他已经惯于凌子亭认为是依赖自己的智慧来实现对他的依赖，他不傻，怎么会看不透大哥的自作聪明呢？他不过是割舍不下这份血缘之亲，何况凌子亭始终是借着爹娘的名义。

只是现在，凌子亭亲临北京，以一副更显决绝的死缠烂打的气势住在他们家，凌子肖再无法回避米秋。一个家，再无形的存在也是存在，无论用什么方法割裂，也不过是让裂隙加深，却消弭不了存在的事实。米秋的冷淡与抗拒让凌子肖明显不满，只是自己的无力和无为，也让他的哥哥第一次感到深深地无力。

凌子肖推开门，下意识地去开灯，灯没亮，他抬头，看到裸露着的灯底盘、灯架、横挂的灯，还有清晰的线路，这才想起来，这个廊灯坏了好几天了，以往都是米秋打电话给物业上门来维修的。想起自己把灯罩卸下来再没有安上去过，就觉得奇怪，多么简单的一件事，他轻轻松松取下来，却不能够轻轻松松地再安上去，人的能力竟然也会陷进这样一种无力中。

他回头看着客厅里凌子亭焦虑而无奈的脸，忽而有种释然，他不是万能的，他想，在他和凌子亭之间，也许正需要这种无力！

那他和米秋呢？

琼 的 步

　　他坐得端直，背部离椅背有些距离，像是刻意要保持那几厘米，以免自己给人留下某种不好的印象，脸上挂着几丝笑意，浅浅的，好像花欲开未开之时，风一吹，微微荡漾起来，带着羞涩。他的双手还很认真地端着茶水，是取暖的姿势，其实茶早已冷了，只是他未喝几口，还是浅浅的几口，独斟一般，姿态轻柔而怜惜。琼有一瞬间的迷惑，她那两个又大又深的酒窝好一会儿都不肯从她饱满白皙的脸上褪去。在这样的安静面前，她一点都不想抗拒，抗拒什么呢？这是最符合她心中白马王子的那个，不不不，应该就是她的白马王子。"于千万人之中遇见你所要遇见的人，于千万年之中，时间的无涯的荒野里，没有早一步，也没有晚一步，刚巧赶上了，没有别的话可说，惟有轻轻地问一声，'噢，你也在这里？'"是啊，你也在这里！

　　琼低了头，嘴抿得紧了，嘴角却微微上挑，那是压制不住的欢畅。沉浸于自己的想象真是件美好的事儿，可以随心所欲，纵横捭阖，自由驰骋——也还是没那么自由的，旁边忽有人咳嗽起来，夜色里的闪电将夜空划割得七零八落一样，也把琼从低头的温柔中一下子扯了回来。她受惊似的一下抬了头，眼神却落到了他端着茶杯的手上，他的手分明在抖着，不是风吹云动的自然，是握紧了杯身的竭力控制，用了力气，粗大的指关节处因用力而泛出几分白来。许是感觉到了琼目光的着落处，捧着杯的手忽地往下垂了垂，像是杯子有了重量。琼正待调整目光，杯子又慌慌地上来了，还是原来的位置，他胸口偏下。琼的目光终于是向上移来，却见他直直看定她的眼神忙乱地移开，移开了，又像刚才的杯子一样挪了回来，接上琼的眼神，端直的身子不那么端直了，往左右摆了摆，一副重新摆正身子的动作。大概觉出自己的生硬，不自然地嘴角上扬，收了，再又上扬，白皙的牙就闪了出来。不过是瞬间，琼却觉出一出大戏的味道，她的酒窝更深了，眼睛都眯了起来。

那用咳嗽来打断两个人寂静的人，是琼曲里拐弯说不明白的表叔，因了一个"表"字，就有了一家人的意思。趁着琼回家，带着人转过来了。也是表叔绕来绕去的什么亲戚。琼在这种复杂的关系中没绕过神来，总之一句话，就是知根知底的人，不抽烟，不喝酒，没啥不良嗜好，见人几分羞涩，最重要的是，人长得精神呢，不知道有多少女孩子为他哭闹上吊的。琼起初没什么反应，看的人多了，知道都是话好，人勉强。再说这么招人稀罕的人物，还要跟她相什么亲呢，从那些哭闹上吊的女子里挑一个出来，怎么也比她强了去。她摸了摸自己的脸，脸很大，大到她的双手都不能完全覆盖，照着家里那面圆形的镜子，几乎很勉强才能容纳下这张大脸。脸上肉质肥厚，绵软而有弹性，但同时又有一层油质，毫不含糊地糊到手上，摊开手来，油亮亮的。这常常使她难堪。更过分的，是她还有一个肥腰，一点也不婀娜的壮硕的腰。就是说，琼实在不是令人惊艳的女子，不但不惊艳，还是贫乏的——正如古代仕女图上那种白胖女子。仅是胖也就罢了，还有一口不太精致的牙，一笑，露出一嘴的错落无序。唯一吸人眼球的，大概就是她的大脸上两个深潭一样的酒窝了。因了这一对酒窝，她的抿嘴一笑，就醉意浓厚，很是招人。就算不小心笑得忘了形，她不齐整的牙怎么都像是不太藏拙的质朴，与酒窝有着极其自然的相得益彰，倒也相映成趣。所以，琼虽没进入胖美人的行列，也不是让人不忍相看的一无是处。她的外貌，是要细细观摩，慢慢品味的，而且，越品韵味越足，就好像一出京戏里，老生咿咿呀呀的唱腔丝茧一样拉扯不断，你总不知道那摇头晃脑还要多久才能止住，还有挥着水袖、慢条斯理地走台，你忍着不耐烦，却在咿呀声收住的那短暂静谧中，发现自己已入了戏中，所有的不耐烦其实是一种更大的期待。

琼从不因为自己的胖而自轻自贱，相反，她还是个心高气傲的女子。心能有多高呢？小村里的其他女子，在她眼里，多是卑陋粗俗的，她从不将自己纳入她们之列。若是有人把她和她们列为一谈，就算不是当了她面，或是过去了许久，她也是要找机会将说话的人说道一声的。于是村里的人就知道是再不能说她的什么了，哪怕是在自家里，总也保不准哪句话走漏出去。单是说些琼的心性儿高，说村子小不够她扑腾这样的话，还无关紧要，怕是一些话说出去，变了样，到了琼的耳朵里又是另一番说辞，这就免不了平地起浪。琼不是个泼烦女子，但她嗓门高，说话时若是不带着些笑意，大脸一板起来，严肃得叫人望而生畏。再辅以言语又快声调又高，还不是村人一口的土话，而是一本正经的普通话。琼并不是不说本地话，只是不在村人跟前说，这是她区别村人最大的特征。细想起来，村里外出上学的也有，可出去回来，行走在村道上，或是串个门，依旧一口土得掉渣、渣还能拾起来下酒的土话。要是谁不经意间蹦出句普通话，是要吃人白眼的，明明就是土生土长的歪脖子，换了别地儿的水一喝，倒不知道脸是不是原来的脸了。这意思很明了了，就是不要脸呗。

　　但没人敢这么说琼，任是村里哪个爱说笑的人，在琼的普通话里，别说嘲讽，连话都是不太敢接的，只能讪讪地，别别扭扭地一边解释一边往远了走，走时嘴里还要嘟囔一句"我惹不起还躲不起嘛"，只是嘟囔给自己听，是不敢叫琼听了去的，只有躲的意思，哪里又能惹呢！

　　琼并没想村人是不是对她疏离，她的眼里，看不到这层关系。琼自觉是不属于小村的，她只是在这里落了脚，迟早要离开的，既然要离开，又何必要迁就村里她不太喜欢的一些陈规陋习呢？

　　所以在村里，琼确实是孤单的。虽然她自小在村里上学，曾经拥有过村里所有同龄人的友谊。那时村里的学校只有父亲一人，自诩是光杆校长，也是杂役，打理着学校所有的事务，同时兼做学校里唯一的老师，给一年级到三年级不到二十个学生上课。琼还记得，从一年级开始，她就和二年级、三年级一起上着课。有些同学在没有本年级课的时候，埋头写父亲留下来的作业。或是偷偷地跑到外面打个野，回来很得意地炫耀自己没被老师逮着的幸运，她则忙着偷偷记下跑出去的人，自觉主动地把自己当成了父亲的助手。但父亲并不需她这样的助手，每次听到琼跟他耳语谁谁谁跑出去掏树上的鸟窝，削了刚种下树苗的枝杈，或谁谁谁在树下打了石子，摔了纸炮什么的，父亲就很严肃地让琼不要关注别人，要多把注意力放到自己的学习上。说过几回，琼就明白父亲不喜欢自己告状。

琼后来才明白父亲的用心。学校是父亲把村里弃置不用的仓库要过来，自己动手拿竹片隔出来的。三个教室相同的格局，都是三十多平方米的样子，三个年级各占了一间，余下做了办公室和宿舍。又在外面安了几扇窗户。每次给一个班上课，另两个班就布置作业。因是竹片做隔离的墙，另外两个班是安静还是吵闹他心里清楚，谁从教室溜出去，一抬头，一眼就能透过窗户看到。不过父亲从来不说，只要溜出去还回来的，都不过是少年天性里的顽劣使然，不敢大张旗鼓，就是心存畏惧，不是无所顾忌的率性而为，恰恰说明孺子可教。父亲确实是个很好的老师，一个人，硬是在村里坚持了几年，终于把一所简陋得只有三个年级的学校坚持了下来，并成为乡里有名的小学，其他村小也都撤了，生源就近转移过来或转到乡里的小学，学校扩建，由最初不过十几个学生慢慢发展到一百多号学生，还有三个老师，一个是师范专业，有正式编制的，另两个是民办老师。父亲顺理成章地任了依然兼课的校长。

琼的父亲成了村里最受人尊敬的人。自然，琼是大家尊敬的人的孩子，也有着同龄人感受不到的偏爱和包容。直到琼后来上了高中。村里能上高中的不多，有些因了家庭条件的限制，或者父母或者孩子对于考大学的无望，多是初中毕业也就罢了手，有余力而心有不甘的呢，掂量掂量之后，还是报考中专更为实际。所以村里也是有一两个考上中专走出去的人。其中之一，就是琼的妹妹，师范毕业后，在乡里的中心小学当了老师。琼则是村里女生里面唯一上过高中的了。这大概也是大家对她的普通话能够接受的原因吧，唯一的女高中生啊，其他村都是找不出来的，他们能不偏爱这个唯一吗，何况，还是小学校长的女儿。但有些事不是揣着一颗好心真的就是件好事儿。琼大学没能考上，那时候的大学有多难考，都说高考队伍是千军万马过独木桥，想都能想得出来，那么多人挤在一起同时往前冲的情形有多壮观！人挤人，人踩人，从一根木头上能冲过去几个人？大多数还不都跌下了桥，一个个该死死，该伤伤，能伫立桥这头的，有哪个不是一身伤痕，满脸疲惫？就是以一副胜利者的姿态微笑着的，也能在瞬间流下眼泪。

琼的高考分数离过桥只差十分，也就在桥上离上岸只一步之遥——无论这一步有多宽广，有多艰难。这一步之遥，让她失去了所有的希望之光。琼难受极了，把自己关在家里，不肯迈出家门一步。在家也只是发愣，心无旁骛地发愣，连吃饭都是愣怔的样子，好像魂魄被落榜的事实碾碎嚼烂，扔到地上与泥土和在一起，再也分不出彼此来。高中生，有什么用呢？没考上大学，连村里那些小学都没上过的人都不如，她们可以耕作，可以家务，还可以女工，而她呢？任是哪样都束手无策，除了比她们会说普通话，还是带着地方口音的普通话，像她的父亲一样。琼不知不觉就哭了，她没想过自己考不上大学的日子，不想，是不愿意给自己留这条后路，她从不觉得自己会属于这里。妹妹毕业前夕来村小实习时，她还语重心长地劝说妹妹不要把人生圈定在这小块的地方，一个过于熟悉的小村，连村头每天会飘过几朵云，吹过去几缕风都一清二楚，再回到这里，她不知道这样的人生还有多少意义。可是妹妹笑着，说她就喜欢这样的小村，没有太多需要承担的东西，人生活在这里，简单、随性，有什么不好呢？琼没觉得好，一个有些偏远的小村，民风淳朴，走在路上有人热情地招呼，有人生拉硬拽要扯到自家里吃饭，一家有什么喜庆的事，全村都会踏着爆竹声送来各式各样的点心来庆贺，可除此还有什么可圈可点之处？狭小、破败、贫穷，还有粗鄙庸俗。琼不想因为这些就像妹妹一样轻易留下自己的一生，她喜欢外面的世界，不是几尺之遥的本乡本土，而是更远的地方，那地方不仅仅是开朗和繁华，还是一种豁达与欢乐，哪怕是无名状的。

可是到底，她还是回到了村，像只受伤的麻雀，累累伤痕被覆盖在羽毛之下，旁人只看出她的疲惫，却无人能看到她锥心刺骨的疼痛。

父亲是了解琼的。从琼一定要在县高中寄宿开始，他就知道，琼的心阔了，她的视野里只有远方。而她的远方，其实不过是县城之外，并且括号里还一定含着县城。琼后来开始说普通话，是源于一次她带着同学来家里，同学是外县来借读的。县和县之间，方言不一样，为了交流顺畅，同学一直说的普通话，琼也跟着用普通话。这一说，就停不下来，像中了蛊一样，迎面遇见有村里人打招呼，她用普通话一回应，倒把对方吓了一跳。真是奇怪，第一次一个人与村里人说普通话时，她坦然得像是不会说本地话，一直以来她都是说着普通话的人。越来越多的村人用惊讶的眼神打量着琼。琼才不去理会他们的惊讶呢，惊讶过了，他们会习惯的，何况自己跟他们本来就是不一样的人。这样的想法使琼越来越沉迷于对本地话的背离，即使在家里，她也说着普通话——偶尔在兴奋时，才会忘情地蹦出几句土话，等自己意识到，她反而脸红起来，做错事似的会低头懊恼一会儿。

在村里，琼的普通话像是蔬菜地里的水仙花，一眼看去，满眼旺盛的葱绿之中，几茎玉立亭亭，一簇鲜亮明艳的浅黄，泛着幽幽的香气，在一片毫无姿态中，真的是绚丽夺目呢。大概也只有琼，在县城里上着高中，父亲是教书的，妹妹是教书的，说普通话是自然而然的事，若是换作其他人，在村里当真是不知道当面背后的要被嘲笑多少回，哪里还有什么惊讶，直接是——这都一脚的泥点子，打什么洋腔！那些稻子油菜，青椒大蒜，能听懂几个字？

但偏偏是琼。琼是有刺的，她不是玫瑰，却有着比玫瑰更傲然的锐利。这一点办法都没有，在村里，琼像是来自另外的世界，并且她竭尽所能使大家能意识到这个事实。

父亲毫不在意琼的普通话，他是老师，还是校长，能接受的事物范围自然更为宽广。说普通话没什么不好，他们教学授课，不都要求普通话吗？课堂上能说，平时就不能说了？不太理解的是琼的母亲，她嫌别扭，怎么好端端的话不说，偏要说那绕口的普通话，这孩子，莫不是有什么病了吧！父亲被母亲说笑了，能有什么病是换了语言方式？要是所有的老师都敢跟琼一样，在公开场合都说普通话，那才是一种对语言的尊重呢。母亲听不懂父亲的话，琼又不是老师，怎就要让老师们跟琼一样？不懂，也懒得多问了。他们虽是夫妻，却还是各自有着不同的世界，他们的世界彼此不影响，所以，他们有着彼此认同的欢愉和互不侵扰的和谐。

琼不肯认认真真地做受伤的麻雀，在父母的照看之下慢慢疗伤。她对父亲说，我要去复读。

父亲注视她，其实读书上大学并不是唯一让你生活更踏实的路。做老师未尝不是一种选择。

琼犹豫了。高考之前，父亲说过，上大学只是无数条路中的一条，有时候这条路走不通，还可以走别的路。琼问，还有什么路？父亲说，授课解惑，不失为一条康庄之路。琼不以为然，她不排斥当老师，但若她的人生仅仅只被禁锢在这个狭小的村子里，每一个晨昏都是一个模样，这样的生活还有多少意义？其实琼还是想过，万一自己落榜，她一定不会在村里停留，她无法想象在一片熟悉的土话中，自己依然坚持一口普通话，像只被遗弃的孤雁，突兀而凄零地徘徊在那些同情和嘲笑的目光之中。

琼思量了一会儿，发现自己在想象中仍无法接纳在村里的生活，她不能和妹妹一样，找一个同样是小学老师的男朋友，还没有一起生活的经历就开始了一日三餐油盐酱醋的探讨和摸索。琼对父亲说，再给我一年时间，一年后还不能上大学我再认命。

一年很快。琼依然榜上无名，甚至高考成绩由曾经的一步之遥变成了不可跨越。

高考那天，她骑自行车从租住的地方往学校的路上，车把挂住了一个老太太，老太太跌坐到地上再不肯起来，根本无视琼要去参加高考的解释，揪着琼的衣服不依不饶，嘴里喊着这痛那痛的，一副因为这一跌随时可能断气的萎靡与痛苦，直到最后琼把身上所有的钱都掏了出来，连着腕上父亲用过后来送给她的手表。那是一块男式手表，表盘大而笨拙，走针却精巧细致。琼不停地想着这块表，反而迟钝了考试时间。等她狂蹬自行车到学校，考试都开始了。好在开考还不到十分钟，无论是外面巡视的老师，还是教室监考的老师都没有太为难她。

没人为难琼，琼是自己为难着自己，她没法集中精力，脑子里一直闪着老太太对她的要挟和讹诈。那时还没有"碰瓷"一说，琼心疼被强行夺走的手表，她控制不住被"敲诈"的屈辱与悲愤，在这样的情绪之下，她的成绩受到影响也就顺理成章了。

琼忘了她要认命的话。父亲似乎也忘了。没有人会刻意去记一句话，也或者，父亲和琼都装着忘了。对一句话负责，说起来很简单，实际上并不容易。父亲一手办起来的学校在乡里依旧有着良好的声名，一年的工夫，老师又来了两个，都是乡里干部强行塞进来的，初中刚毕业，教授小学一二年级的课程还是没有问题的。父亲终于不再任课，正经地当着学校的校长，却不能固执自己的想法把高中毕业的琼给留下来，留给那些可爱纯真的孩子们。

琼去了邻县的舅舅家。舅舅是邻县第一中学的老师，她复读就是在邻县的一中，收费并不高，是舅舅找学校的教导主任要来的优惠名额。对琼的再次到来，舅舅自然还是开心的，虽然琼高考成绩并没有预想的那么好，但舅舅对琼的学习能力一向自信。舅舅家有两个双胞胎的表妹，刚刚上初中，他是希望琼能在复习的同时也好好给两个表妹辅导一下功课。琼这时其实已经没有了再去高考的念头，她的出来，纯粹是一种毫无意识"漂流"，在这样的"漂流"中，她也期待会被哪件事或哪个人"截住"。舅舅的想法正好应和了没有前程预设的琼，她只能寄住在舅舅家，充当两个表妹的临时家教，也远离她一直躲避的乡土和乡土的世情。

表妹们才刚上初中，还没有摆脱小学阶段的顽劣，对于开始不久的课程并没有负担，自然也没有舅舅作为老师似乎是天然而来的急切，所以琼的"辅导"很多时候变成了她对表妹们的督促。两个正值青春叛逆期的表妹自然不肯身边有个"督导"式的人物，又不敢忤逆父亲的安排，于是私下里常挤兑琼，一个说她脸大不好嫁人，要多出去做事赚钱才好；另一个则慢悠悠地说，常住在别人家，嫁什么人呀，只有乡下人，才喜欢赖着别人家呢。起初琼并不往心里去，她和表妹们的关系一直挺好，她复读时每次来舅舅家也和她们胡说八道着，也互相诋毁打闹，借以放松自己和同样升学考试的表妹。表妹们以前就说她脸太大，得拿尺子量，她则取笑她们太瘦，一阵风要被吹上屋顶，还要像风铃一样悬挂在屋顶两端，摇啊晃个不停。现在她也不会把两个小孩子的话当真，听在耳里，不过是迫于她的严厉而无计可施的一种歇斯底里罢了。但听得多了，尤其是她们发现一说"乡下人"琼的脸色便不那么好看，便越发无形时，心里难免不起波澜，想着自己这样待下去的无意义，虽然在舅舅眼里，她像是为来年备战，心里却清楚不过是再度荒废着时光。这一想，就心慌意乱起来，那种看不到未来的焦虑坚实的墙一般竖在眼前，她推开不了，又无法翻越。琼心里沉重得像压着无数块石头。渐渐地，面对两个表妹的胡言乱语，冷嘲热讽，琼再不能像之前那般淡定从容，她甚至在寻找着能让自己宣泄的时机。终于有一天，她在两个表妹的老生常谈和挤眉弄眼中，愤怒地一拍桌子，吼道，再不好好学习，我就是你们的下场！别跟我说什么乡下人不乡下人，没有大学的界限，将来你们和我没有区别！真以为我喜欢管着你们？那是看你们比猪还蠢，真不知道你们小小年纪哪来的优越感？你们说比我强到哪里？

许是看惯了琼甜甜的深酒窝，表妹们没想到琼竖眉瞪眼的模样并不温婉可人，不但陌生还尽显狰狞。两个人齐刷刷地闭了嘴，因为不甘那句"比猪还蠢"，两个人又低声细气地申辩着，"才不是比猪蠢呢……"没说完就又抿紧了嘴唇。纵使她们才刚上初中，也明白这种申辩的乏味可笑和无能为力。

琼以一次爆发的脾气轻易驯服了两个表妹，她却没能在表妹们小心的审视中平静下来。她像触了礁的船，内心的支离破碎已然撑不起表面风平浪静的粼粼波光，她在兵荒马乱的挣扎中终于失去自我控制的能力，在表们妹惊慌失措的目光中号啕大哭。

终于，琼收住了隐忍的笑，那两个一直不肯消褪的酒窝匿进她白皙的脸庞，连目光也端正起来，远离了端着茶杯的那双手，更不肯再落到那张略显黝黑却帅气的脸上，她怕自己心动——而事实上，她真的有些心动。只那清晰的眉目间透露出来的羞涩，慌乱中竭力要保持的镇定都让她心跳加快。可是那只是瞬间的感觉，瞬间之后，风便渐渐停了，雨也慢慢歇了。她开始安静下来。

琼偏了头，视线里刻意地避过那个正坐得端直的身影，有些惆怅地看向门外的远方。没有院墙的院子里，左右两棵树，一棵枣树，一棵梨树，有枣时吃枣，有梨时吃梨，本来都是琼喜欢的。此时自然无枣也无梨，秋意浓酣，万物皆一副萧瑟败落的模样，无论梨树枣树，曾经葱茏、繁密的叶，也都快落净了，剩下的，不见半点青翠，苍黄着蜷挂在树梢处，一副坚守到底的执着，却还是禁不住一阵又一阵路过的秋风的欺凌，抖索着又落下来数片。再远一点，就是别人家的房子，虽然低矮，但是"人"字形的屋顶依然阻隔了远眺的目光。唯一的风景，大概就是从门前经过的人了，挑着担的，甩着手的，哼着歌的，也有背着东西低着头的。经过的男女老少，无论熟识的村人，或是经过的陌生人，无一例外，都会对着敞开的大门漫不经心地瞥上一眼，纯粹是路过时的一种下意识。有人迎上了琼看向外面的目光，片刻的愣怔，迅速地展出一个友好的微笑。琼却来不及回应，那笑容已闪了过去，侧影成了背影，正在远去。

这样无声的画面忽然让琼又微微心动——她想，自己可以向这样素静的生活妥协？

这时表叔起身，侧过身子去提后面高案条上的暖瓶，嘴里道着，来来来，再添点水，茶都凉了，也不见喝。琼有些惊，赶紧起身去接表叔手里的暖瓶，叔，我来。她说着，趁机又瞟了一眼那张脸。那人正放下手中的杯子，起身，还是我来吧。说话时已从琼的手中接过了暖瓶，先给表叔续了水，又往琼的杯子倒水，最后才给自己的杯子里添上。放下暖瓶，待坐下，却想起什么似的，又重新拿过暖瓶，给琼父亲的杯子加上水。父亲刚被母亲叫到里屋不知道在叨咕什么事，架在桌上抽了一小半的烟飘荡着一缕轻烟，没一会儿，就灭了。

表叔也趁势甩了甩胳膊，指着里屋说道，我去跟你父母说两句话，你俩先聊着。不待两个人回应，装模作样地离开了，并不是去的里屋，而是往后院去了。

再坐下，重新端起茶杯就不那么局促了，似乎刚才的惴惴只是因为表叔的在座。还是微微笑着，看着琼，你大概是不记得，咱俩同过桌呢……我三年级，你一年级，那时只有老师一个人，你喜欢串教室，跑到我们班里来就坐我旁边，还很横，一个人要占大半个桌子，还不让我碰到你……我那时真听话，果然被你挤到了桌子的边上，可我一点都不烦你，心里老想弄明白的是，你一个一年级的学生真的能听懂三年级的课吗？

还是笑着。那笑果然好看啊，一点也不浪费颜值。对于好看的男生，肤黑原来是一种添加剂，是可以锦上添花的。静下来的心又被撩拨得漾动起来。琼懊悔自己对儿时那一幕的毫无印象，但她对自己随便跑教室却是记得的，想起那时自己替父亲着急啊，没有父亲上课的教室，好多同学都偷偷跑到教室外面去玩，她怎么喝也喝不住，又不是班长，人又小，能怎么办呢？她没办法，只好跟着父亲转教室，与落了单的"学长"（好多年后，琼才晓得原来高年级的同学应该叫学长）坐一张桌。父亲那时从不反对她跟着转课——听不听得懂有什么关系呢，反正都是一种成长——这大概就是父亲是老师的好处了，多了听课的自由。有父亲的教室同学都很齐整，没有偷偷要跑出去的人。看到大家在认真听课，琼才觉得心里踏实。

琼也笑起来，脸上泛起红晕，真奇怪，那么久远的事被一个完全陌生的人记住还记忆深刻原来是这么美好的事。她抑制不住心里的甜蜜，抿了抿嘴，说，你怎么不问我呢？

我哪里能憋住不问，倒是你不理我啊，还拿眼睛瞪我。小脸严肃的——我不怕老师，我怕你呢！一个小女生，本来就不能惹，何况还是老师的孩子。

一个三年级男生面对一年级女生的手足无措，在一些爱情童话里，这一定是两小无猜下的某种倾心。只是琼是理科生，并不擅于描绘和挖掘。

到底没忍住，琼笑出了声，但随即又收了笑，小脸？她愧意自己最终只捉住了这个词。下意识地抚了抚自己的脸，脸上的肉依然很厚实，并没有因这个词而显出半丝收敛的意味，心里不禁哀叹果然是历史，永不复回的历史，美好又残酷。"记得当时年纪小，你爱谈天我爱笑，有一天并肩坐在桃树下，风在林梢鸟儿在叫。我们不知怎样睡着了，梦里花儿知多少。"琼不知道这是谁的歌，却分明记得她第一次听到的时候，悲伤得无法自抑，她竟然翻不出记忆里有"我们不知怎样睡着了，梦里花落知多少"这样属于自己的青春的惆怅，更没有"你爱谈天我爱笑"的明媚，或许她的世界里，没有什么东西是荡漾的。那么，自己这次是在荡漾中吗？

琼不知道。琼也不知道一颗种子在一个少年的心里发芽，要经过怎样一个漫长的过程，排除多少干扰，抵御多少诱惑，才能靠着自己努力的浇灌慢慢开出微弱的花来。

琼的心里终于有了哀伤。她低头不再言语，任屋外的风吹过来吹过去，兀自在门前犹疑。

自发过火之后，表妹们变得乖巧起来，再不说她乡下人，也不说她脸大、肥胖什么的，就是日常相处，连些俏皮、任性的话都不肯说，却又礼貌周到，对她的言说当面再无半点反驳与顶撞，好像改朝换了代，君不是那个君，臣也不是那个臣。琼却知道，这样的周全本不该是两个妹妹这个年龄这样性格所具备的，"敬"并非接纳，而是姐妹情谊的寒彻剥离。这反而让琼有些不知所措。琼虽没给表妹们太多意义上的辅导，但就算是"督导"的身份，她也是用了几分心思，尽管表妹们反感于她的管束，对她的排斥也仅仅限于被管束时毫无心机的弱语言暴力，而在此之外，却依然热络而放肆，这样的放肆，落在琼眼里，不过少年过分的张扬罢了。所以虽然一直寄住在舅舅家里，琼倒也没有觉出自己的多余。但妹妹们礼貌地疏远、冷漠地敬畏，使琼一下子觉出那份生硬，且如鲠在喉。

这样的状态下，琼的复习更是显得有一搭没一搭。舅舅经常看到琼独自一人神情落寞地发着呆，手上虽是握着书，但一握之后，几天都不曾变化，就像书寻了机会沾上手再甩不脱，就知道琼其实是有心思的。女儿家嘛，哪能没心思呢。本不去理会，想着过些日子也就好了。但哪里还有"过些日子"

呢，琼主动找到舅舅，跟舅舅说她不打算再考了，高考是太深的水，她越来越缺乏涉水的勇气。以为靠着高考可以开拓另外的天地，但现在看，天太高地太远，她哪里能够得着？

舅舅也知晓琼是个极有主意的女子，既然她已打定不再复读，便是再劝，也不过是赶鸭子上架。舅舅问琼不再复读了，回去有什么打算。琼说，我没打算回去，就想请舅舅给找份事做，随便什么。舅舅有些吃惊，琼的心气儿高他是知道的，也听说过琼在老家村里的冷傲与孤寂，却不想琼竟是连家都不愿回了。

舅舅只是学校初中部一名普通的老师，能有多大的能耐呢？到底是心疼琼，拉下脸去央求一些学生的家长。家长中不乏小有能量又热心的，果然就给琼介绍了，营业员、服务员、医院的看护之类，不是琼满意的工作（如果这些都叫作工作的话），可自己是连这些事都寻不来的，凭啥去挑三拣四呢？琼去做过营业员，也当服务员替人端过盘子，还去帮人打理过家、照顾过老人。数月间，她换过七八份工作，最心仪的是在新华书店里当了几天营业员，虽然还像男人一样跑上跑下帮着拉书、卸书，可在书香里，她自有一种傲然又自在的情绪。但那种骄傲并没有延续太久，一个月后她就被婉拒了——只是暂时替人占着位置罢了。干得最长的时间是三个月，最短的只做了一个礼拜。琼没料到世道竟是这么艰难，她居然连一份合适的工作都寻不到。怎么说她也是高中毕业，离大学曾经只一步之遥，倒不如那些刚读完初中的，父母有单位，参加内招，走个过场，轻松拥有一份稳定的工作。

琼此时已不知什么叫心性了，拥有一份稳定的工作成了她的追求，可是，这并非她努力而能得的，外县的农村户口，没有背景的家庭，没有人脉的父母，为她已绞尽脑汁的舅舅，琼几乎没有可以再利用的资源，她的人生几乎就是一望到底的一穷二白。

琼简直绝望。她无法认同自己这样直白的没有任何想法的人生。直到有一天，舅妈忽然把琼介绍给了自己的同学。同学带着人来相看时，琼还未意识到她的人生又重新开了头，她的日后从此拐过弯便几乎如一条直线铺陈，都懒得横平竖直，更无丰富的蜿蜒曲折，但方向，奇怪的是却在一点一点改变。

同学带来的人是粮食局局长的老婆。那时的粮食局，真是红得像火——民以食为天，都顶到了天的油粮面，谁不膜拜？谁又能离得开？这样的单位，想不红火都难。可是谁又能想到，之后没几年，国家不再对粮食进行垄断调控，价格一放开，市场竞相有了大大小小的粮店，反而国营的粮店失去了优势，日渐衰败呢。没有人会预见到日后，就像琼，没想到自己的一念之差错失了大好的生活，紧赶慢赶踏上的却是蔓延着衰败气息的生活轨迹——她逃脱了乡村的俗美，逃不过生活维艰。历史的发展总是充满无数的"不可预料"，只是琼看不到。也没人能看到。

琼不知道，面前正打量她的女人是把她当了一件待估品，心里在估量着她到底有无价值。见了琼，那女人并没有多么欢喜，只说琼的模样倒是挺方正，圆头大脸，是福相呢，身板也结实，以后能生孩子——却又笑着说，可惜只能生一个，若是生个儿子倒也应了她这副福相。这算是看中了。琼还蒙在鼓里，满心忧戚地算计着自己往下要走的步子。

舅妈欢天喜地的样子，悄悄跟舅舅说起时，是很有功德的矜持，是给琼捧上玉液琼浆的自得和自豪。舅舅心里腾起了愤怒，县城说小不小，说大也不大，一些是非事儿虽不是家喻户晓，可人来人往时，有些个家庭惹人注目的事总还是躲避不开的。好像天上下过的一阵毛毛雨，只要在雨里，总是要被淋湿的。

粮食局局长，掌握着全县人民的命脉呢，在县城里这职务不显赫，但要紧呢，若能谋求到局长的一张便条，平时的一日三餐便也有了细水长流的满足感。除了粮食局局长本人，他老婆还是县工商局的干部，还有个女儿，大专毕业后被分配到了银行。这样的家庭，以那时的眼光来打量，几乎就是由内而外通体散发着光芒。偏偏，上帝不愿让一个家庭太过完满，或者是，过满则溢——溢出的部分就是粮食局局长的儿子。粮食局局长的儿子并没太大问题，只是反射弧比一般人长些，也就是我们常说的反应比较迟钝而已。勉强上到初中之后，在局长的关系之下，儿子被招进了比县一中要逊色一点的二中成了学校的正式职工，总算是不负这个完满的家庭。作为学校在编的职工，局长儿子原本有正式的岗位，是负责学校的教学保障，其实没什么大事，就是买买粉笔，补充一下各学科缺损的教学器材。明眼人一看就知道这种事压根儿不用专人岗位，显见是为照顾局长儿子设的。但就是这点工作，局长儿子还整天一副忙得四脚朝天的样子，一会儿给这个教室送几根粉笔，一会儿在语文组问谁要的直尺，地球仪拿给物理老师，打开实验室把里面的一些化学试剂拿到太阳下晾晒，体育课明明要的是跳马，他扛来的是软垫……不是不想努力，是心有余力不足，努力过了头，把黑白的世界看得太过缤纷。这就乱了。学校的秩序乱了。每个跟局长儿子有过工作接触的老师没一个不愤怒地从总务科投诉到校长室。局长儿子被无奈地调离这个岗位。弄到食堂去帮忙，依然很勤快，时刻抢着拖把拖地，也不管地上有没有水有没有垃圾；让他帮着择菜，十根苗不扔出去五根就算是手下留情了，蔬菜掐掉嫩叶，说没营养，留下老黄叶；削掉的果实皮上带着两厘米厚的肉；再支使他去烧火，好家伙，铲两铲子煤一整儿能把旺旺的火苗压出乌黑的呛人的烟雾……于是，连在食堂帮忙的事也黄了。没有哪个部门愿意要他，最后只得把学校歪斜的车棚重新整理修复了一下，把校内所有随意停的自行车都归置在了车棚，让他替老师与学生们看自行车，当然是免费的。能有这样主意的人还真是高明，这份可有可无的工作恰恰很合适局长的儿子了，他的勤奋和执着使校内其他地方自此再无乱停放的自行车，而自行车棚倒是被打理得秩序井然，每一辆都被放置得很规范，像士兵一样，几乎成了直线。

按说，这样工作岗位的调整并不是多么了不得的事，不太会引人热议。但这落在局长儿子身上就有了看点，加上有些人的添油加醋，粮食局局长儿子就不是反应慢，而是根本不反应，说好听点叫"榆木疙瘩"，不好听呢，有人直接冠名"智障"。事儿传得多了，范围也就广了，在相对封闭的县城，粮食局局长的儿子几乎可以说"家喻户晓"。

这样一个男人，琼的舅舅能心里没点谱？所以，他不能不愤怒。

舅舅冲妻子狠狠甩下手里的书，说你好歹也是舅妈，怎么一点轻重不知道？那人家什么样你不清楚？

舅妈说，人家什么样？你们一个学校系统的，又是邻居（一中和二中挨得太近），能不清楚？挺好的小伙子，不就是脑子反应慢些嘛，又不真是傻子。何况他还有正式工作，工作还非常认真，人家境还好。你光看到他在学校的一面，却不知道他家里都说了，结婚一年内解决户口，半年内给儿媳妇解决工作，还是国营单位。有多少女孩子想嫁他，人家里还看不上呢。要不是琼是高中毕业，你说说，凭哪点咱家琼能让人看上？是农村户口还是长得好看？是性子温和还是家境优沃？

舅舅一时说不出话来，毕竟不是自己的亲生女儿，他不过是舅舅，琼的父母在，他这一下子进出的愤怒实在有些喧宾夺主。思忖一下，说，终身大事，咱不能替琼做了主，得问问琼自己……还有她家里的意见。

把事儿跟琼一说，琼并不觉得意外，半年多的辗转让她清楚地知道自己的尴尬，她没有依附，无论是人还是事。但又不甘回到属于她的那个小村，很早开始，她已自觉将自己从那个村里剥离出来，不再与村人为伍，甚至不再与过去为伍。自去年复读开始，她不是没想过依赖婚姻来改变命运，只是那时心气儿正高，她咬着牙坚持的绝不是对自己的背叛——是的，当这样的念头闪过时，她觉得这是对自己这么多年的背叛。如果依靠婚姻只是唯一改变未来的途径，那么她又何苦一开始就这么千辛万苦？

琼不甘应答，也没决然拒绝，只说想一想。想一想才是该有的态度，关乎一生，岂是几分钟内就能决定，又独自能决定的。琼纠结起来。当舅妈说到人家半年内可以替她解决正式工作时，她的心其实已有了波澜。她听闻过二中整齐划一的自行车棚，也见过粮食局局长的儿子，是一板一眼不太懂得通融不知道婉转的人。她当时也未顾得上嘲笑这个专职的看车人，却羡慕起他看自行车都是稳定的"编制"。这就是人与人的不同，家庭背景决定着一个人的生存状态。没想到，自己会被介绍给这个受人嘲笑又没人能奈何得了的人。

琼再次辞了工作，她喜欢说"工作"，而不是在城里已流行起来的"打工"，这像是对自己的一种安慰，"工作"和"打工"是两个概念，一个是阳春白雪，一个是下里巴人。书本她已很少拿了，高考就像爬坡，从坡上跌下来，还有力气再爬，是因为曾经差点儿到达坡顶，但再跌下来还冲上去，不说那份心劲儿一次不如一次，连力气都弱了。那个闪过脑海的边"工作"边学习的想法如风吹的蜡烛，那微弱的火苗早都灭了，连灰都冷了。复习，只是她假借之名，只为留在县城里，过着她熟识的人无法注目和企及的生活，以守护家乡人对她的莫名敬畏。

当琼终于放弃复习再考的借口回到村里，发现自己与这个地方的疏离并未结束，好像她的高考结束，她的名落孙山都在加速她的剥离。是啊，她习惯的不仅仅是置身这个村子之外，还有她们惯常的语言、人情及处世。她说着普通话虽然已被大家毫无障碍地接受了，可她不能接受大家不再有距离的热情，那似乎是把之前的她彻底反转过来，成为她曾经拒纳的村人中的一员。

父亲不再提琼留下来的话，他已无再留琼的能力，他所有的努力没能敌过现实，社会的现实和琼的现实。他试图说服琼留下来，用自己的退隐来换得琼的一席之地。琼不想。能留下来的时候她没有留，现在却要靠着父亲的退来挣一个并不稳妥的小学老师职位，她不忍，更不甘。她同意了相亲。待在家的十几天里，她没有抗拒远亲与近邻积攒下来的丰富的人脉资源。正如她自己所料，这人来人往里，并没有让她心动的，哪怕是蜻蜓点水般的微漾。像来自另一个星球的生物，对于面前的来往有着不可理喻的无动于衷，她想自己究竟是太理性还是太冷酷？

茶杯又被扣在了掌心，琼看到那双手已经放松了。许是往事让人心里有了暖意。只是往事就那么一点点，说着说着就没了，像人一样，走着走着就都远了。沉默一会儿，琼的恍惚也随风散去，她的深酒窝也隐匿不见，如同她的心思。

那略低下去的头抬起来，没有刚才叙述往事的自如。我……家里的豆腐坊想要搬到县城去，正在找店面。我不想接手豆腐坊……我跟老叔说好，先跟着他去跑运输，再攒点钱，然后去开家粮食加工厂……

琼静静地看着，这像是一幅画出来的美图，生活的锦绣。她此时没意识到，他画的不是图，是真实的生活，也是未来的佳境。琼在这初始的构图里，脑海里闪现的竟然是一副挑子，左边是豆腐，右边是豆干，走村串户吆喝的身影……她轻轻甩了甩头，那个身影不是她，那个在磨盘前忙碌、在灶火前添煤、沸腾的锅边奋力搅动的都不是她！无论前景如何花团锦簇，那都不是她的生活，她的未来，就算不能精致优雅，也该是令人艳羡的活色生香，是扎根在城里的尘烟俗世，而不是乡村。琼叹出一口气，有些心酸，她知道再不能遇到这样的男孩了，未曾得到便已失去，他是让自己心有所动的人，却不是她要等待的人生，他们此刻正在相向而行的错失中。

她的人生又该是什么样呢？琼并不憧憬，她只能一步一步地别开不期望的生活，至于她的移步会遭遇什么样的未来，谁知道呢，只要眼前她站立的前方有照明的灯火，她就愿意奔跑前行。

琼深深地看了一眼那张有些帅气的脸，长长的睫毛下那温和的、柔软的眼神让她的泪光闪烁。她逼回泛出来的泪水，笑着伸出手，说，真高兴认识你，我明天就要回舅舅家了，也许，以后那边的城也会是我的城。

霜　华

　　琼犹豫的时间不多，当舅妈告诉她人家等着回话呢，她回了家。说是听听父母的意见，却是谁的意见都没听，听不进了，那是她的人生大事，谁也替她决定不了。没办法，琼看不到自己前面的路，她只知道每一步向前只能自己迈腿，哪怕是下意识的。准备回家的瞬间其实她已经知道自己会做出什么样的决定，只是为了让决定更加坚定。她回家随了父母的愿，相了几场亲后，这些游戏的过程也帮着她奠定离开家乡的决心。是的，这是她出生成长的地方，朴素自然，乡情浓厚，可它却不属于她，正是它的乡里乡气无法承接她的愿望。

　　琼抵不住成为城里人的诱惑，那像是面前一盘热气腾腾的红烧肉，外表色泽华丽，香味扑鼻，她若张不了口，无论怎样翕动鼻翼，也不过是香味而已，像望梅止渴。也罢，只要这肉是自己的，迟早是要吃的，但要再犹豫下去，肉冷出一层油腻不说，叫人端走也是可能的。而这诱人的外表下面是不是真的是她喜欢的味道，她会不会一口之后便觉腻歪，此刻她是顾不上的，没有的时候就想亲近，就愿意拥有，再腻歪，总也好过什么都没有。

　　琼暗暗咬着牙应了这门亲，她连父母的阻止也不肯屈从。舅妈原本欢天喜地，是她带了人来相看的琼，想来琼会念她的好，念她的亲。琼却什么都没说，连个装出来的感谢话都没有，脸冷着，神色忧郁暗淡，一副没有天日的暮气。舅妈免不了心生怨气。琼借住在他们家的半年里，从高考备战到放弃高考转而去找工作，她"伺候"了大半年，琼感谢的话只是对舅舅说的，自舅舅让她复读住下来开始，她这个舅妈，被表示最多的就是低眉顺眼的一笑，像是对路人一样，酒窝不浅，但一点也不醉人。她是舅妈啊，难道一个"辛苦"，一句"谢谢"说了会辣舌头？大半年来我对你虽不如女儿那般尽心，可如今是我给你寻了这么体面的婆家，还整天耷拉着个脸什么意思？不知道的，还以为我们是要急着把你赶出去——就算是，随便什么理由，甚至连理由都不用，直接让你回农村的家好了。谁欠你啊放家里吃着喝着养着，再没有功劳还有苦劳呢，怎么就凄风苦雨、万劫不复的样子。舅妈心里百般不痛快，脸上挂着冷笑，对舅舅说，那利索的态度怕早就想应了吧，不是千金小姐，偏要做出家缠万贯的姿态，我倒真怕了她这犹豫下去，人家会改主意呢。她也不想想自己有没有犹豫的资本，以人家那条件，倒该是咱担心到嘴的鸭子别飞了。现在好了，鸭子到嘴了，还装出这副样子干吗？难不成我欠她的，我掏心掏肺是为了她给我摆脸子？舅舅没说话，想着琼耷着眉眼顺应的不开心，有些心疼，自己的亲外甥女，更懂她内心里的痛，他何曾不希望她嫁个好人家，嫁的是爱情，娶她的是无忧。但又怪得了谁呢，琼心甘情愿的事，没有人能拆得了心甘情愿。舅舅的心抽了一下，点燃一支烟，望着窗外远方的迷雾，那是谁也看不透的一层一层的迷蒙，穿进去，里外互相看不见。舅舅叹口气，好像琼陷进那层迷蒙中，四周皆无出路，却又尽是出路，无论怎么穿进穿出，都有方向可以走，至于方向的那端有什么等着，就看你的运气了。舅舅其实也无奈得很。琼的事，没有人能说点什么。她自己应承的，通常都是最后的决定。

琼便这么嫁了。

对于婚嫁仪式，琼没那么看重，嫁的人不如意，再好的婚礼也是烟云，没有人会记得婚礼是否盛大，如果一定要记住点东西，那大概是你嫁给了什么样的人家，找的什么样的男人。而这时的琼，并不希望有人记得，她或男人，他们即将而来的生活。

那个人家很重视对琼的迎娶，不是大张旗鼓宴请几十张桌子的铺张，而是很另类地铺了几十米的红地毯，像明星穿过一场盛典的走步。还放了好几挂盘起来一米宽的鞭炮，噼里啪啦的声音绵延不绝，吵得耳朵都没了，直到鞭炮声停下来，忽然铺天盖地地安静，才觉出原来耳朵还在的。

琼被一拨陌生的面孔围拢着，叽里呱啦，不比一路的鞭炮声音小。她不知道这些人声音叠在一起说了些啥，她不是不懂这里的话，两次复读（第一次是住校，第二次才住进舅舅家）一年多的时间，让她对迥异于自己老家的方言还是能清晰地辨别出来。只是她的心一直在惶然、动荡中。她见到那个男人，远远地立着，脸上没像平时那么生涩僵硬，像块敲不碎的石头，此时却有了笑意，那笑，像墙壁上的涂鸦，或画在脸上的油彩，一团不清不楚的模糊，可以当那是笑，也可以当那是别的表情，比如惊讶或者说柔软。琼与男人见的次数不多，从被相中到同意这门亲，再加上婚礼的筹划，不过两个月的时间，总共也就见过十来次。都是男人来舅舅家，每次像是被赶着上门似的，屁股只沾着椅子边沿，随时起身走人的样子。舅妈对琼很冷，对男人很热，脸上收不住盎然的笑，像春天里往下泼洒的阳光，躲不开，蒸着热腾腾的水汽。男人不太理会舅妈的热情，只盯着琼说话，结结巴巴的几句，不知是家人教给他的还是凭着他自己的社会阅历自通的，几句说完就没话了。若琼不主动找些话来问，男人可能再坐上几秒钟，就要拔腿走人的。舅妈不计较男人对她的冷漠，坐在旁边观望，嘴角还要挂着含义不明的笑，直到舅舅气急地一步上前，扯着舅妈出门或者去了另外的屋里。男人只有与琼单独相处时，屁股才会往椅子里面挪一挪，身子往上挺挺，直了许多，嘴唇翕动，像是在努力寻找他可能想得到的话题，却终究不知道说什么。他脸上是不知所措的神情，看着琼的眼神没那么傻愣，倒泛着些羞涩，好像寻不出些言辞给琼，是很愧意的。这样不多见的神态，也唯有面对琼时才会惊鸿般一现，像要告诉琼，他其实只是有着憨愣的外表，内心却是有他无法表现和表达的温情。琼心里便也惊鸿般泛起心酸的温热，却不肯叫这样的温热蔓延。明明跳进的不是火坑也是水坑，她何苦要装出一副如沐春风的样子。琼起身，把男人带出去。一般也就是一二十分钟，琼独自回来。

此时，男人脸上挂着让人所见不多的表情，走近来拉琼的手，是旁的人起哄，怂恿他的。他原本还有些抗拒——很少有那么多人在一起对他张着笑

117

脸，他的无所适从很鲜明地坦陈脸上，激起更多人的欢腾之心，于是鼓励的人也波浪一样此起彼伏。男人也敌不住内心同时涌起的波浪，还有众人欢快"去啊去啊，把新娘抱进屋"的怂恿！汹涌的波浪里，一声盖过一声，刻意要叫琼听到和辨别出来，以示群体中每个个体对她的接纳和热情。琼耷着眼，静静地听着那些声音，她并未抬眼去辨识那些声音，知道是谁又能怎样呢，都是相似的脸，相似的心态，她懒得透过他们的脸看人情世故。她知道，那些人的欢喜里，多是表面的，是欢喜给婚礼这种场合，是欢喜给不远处的公公婆婆的，对她，则是重重油彩粉饰下的同情、怜悯和促狭。

琼的内心已无波澜。再大再狂的风浪都是擦着她的身子过去，掀不动她一丝一毫。她也知道这些人里，很多是借着喜事看热闹的，人们对于不如自己生活好的人总是有说不清道不明的情愫，不完全是同情，还有从他人的落魄和不如意中来寻求自己平凡普通生活里的光，以慰藉内心被掩饰的失落和焦灼。琼懂的。但从此她跟这里的很多人一样，都是正经的城里人，要不了多久，她的户口簿上，一个方形的印章里，会赫然有"城镇户口"这四个字。那是她拿自己的一生换来的改变，在这喜庆的氛围里，她不确定往后、余生将是什么套路，她迎面的是种什么样的生活，而眼前这个笑得不那么自如的男人，显然，不是能托起她一生的人……

琼心思似海，虽然清清楚楚自己不是嫁给爱情，而是屈服、妥协和迎合现实，她不该对未来有所期待，不该有炫目的想象和依附，可一生漫长，她押进去不就是为了比原来更好？若未来连一丝想象都没有，她活出来的日子满是沙砾，那她的人生又何须改变？

忽然身子一颤，随即悬空——她果然被他抱了起来，像影视剧里一样，男人勇猛地拦腰抱起女人。周围的人哄地笑起来，哄笑中，有人鼓掌。像是预排好的信号，一个人的掌声带动了更多的掌声，掌声里有了戏谑的喊声，亲一个、亲一个……喊声比掌声更有渲染力，于是很有节奏的掌声里，亲一个变成了随节奏起伏的旋律。琼慌了，腾空而起的身子还没来得及挣扎，以避开那个在起哄中果真压下来的脑袋，便忽地一下觉出下坠感的瞬间，身子已经落到了地上。更要命的不只是自己没被抱住，是抱着她的人一块儿跌倒，压在她的身上，保持着站立时抱着她的姿势，两只手被压在她的身子下面，上半身滑稽地压在她的胸部。起哄声瞬间停止，像汹涌的波涛掀上半空被施了魔法定住，不尴不尬地悬在那里。但也仅仅静止了几秒，之后有忍不住的吃吃笑声如纸巾上的水滴，迅速洇开，从而引发出一片隐忍不发的笑，这种笑在人群里更有种秘而不宣的同盟意味。于是，有人假意咳嗽，有人从片刻的愣怔中醒过神，近在身边的赶紧去拉两个新人。

舅妈是琼在这座小城里唯一的女宾，本是替代着琼缺席的父母，以长辈的身份牵着琼，和舅舅一起把琼交给男方家庭的那个人。琼不懂这种走红地毯的仪式——大概在这座小城里也是标新立异的吧。舅妈此时却远远地看着，哄笑声里，她掩面的迅疾让人以为她是在替琼难过——而忽略了她本该站在琼的身边，及时伸出手去扶琼一把。

琼白皙的大脸一片通红。她下意识地用手去推开身上的身子时，感到那身子的骨瘦绵软，便忽地住了手。自己那么重，难为这个瘦弱的男人能一气把她横抱起来还坚持了几秒，所有的气力因为这几秒的消耗而殆尽，她怎么能在众目睽睽之下嫌恶地推开他呢。稍一迟疑，男人已经被人扶起来，她的两只胳膊下也多了两双手，正用力地将她向上拉。琼摆脱了那双手，自己侧身从地上爬起，掸掸衣服上沾染的尘土，脸上刚泛出的急躁褪下去。她依然把微笑挂在脸上，像经历了大风大浪后已不再惧怕接下来的严寒，有种看透一切的淡然。漫溢开的隐忍一点一点收了，但这种场合连空气都沾满了喜庆，即使尴尬也是吉庆的，欢天喜地的。于是笑声重新荡漾。大家簇拥着两个新人到屋里给长辈敬茶。琼的深酒窝始终没有浅下去，这让她显得大气又端庄，连摆着公事公办架势、不曾有过适宜笑容的婆婆，都不由得多看了琼几眼，脸上难得地绽放了一丝笑意。工商局干部的身份让婆婆习惯了不苟言笑，或许表情的严肃使她与那些常端着笑容、点头哈腰的人有了差距，但也让她看上去有种令人生畏的戾气，好像一不小心便要气球般爆炸。可见气氛真是相当重要，它像融进清水里的颜色，能很快改变一种质地的环境，它掩盖很多东西，也打开很多情绪。

　　说是敬茶，并不是正经沏的茶水，就是一杯白开水，连热气都快没了。担任粮食局局长的公公看来是真心欢喜，琼的水还没端过来，他双手就伸了出去，喜滋滋地把红包放到托盘上。婆婆则迟疑了一下，像是在思考要不要把手里的红包放出去。这样的迟疑，落进旁人的眼里，自然就有了另外的说法。来的不都是亲戚，还有些吃过酒后没离开的同事。大家于是从那片刻的迟疑中知道了，虽然琼是婆婆选的，但却不是那么满意，是有看法的，带着不情不愿。但为什么还是愿了，娶进门了呢，还不是儿子不上道嘛，否则，以这般华丽的家庭背景，怎肯娶进来一个脸如盘、腰如桶的女子，还是个农村人。婆婆把万分的无奈写在脸上，旁人也丝毫不差地解读了她脸上的内容。

　　琼是心思细腻的人，怎能看不懂婆婆的意思，就是想要在人前作个秀，先从气势上碾压她，让她明白自己就是从农村来的，把她娶进门，并不是那么心甘情愿，她不要以为进了这个家门便拥有某种资本。琼把冷压在心里，面上没有一点表现，依然笑意盈盈地伸着放置茶水的托盘说，妈，请喝茶。

　　婆婆端了茶，面儿上呢，这么多眼睛盯着，时间长了容易招非议。她在家是个强势之人，但也是个聪明人，知道把分寸拿捏得准。于是，她拿茶杯象征性地在唇边抿了抿，将红包给出去，收回手，却忍不住轻叹了口气。叹得真轻，只是气息微微长了些，在嘈杂的人声里，谁会注意到那长了些的声气呢。人是自己选的，这是所有看过的人中学历最高的了：高中毕业。除了有点胖，相貌没啥可挑剔，当然最令她不满的，就是农村户口。可是她又何尝不知，她的不甘心其实是虚的，虽说儿子有正式工作，但那死不开窍的样子，好点儿的人家怎肯把女儿嫁给他？当时放出口风时，说是想要嫁到她家的女子多的是，那都是她说出来撑自己场面唬别人的，她不能跟人说，介绍给她儿子的多是农村的，有长得好看点的，家境困顿不说，连小学都没毕业，算个数还要掰指头，坐没个坐相，说话一张口就是要给多少彩礼，家里的收入是要掌上一半，还要接触两年后才考虑结婚……有家境好点儿的，满脸的痘坑，眼睛不那么聚光，却把自己当成了仙女，张口还要解决工作，得是正式编制，不能是这个月不知下个月事的那种；最离谱的是婚后不住婆家——不住婆家你这算结的哪门子婚？最后才相中了琼。琼是外县的，看得敷衍，是看过千帆有些绝望的意思，怎么说他们家庭条件在县城里虽不是屈指可数，但也算拔尖儿，怎么就找不到条件合适的姑娘而要找外县农村的？但琼的高中学历还是打动了她。有文化比什么都强，农村就农村的吧。把话撂下，怕不够有吸引力，又加了句，结婚半年内解决户口和工作，她知道这对琼来说，才最有吸引力——其实也想过，只要结了婚，都是自家儿媳妇了，能使上的劲自然不会保留，不然一个吃商品粮的家庭里戳着个农村户口，怎么都不好看。至于工作，更好说了，先去粮店当临时工，有个当局长的公公镇守在那里，就算是临时工，怕是别人巴结还来不及，不用担心被人轻瞧。果然，琼像是被诱捕的鱼，在香甜的诱饵面前坦坦荡荡地上钩了，而且，除了诱饵，并没提任何条件。这有点让人吃惊，毕竟没有条件的儿媳完全超出他们的想象，也超出现有的社会认知。短暂的惊讶和感动之后，婆婆开始警惕了，她想一个不带任何条件的人，心里说不定有着更多的想法，她不能松懈，必须时刻保持警惕，保证未来儿子在家庭中的地位，还有她的地位不被僭越和取代。

走过婚礼这个过场，日子就算开始了。日子长，都在规划着未来，谁知道日子最后在各自的规划中会变成什么样呢。

琼轻轻叹一口气，看着男人不知世有魏晋的呆愣模样，她想，从这刻开始，她和男人就被绑在一起生活。

过日子比不得相亲定亲的那段时间，很多想法和情绪都是能藏的藏，能捂的捂，尽可能把最鲜亮的东西呈现给对方，也给外面的人来品评。就如衣锦还乡，别人只看到还乡的华丽，华丽背后的心酸苦楚谁去关注，谁又肯把背后的心酸苦楚展示出来给别人看呢，都是做足表面就好。结了婚便不一样，成了一家人，每天不说耳鬓厮磨，也是日日要相见的，一张桌上吃饭，一间屋里相处，互相之间，避得开眼神，避不开碰撞。于是收着的不收了，含着的也不含了，摩擦像窥视许久的险恶之人，带着森森的笑容，迫不及待地蹿出来，张牙舞爪。

八十年代的小县城，除了一些大的行政单位和企业，很少单位有食堂的，有些说是食堂，不过是单位人员不多，大张旗鼓开食堂未免浪费，就请个人帮着做做饭，给点劳务费，用度不高，吃得也精致，算是单位的福利。没有这种福利的单位，大家都习惯三餐在家里吃。有些离家远，住宿舍的，也会想方设法弄个电炉子，炒一两个菜，或者几个人今天你买蔬菜明天我买肉地在一起打平伙，或者 AA 制凑在一起到外面叫几个菜换个口味，调剂一下，也花不了多少钱，所以大食堂形成不了主流。琼的婆婆在工商局，一个部门副主任，没啥实权，但比普通工作人员清闲。工商局没有小食堂，粮食局也没有小食堂，婆婆中午蹬着自行车回家做饭，一家几口人的吃喝，都依赖着她。菜是早上买好的——买菜也方便，早一些，有挑着担子叫卖的流动菜农，一斤青椒、两把油菜，很是方便。要想丰富点呢，就去城东城西两个大的菜市场，也不远，骑自行车几分钟就到了。婆婆回家先蒸上米饭，把菜洗好后，两三个菜匆匆一炒，饭还没蒸好，菜已经热腾腾地在桌上候着。所以那时的午饭，多是简单，复杂丰富的是晚饭，不再是三两个菜的急迫仓促，而是煎、煮、炖、熬轮番上阵，锅碗瓢盆唱响一场真正的生活节奏，像要把午餐的简单补回来一般。这自是与后来"中午吃好，晚饭吃少"的养生理念不相符的，但在为了生计的那个年代，养生的概念尤其在小城里并没有兴起，能吃饱喝好，已经是生活富足的表现了。

男人的妹妹和妹夫都是县中学的老师，离家近，中午只要不是上最后一节课就会提前回娘家来，家里的饭菜毕竟吃惯了，只有上课晚了才去学校食堂。晚饭则毫不含糊，不用回自家开火，现成的，还丰盛，吃什么都没有意见。

琼是新妇，家中原貌如此，自是不会说什么。嫁是嫁过来了，却发现男人是家里最没有地位的人，纵然妹妹是嫁出去的，却更受照顾，嘘寒问暖不说，饮食也是尽着妹妹和妹夫的口味，倘若哪天夫妻俩不过来，婆婆没了积极性，手下明显敷衍得很，大抵也就是为了一个吃饱而已。起初几天，大概是碍于琼刚进门，大家还有些矜持，对男人的声气还好着，虽然那"好"里还是能看出些不耐。几天之后原形毕露，开始吆来喝去，眼里的嫌恶落尽，连妹夫都不给好脸色。男人在外面受尽欺负，还懂得用一副不屑的样子掩饰，在家里他拿什么掩饰呢？每一个细胞里生长出来的芽苗家人都看得一清二楚，他的憨里带几分傻气除了让家人羞耻之外，没有一样能让人引以为豪的——若非要说优点的话，那就是至今没给家人惹出过什么祸端。反应慢的人有反应慢的乖巧，行事不急，不太容易受人蛊惑，也就出不了大岔子。至于在单位，好好一个岗位却被人弄去看自行车，那也是他无知而努力的结果，其实不算坏事儿，他不正好从中找到了自己的价值所在嘛，有自己能做下来而且还做得很好的工作，他挺开心，并不觉得这是被人打发了。可是他不明白的是，为什么他这么努力，却依然得不到家里人的赞扬和鼓励，他们对他如初，带着极度的厌烦。他不能从家人这种挤压和倾轧中放松下来，只能一回家便躲进自己屋里，不与家里人多照面。完全不照面又不行，要吃饭啊，不上桌子，撬些菜坐到旁边，还不能坐到沙发上，怕被指手画脚说把菜汁油脂什么的弄到上面，把干干净净的沙发布弄得一片脏污。他蹴在沙发旁边，像条哈巴狗，孤零零的。男人习惯成自然地被孤立，琼看在了眼里。刚进入这个家，不适感如同一根不知道扎在身上哪块儿的刺，恶作剧般，扎得这里那里都不舒服，却又上下左右遍寻不着。男人就是女人的面子，男人如同一摊泥，被踩上一脚都嫌脏，她还有什么面子可说？

琼不当这个家，她也没法把一回家就蹴进房间的男人拉到客厅。她将男人拉进过厨房，试图帮婆婆做些什么。婆婆一见儿子进来，眉头一下皱得很紧，挥手赶苍蝇般，快走快走，够乱的，别来添乱。琼的笑脸还没绽放开，一个"妈"字未及出口，便被男人受辱般的怒气带出了厨房。琼以为男人受了这般气总会有些脾气，做些什么任性的事吧，却没有，一到开饭，听到招呼，又一脸怯怯的笑意出来了，盛了饭，缩到沙发跟前。琼给自己的男人撬撬菜算是关照了，就是这样的关照，还要惹来小姑子的笑话，哎哟，嫂子这是真心疼我哥呢。琼说，总得有人疼啊，一个大活人，不能走哪都跟一团空气似的。小姑子依旧笑道，怕是我哥不会领嫂子的这情吧。琼没抬头，却说，夫妻间谈啥领不领情，一家人互相关照不是本分吗。婆婆拿碗墩到桌上说，吃饭哪来那么多话，这里又不是讲台，也不是戏台。面儿上是说女儿，一棍子抡过去打的却是琼。琼不说话，端起碗站起来，又搛了几筷子菜，起身挤到男人旁边，同一个动作蹴着，把菜拨给男人，低头吃开了。男人吃几口，见琼碗里的菜不多，又搛回来给琼。琼一笑，酒窝深深。男人是没被这样关爱过，见琼和他一个动作蹴着，不觉寒碜，倒欢喜起来，欢喜也不知道怎么表达，手轻轻戳戳琼的酒窝，嘿嘿地笑，嘴咧得里面的饭粒往外落。饭桌上的小姑子别过头，轻呼一声妈哎，这够腻歪的啊。赶紧低头扒拉碗里的饭，身子却像过了电一样，抖索不停，最后实在忍不住，笑倒在旁边丈夫身上。婆婆瞪了女儿一眼，没说话。难得地静默，唯碗筷碰撞和咀嚼的声音此起彼伏。

婆婆不待见儿子，却防备着琼对儿子的不好。从她相看琼的第一眼，就知道琼的心气儿高，她是利用了这份心气儿，才让琼成了儿媳。琼愿嫁，只是因了儿子有正式工作，虽然他的能力不能胜任他所在学校的任何一个岗位，最后只好专设了一个看自行车的岗，可不管干什么，儿子都有正经编制的。他漫长的反射弧让他成为别人口中的"有智力问题"，其实他哪里笨了？做什么事不都是一板一眼认真去做的嘛，他把自行车棚打理得多好，那些新旧不一、大小型号异同的自行车，在他手下像列队的战士一样表现出错落有致。从他接手这样的工作，偌大的学校再没有随便乱放的自行车，没有被遗弃在某个角落的废铁。婆婆这般一想，倒觉得儿子有儿子的好，这么多年虽说没少让人烦心——他的努力总是与他的期望背道而驰，还时常给人制造出一些小小的麻烦，但他并不是叫人揪心的那种顽劣不堪，他安静，安静得完全可以被忽视，所以他们都不约而同地忽视他，视他为空气一样地存在。就算这样被忽略，他还是蓬蓬勃勃地长在面前，像堵墙一样无法越过。毕竟是自己的儿子，终归不忍他毫无价值地存在。为了他未来的生活，也为了自家颜面，而且似乎这个理由更甚于前面的，他们动用储备多年的关系，几乎是举全家之力，包括当时还没有正式成亲的妹妹的准公公，求爷爷告奶奶，撒出去不少银子才得来这么个指标，还是多少人求之不得的干部编制。可这有什么用呢，千辛万苦化为乌有，竟然成了一个看自行车的干部编制，简直是"暴殄天物"。不怪家里人视他为空气，本来是为了颜面才煞费苦心，可是这脸面还是让他丢尽了。早知如此，何必当初费心拉下脸去求告，低声下气地赔笑，她不心疼送出去的礼品，只想起他们夫妻曾耷着眉眼谄媚别人的样子时，心里便升起怒火。这也是她不肯待见儿子的原因之一。

只是她不喜欢儿子，却不能让别人嫌弃，尤其是娶进门的儿媳，再心高气傲，再表现不俗地不要任何彩礼，却终是有所图，不是不俗的清清白白。虽说她看中的是琼的学历，那不仅仅代表着琼的智慧。可一旦成了婆媳，婆婆又不得不防备这种智慧，她是做好准备与琼打一场持久战的，为了儿子——做母亲的，不会真的决绝地放弃对孩子的保护之情，她的防范，在意识里同样是一堵墙，藏刀匿枪，是把未来将儿子当猎物要生剥了的琼隔绝在外的架势。然而，琼并不强势，至少不是她想象中的对抗性侵略——来自农村的泼辣与粗鄙，琼没有，当然不是一点没有，只是时日短，琼藏得深，还没露出来吧，不过这肯定是迟早的，若不然，以她与大学擦肩而过的高中生身份，没有所图，怎么肯嫁给她初中勉强毕业、脑袋不那么灵光的儿子呢。

担心琼慢待了儿子，虎视眈眈中又看不惯琼对儿子的好，那种好，太过刻意，像是顽童高高举起手里没有糖的葫芦串，带着促狭的得意，要突出家里人对儿子的嫌弃，也是突出与儿子的夫妻关系，从另一个方面说，也是强调她在这个家里的地位。

婆婆是见惯繁杂人事的人，纵使琼不显山露水地低调存在，依然让婆婆不安起来。强劲的对手不是粗蛮地莽打莽撞，哭闹喧天，而是不露声色的和风细雨，那种无形的侵蚀才是漫长煎熬。婆婆观察了一段日子，琼依然是新媳妇的模样，并未因日子的开始而不耐，她没有来自乡村的鄙陋和胆怯，也没有摊手摊脚的率性。她对儿子的陪伴很坚持，坚持得让当粮食局局长的父亲开始不好意思，觉得一家人对儿子和琼的漠视有些不近人情，怎么说也是自己的儿子和娶进门不久的儿媳妇，怎么与女儿女婿的态度就那么泾渭分明呢。感觉这东西很奇妙，之前没啥想法的时候，粮食局局长也没觉得儿子在他们的视线和话题之外有什么不妥，而琼的加入，则壮大了儿子的弱势，那弱，便山一般翻越不过，庞大扎眼的像是对家庭群体性倾轧的一种昭告。粮食局局长自然不喜欢这种感觉，于是时不时地掂着筷子指着蹴在一起的琼夫妇说，你们，你们上桌来。又不是要饭的，那么局促做什么，吃个饭嘛，一家人至于要分出等级来吗。后面那话是说给老婆听的。琼瞄了一眼婆婆，没吭声。男人却像是得到暗示被大赦似的，碗筷捉在一只手上，另一只手拉起琼，依旧看不出难堪，还很开心的样子，走走走，我们坐桌上吃。有些讨好的意思，也是被大赦的欢欣。琼不抗拒，耷着眉眼顺从地跟着男人坐到了饭桌边。男人一坐上饭桌，不再是蜷在一旁的萎靡，变得活跃了，不停给琼搛菜，根本无视其他人的冷漠，一副翻身做主、终于扬眉吐气的样子。

这算是恩仇尽泯，一家人终于正常地坐到了一张饭桌旁。

婆婆没说话，妹妹深呼一口气，脸上张开笑说，瞧瞧我哥，没知过我们谁的冷热，倒对嫂子真心疼爱呢，看来我哥这么多年，深情都一直藏而不发，专程等着嫂子呢。转过头对自己丈夫说，你要像我哥对我嫂子这般用心待我，知道不？妹夫笑着很配合地点头。琼慢慢扒着饭，给男人说了一句，这么大人了，吃饭该坐哪儿都不知道，还要招呼啊，记得以后在别人家里该规矩还得规矩，随意不得。男人嘴里含着饭，唔唔点着头，明显是没大听进。

妹妹反应快，说，琼，还是你厉害，我妈照顾了我哥这么多年，倒不如你这几天的调教有效，看来我哥娶对了人。

妹妹比琼长两岁，有时叫琼嫂子，有时直呼琼。

琼说，我希望没嫁错人家。

妹妹笑了笑说，我们这样的人家并不满地都是。顿了顿，拿筷子点了点她哥，一脸促狭的样子又说，当然也包括我哥，绝对万里挑一。

婆婆微蹙了眉头说，每天都有戏，还能不能让人安静吃一顿饭了？有事没事的，你们都不要整那么多名堂，赶紧吃完该干吗干吗去。

婆婆心思绵长，她可不是局长丈夫那样直来直去的想法。她觉得琼的心机过人，表面上一切风轻云淡，可谁知道平静之下隐藏着怎样的波云诡谲呢，就瞅琼那眼神，没一点初入这个家的怯懦，看透一切又像是掌控一切似的。她猜不透这个二十刚出头的姑娘，貌似很随和，但随和之中，由内而外则散发着一种凛然，让人担心她时刻要拔身而起，揭竿造反。婆婆私下思量，有些后悔，儿子脑子缺根弦，本该给他寻个头脑简单、心思透亮的女人才好，没读过书有什么关系，举止粗俗些也没关系，那些都是可以调教的。这是给儿子找老婆，怎么虚荣起来，相中人家有文化呢，有文化也是别人的文化，不可能补给儿子吧！婆婆忍不住懊恼，虽说相处时间不长，却已认定，自己看中的是不是匹骏马不知道，但儿子，只会是最糟糕的驭手。

　　婆婆决定调教琼。

　　一个新妇的开始，自然是从家务着手，而家务的开端，就是做饭。婆婆给丈夫给儿女做饭心甘情愿，几十年的生活形态，形成了惯性之后，就从没想过改变。女儿嫁人，带着女婿上门吃喝，她纵有情绪，也不能表露，女婿机灵，长相好，嘴也甜，自是比儿子要赏心悦目。何况她也不舍得女儿像她这样工作之外全忙于家务，成为别人家的保姆。但琼就不一样了，她来自农村，做惯粗活吃惯粗粮，理当承担起家庭的责任——总不能单纯是来享受的吧，一个反应慢的儿子已经够她操碎心的，难不成还要她承接儿媳的生活继续操劳？她的家有着那么多的光华，可谁知道这光华的背后，她在阴影里行走的狼狈和疲乏。如今终于有了接班人，她怎可能舍弃婆婆的威严，继续低声下气地替他们洗碗掂勺。

　　开始，琼随着婆婆做饭。刚过门几日，婆婆还没有像旧式婆婆那样，简单粗暴地、一股脑地把厨房把家里琐碎的事务扔给琼。琼起初是"伴"厨，只是形式上的，不过一日三餐打打下手，比如洗好菜，把预备工作都准备好，再视婆婆炒菜的进度或要求，切点葱姜，拍点蒜，瞅着油盐酱醋什么的不够了，赶紧出门去买。小商店多，哪个角落里都会有那么一两家，平常的零零碎碎一应俱全，买什么有什么，还不用自己到处搜寻，店主直接把想买的拿出来了。不像后来的超市，惊人地大，反而时常找不到自己想要的东西，在繁如牛毛的商品中晕头转向。

琼不排斥这样的帮忙。一家人的饭菜，婆婆还要上班，骑车跑回家再一个人忙乎，她袖手看着，干等吃饭也说不过去，何况她没什么事，跟着做做饭也是本分。打过一段下手之后，估摸琼对做饭的接受程度，对家里人口味不同的掌握，有些潜力的样子，婆婆的身体开始出现问题了，不是办公室坐久了腰酸疼，自行车蹬得急了腿疼，就是吃了一路的灰，呼吸不畅，咳得很，要么肩周炎犯了，刀提不起来，或者膝盖发软，久站吃不消，还有胃反酸，肝脏部位怎么隐隐疼起来……每天的病况不一样，却似乎确实是婆婆的病。人过了中年，正擦着老年的边界线行走，免不了身上生出各种不适和病痛来。慢慢地，婆婆有意识地退出厨房这个阵地。战场上的火头军，最是离不得，又最不上档次，有过无功的角色。琼自小就学会了照顾自己，她的适应能力强，这得益于父亲是教师，一个人管理着一所乡村学校的同时，对琼姐妹的教育也是严厉和有效的。她没有把婆婆一步步远离厨房的借口当回事，生活生活，不就是在烟火中才能生可活吗，谁离得了！琼没有推却，很爽快地接过厨房的权利，这似乎是她早都想到过的，婆婆能扭捏一阵子才退隐反而让她有些没想到，原来婆婆也不是尖利如刀砍斧劈，干净利落得不带一丝泥水。琼不带怨恨，一个人果真乒乒乓乓地在厨房忙活起来。对于做饭，她本来就得心应手，何况，进入这个家，在这个家里有一席之地，她总得掌握点什么，光靠自己男人是不行的，他根本就不在这家人的眼里，他像个秤砣，只是压秤的。她要依赖他，就要托起他来，不然他和她，最后都会沉没。拿什么托呢？对琼来说，男人只是她用来改变命运的道具，虽然这道具将一生随行，她未来的人生或许不会如她想象得那么顺畅和得意，但那只是未来。未来有多少人能预测得到呢？她与男人自然谈不上有爱，她只能用一种与爱无关的行为来提升婚姻的价值。她能把一生押给婚姻，又怎会计较这稳步人生里一些小小的算计，何况，她也需求以最快的方式进入这个在她眼里背景奢华的家庭。她相信付出总会有回报的。

回报或者会有，只是并不是琼想要的那种。

琼不太懂，在婆婆手里，一切都井然有序，生活静水流深，看不出多少水花来。到了她的手上，魔术般，有了淤积，有了一个个堰塞湖。

琼独自待在家的时候，对一切倒也应付自如，不过是做做饭，收拾收拾家，收拾完了，再像旧时的女人，倚在窗口看不远处的人来人往，想想自己数月来的经历，又不免惆怅。从放弃复读参加高考到寻求工作，急于脱离农村成为真正的城里人，琼是经过漫长的心灵炼狱，当她越来越觉前程无望，婚姻便只能成为她唯一可渡的桥。可三个多月了，她除了已为人妇，在夫家重新陷入了她曾经要逃离的那种只知柴米油盐的生活——甚至，她连柴米油盐都是不知的，因为她手头并无一分的收入，只是婆婆每周给她些家用，大概是紧着之前的费用给的，有些局促，琼只能省下来。自己没有收入却要操持着一个家，就像隔空取物般，不担心取不上，只不知你取到的究竟是什么。这不免让人煎熬，像一头撞在软的包装物上，不尖锐，却闷闷地疼，波纹一样漫漶。其他再无改变，户口依然还在老家，工作也无迹象。有时，她去舅舅家，原想跟舅舅倾诉一下内心的苦闷，却见舅妈的脸色仍是从前那般，不阴不阳，像家里来的是上门讨债的。偶尔也会莫名地热情一下，问一些婆婆家的事，听闻琼的户口并未转过来，原来答应的工作也依旧没解决，很释然似的舒了口气，语气里的试探意味顿时就没了，鞭子般呼呼带着风声而来，瞧瞧，瞧瞧你嫁的这一家，也就是羊屎球球外面光，那样的儿子你说你怎么就敢答应嫁过去，倒不如找个平常人家，男人体贴懂事……她却忘了，不过几个月前，她嫌着琼的犹豫，琼答应下来后的低落情绪。舅舅只能安慰琼，转户口和安排工作都不是寻常人能轻易办到的，再给点时间，怎么说也是人家儿媳，哪能忘了这个碴呢。

舅舅说得没错，其实这个时候，身为粮食局局长的公公已经着手在安排琼去中心粮店上班。转城镇户口，有稳定的工作是琼嫁入的条件，也是婆婆当时抛出的筹码——或者叫诱饵，对具有较高文化程度的琼而言，这大概是唯一能开花的语言。当然，婆婆并不是抛空，她有足够的底气做到这些，不然，她以何为骄傲？她只是想要琼知道，并不是什么人都会如她的嫁入那般轻易，太轻易得到的东西，人是不懂得珍惜的，而这些原本最应该被珍惜的，自然是她的儿子。

果然，粮食局局长公公不负所望，摆平了局里那几声愤愤不平的反对声，不过是个临时工的岗位，又没有利用职务之便给转正，有什么可反对的呢？几家粮店本来就有用工需求，谁进不是进，何况他并没有随意安插过人，有些要转正的人只要条件符合，他从未因人而阻止过。

粮食局局长有粮食局局长的权威，强行进入，也未尝不可，只是为了表现民主，多了几句话而已。没想到一民主，还真有人拿着鸡毛当令箭了。他就几句话，反对的人不好意思反对了，是啊，他们能插进来自家人，局长怎么就不行？他家儿子刚给娶的媳妇，还是高中毕业，以这样的文化程度，就是直接转正进来做管理人员也未尝不可。招过来只是个临时工已是很低的底线了，他们连这都容不下，未免太自私了吧！

将心比心，想到局长的儿子，反对的人内心深处为自家儿女的普通平凡但健康正常而深感慰藉，即使心里有想法也都没想法了，说什么呢，局长没把儿子留到局里已经不错了，千辛万苦弄了个指标，放到学校里，瞅瞅都把学校给为难成啥了，硬是单设了看自行车的岗，倒挺叫人心疼。有人难免会想，这编制若是自家儿女的，是不是光景大不同……忍不住心里又酸又涩，复杂了起来。

琼进粮店的事就这么定了。

听闻这个消息，琼的心里涌起一波一波的浪，有种要号啕的冲动。虽是临时工，可公公说了，好好做事，等过个一年半载，条件符合了，就给她转正。琼想，一转了正，她就是正经的国家干部——就算不是干部，也是职工，她再也不用羡慕旁的人。她终于感受到婚姻带来的福利，数月来滞涩的胸闷一扫而光，她看到明媚的阳光下很多东西在熠熠闪光，甚至连男人那呆愣的笑容都有了光芒。

因了公公的局长身份，倒没人敢小觑琼，她先是在中心粮店当开票员。

粮店在县城中心地段，门店面积几乎占了两层楼房的整一层，四五个柜台，光是开票收票复核的就有三四个人，还不说装卸的、发货的、称重的。琼呢，倒不是很忙，不再是粮食短缺的时候，买粮油面粉的人，除非是遇重大节日赶着趄，排长队扎堆的情况才会出现。虽然不忙，但是八个小时的班是要坐满的，中午不休息，轮换着有一个小时的吃饭时间。琼很珍惜这样的工作，虽然不是正式职工，可有她想象中被人高看一眼的感觉，她喜欢柜台前的人用那种小心、带着讨好的神态看她，向她咨询，关于价钱，关于数量，甚至与这些都无关的事情。有很巴结的人，艳羡的目光看她，不停找些话来说，一见琼的笑，便也没来由地铺开一脸的笑容和满足。琼是粮店里最温和热情的人了，有时候开完票收过钱之后，看等着称重的人多了些，她也会过去帮忙，如去旁边的库房取店里缺失的，搭手帮着抬东西，或者给人看秤。都是小事，看在很多人眼里，就是很努力的工作态度。

于是，有人把好评反馈给粮店经理，经理又上报到局里，当年底，琼被上报了优秀——原本优秀是不会给一个才上班几个月的临时工的，但琼是局长的儿媳啊。于是琼进粮店半年，被评了优秀。这是前所未有的。

琼很欣喜，工作上的认可使她对生活充满了极大的信心。她从不认为自己是有野心的人，但她不否认对未来生活的憧憬，只是，这种憧憬往往在她的目光停在自己男人身上时，便幻化为满眼的泡沫。她自然无法像其他女人一样，让男人成为身上最耀眼的配饰，或者华丽的背景图，男人让她获得这世间归属于她的华丽，但男人却又分明是她最大的短板，连最为贫乏普通的关照她都享受不到。一切，都得自己去打拼和粉饰。

琼原以为自己上班之后，婆婆会在家务中给她搭把手，毕竟她的工作性质是八个小时坐班制，中午时间并不能从容回家像之前那样做好饭菜等着大家的归来。她只能利用换班吃饭的那一个小时冲回家，洗切蒸炒，匆忙应对雷打不动的午餐。饭未做好，大家已陆续归来，有说有笑。妹妹倒少有以前的疲惫之态，却也依然事不关己地坐到沙发上，嚷嚷着饿死了，午饭越吃越没了质量。没有谁在意她紧不紧张，甚至男人都对琼抱怨饭做得不及时。大家吃完饭再一推碗各自去休息，没人关注琼有些天没坐到桌前吃饭了。男人起初还有些犹豫，他在等琼，有琼在身边时没人会对他吆来喝去，偶然声气大了，也让琼用不同的说辞给挡回去。甚至，在一些话题的议论中，他也可以表达自己的看法，有自己的情绪。很多时候没人接他的话茬，唯有琼总是笑眯眯地看着他，时不时地应和着他的话。这种被关注的感觉让男人的怯懦稀薄了很多，他的脸上不再是掩盖着紧张和苦楚的冷漠神情，而是如同刚刚出芽的春天，带了些羞涩的盎然。而一旦琼不在跟前，他的胆怯又蓬勃起来。他不敢搛过多的菜，琼搛给他的时候，丝毫不顾忌嘲笑和冷眼，他由此也顺理成章地理直气壮着——连琼都可以，他为什么不可以？琼鼓励了他的胆气，可当他发现自己唯在琼跟前才有这份气壮时，他忍不住跟着他们一起对琼指手画脚起来，似乎这样投诚，他便能得到家人的认可，他们才是真正的亲人，与琼是泾渭分明的。但没有琼在身边，他的内心又软弱无助，父母和妹妹并不因他加入对琼的声讨而多出几分温情，他从他们的眼神中看到更多的嫌恶。

琼此时是顾不上男人的。纵使男人的眼神扯着她的出出进进，她看到里面的哀求多过在桌上吃饭的欢悦。琼时间紧迫，匆匆把厨房整理一下，到餐桌前一看，傻眼了，除了沾在盘子边沿枯干的菜叶，就只剩下盘底的汤汁，还有汤汁里若隐若现的蒜末。正经的菜呢，是一点不剩。好像琼是个保姆，这份忙碌只是为了他们的一顿饭。琼心里哀号一声，胸口腾起一股浊气，闷闷地上下突奔，却怎么也寻不到突破口。琼来不及收拾碗筷，只能把残羹剩汁一股脑儿浇到饭盒里，带着未吃的午饭冲回粮店。等下午下班回来，她发现中午饭桌上的残局还在，并未有人因她的仓促离开而帮忙收拾。琼终于觉出心酸，表面繁华热闹的家庭，骨子里的自私冷漠像一把冰刀，寒彻刺进她的每一丝骨缝，冻得她忍不住颤抖。她终于明白，在这个家里，并不是她有多努力就能被认可，在他们的眼里，她就是个被某种利益交换来的物件，他们可以达成她的意愿，却不会付之以真情，以怜惜。琼抿紧唇，她不能让眼泪轻易流出，被家庭认可靠的不是眼泪，但那是什么，她也疑惑，心与心，不是靠着靠着就亲近的，这是俯仰之间的距离。只要她仰着吃力，他们便俯首不屑。

琼的爆发似乎没有一点征兆。大概是疲乏得不肯言语，在男人嬉戏般的逗引中，先前常有的微笑也消失了——对男人，尽管她已经褪尽最初的耐心，却还是让两个酒窝挂在脸上，努力着不在人前让男人看到她素净脸上的肃穆之气。只是男人不懂，他的世界里并未因为琼的进入而变得温存，只是因了每日的同床共枕、耳鬓厮磨而挑起了被埋没的欢畅。至于琼的处境，琼的情绪变化，他并不敏锐，也不会在意。这才是琼最沮丧而悲伤之处。

相比男人，婆婆是琼不能翻越的另一座山头。她像个变脸大师，不再隐约含蓄地拿捏作态，她果然刀劈斧砍般凌厉起来，动辄把脸一绷，饭桌上指责琼没有刀工，菜不分种类，无一不是三刀两剁，敷衍了事。

生活哪能这般粗糙呢，就算是翻耕田地，还有个深入浅出，还分个精耕细作呢。琼认真了刀工，婆婆又嫌菜炒得不好，盐放多了或少了，肉炒老了，跟皮筋一样，哪里能嚼得动？这些菜味道太鲜了，不知道加了几多味精，又不是做体力活的，靠调料来提高味蕾的敏感度；还有腥膻之气的放少了葱姜蒜，菜少了，油多了，米饭软成稀饭或夹生难咽。这都是关乎琼厨艺的，各人口味不一，琼倒无话可说，不辩解，低眉顺眼地说一声，知道了，下次我注意些。到了下次，新的不满，新的措辞，琼还是这样应答。说得厌倦时，婆婆会睨着琼问道，你父母还好吧？琼莫名其妙，怎么说着说着一下子问候起她父母来了。她小心翼翼地点了头，说声还好，静等婆婆的意图。婆婆说，还好就好，父母那要有什么难处你跟我们吱一声，能帮的我们帮一把，这边家里你心思还是要多用些，不能开支上去了，饭菜质量反而低了，大家都不容易呢。琼这才明白过来，婆婆的心思果然弯弯绕绕的，倒怀疑起她来。那么薄的费用，还能推算出一笔大的额外开销。琼苦心操持，竟是有过无功，还莫名受冤，心里的怒火如山野的风吹过，升腾出更加炽烈的火焰，烧得她满心焦苦。

思虑之下，琼跟婆婆说，以后还是由婆婆来照料这个家，她上班时间紧，每日奔波已是心力交瘁，笨拙如她，大概也只适合像妹妹妹夫那样，在各种

133

繁杂事务里袖起手作壁上观，最多也只能是搭手帮忙，而独立操持，那是再也不能了。不等婆婆回应，琼扔下手里的活计径自去了粮店。下午，她也推说有事，不肯回家。

只当琼一时赌气，一家人在欢腾的等候才渐渐明白琼的决绝。渐暗的天色里，终于没人说话，连饿都不喊了。婆婆意识到等只是在浪费时间，压着怒火给一家人做了一顿简陋的晚餐。

男人虽不谙事，还是意识到了气氛不对，难得执着地说要等琼回来一起吃。婆婆的怒气打开，收不住了，指着儿子骂了个痛快淋漓，当然指的是儿子，骂的却是琼，把农村人所有的毛病都掼在琼的身上：自私、狭隘、偏执、占便宜、自以为是、毫无家教……骂得尽情，却也没忘收敛着自己，没挑脏的字眼，也不涉琼的祖宗八代。但她没意识到，这其实是所有人身上都会沾染的毛病，或多或少，或隐或现。男人吓得连碗都不敢端，蹴在沙发边上不再吭声。妹妹和妹夫也有所意识，静好的岁月不再，大概，白吃白喝逍遥的日子，就要结束了。

琼只是提出，要和男人单立门户——一直以来，男人的工资都是交由婆婆，这种固定的模式即使婚后都没能改变，琼要带走几年来属于男人的那部分。婆婆不允，连公公也不肯，儿子如此不济，在他们的护翼之下，好歹安然，一旦离开他们的羽翼，谁知道会活成什么样子。琼或者对儿子够好，但那不过是因为他们的存在。琼去意已决，婚礼上的红地毯以别于小城常态庸俗的婚礼让她有过瞬间的激荡之情，她以为那是一种意象，意味着她和男人的日子，但她也依然清晰地记得，男人抱起她摔倒在地时响起的哄笑，那些无所顾忌的笑声中蔓延的鄙视，像极了她眼神瞥过舅妈时同样鄙夷的神态。也许一开始就是误判，是她高估了自己对某种生活的期待，她其实并不愿意用被践踏的尊严来换取城里人的优越——被俯视被轻贱得久了，她反而不肯固执地仰首，她渴望用平视的目光来审视自己，还有这种生活。

她没有想，之所以渴望，是因为她其实已经得到，在粮店，那些羡慕和仰视。

最不悦的是公公，他说，你的户口已经在办理中，在粮站你还只是个临时工，现在有传粮食部门以后要市场化，稍有个风吹草动，你们会是被最早清理掉的，政策范围内，那时我就没办法关照了。

琼咬着牙，正要决绝地说她可以不要这份工作，她只要独立的、没有任何成见、被善待的生活。公公没有给她说话的机会，叹了一口气，又说，只待户口解决，我已经做好申请提前退休的准备，条件是给你个转正指标。你们若是执意单立门户，也只能随你们去，但我的决定也是可以改变的。

琼愣住了。

谁比谁幸福

　　表弟给我打来个电话：姐，我和小妮谈完了。轻松得像是卸下了一个大包裹。

　　我说是吗！语气淡得没有一点波纹，表弟这样的电话一年中就给我打了四次。第一次的时候我表示了惋惜，因为那个女孩清清纯纯、甜甜美美十分可爱的样子；第二次我现出了惊讶，表弟和他的第二任女朋友相处还不到一个半月；第三次我表达了愤怒，没有来由地愤怒，好像不愤怒一下就不像是表姐的样子，而且还在愤怒中把表弟臭骂了一顿。有了前面三次不同的感情色彩，到第四次的时候你说我还会有情绪吗？当然不可能有了，即使想有，也得要找准什么样的情绪呀，可我就是找不出来。我都麻木了，不用说这是表弟的事，就是对我丈夫安晓坚的事，我都发泄不出什么情绪了。

　　我和安晓坚结婚四年，四年里，我看着他在我面前从最初的奴隶位置慢慢荣升到后来的将军身份，而现在，他压根儿就不把我放在眼里了，甚至在他的心中，连这个家的位置都已经消失了。所以，现在，我可以把我称之为丈夫的安晓坚当作是一个外人，当然还是我认识且十分熟悉的外人。

　　表弟习惯了我丰富的感情色彩，说完了他的事件后就顿住了，正等我发作呢，乍一听我不咸不淡的口气，竟然感到意外起来：姐，你怎么了，是不是和安晓坚吵架了？那个王八蛋，哪天我一准找人好好收拾收拾他。我听到电话里传出来他摩拳擦掌的声音，我想象得到他歪着头把电话夹在肩膀上的样子，他一直懒得用手接电话，说是反正头和肩膀闲着也是闲着，就不要浪费了资源，空出手来还可以干一些别的什么事。至于别的是些什么事，除了我能想得到的摩拳擦掌之外，我就想象不到了。

我用手敲了敲电话筒，手指指着它，就像是指着表弟一样，我很厉声地说：杨青，你少管我的事！

表弟说，姐，你可管了我不少事呢。

我火"腾"地一下起来了，你也知道我是你姐！

表弟又是轻轻地一笑，两岁算大多少呀，从小可都是我护着你的，没有我，你知不知道你要被人欺负死的。听着话筒里我气呼呼的声音，表弟像是出了一口恶气似的，姐，你生气了？干吗呀你？唉，女人就是小心眼。表弟说完扣上了电话。

我愣愣地捏着电话筒，一肚子的沮丧。

接到表弟告诉我和第四个女朋友分手的电话之前，我正在闷头睡着午觉，接完电话起床还是一副欲醒不醒、蓬头垢面的样子。我踢踏着拖鞋到卫生间洗了一把脸，然后漫不经心地在脸上上了一些颜色，这样使我憔悴蜡黄的脸有了一些光泽，整个人看上去多少就有了神采，不会像是一张鬼脸了。这话是我丈夫安晓坚说的。我一直不喜欢化妆，我讨厌挺干净利落的一张脸上涂抹得色彩斑斓，好像儿童的油彩画，除了颜色还是颜色。在我还年轻漂亮的时候，安晓坚是我不化妆的坚决拥护者，他神情极度昂扬地说，只有那些对自己的容貌没有一点自信的人才用，我的老婆——当然也就是我，那时安晓坚人前人后都十分亲昵地称我"老婆"，不像现在，一开口就是"我家那黄脸婆"。——国色天香，哪里用得上这些东西。想不到才过了几年的工夫，他国色天香的老婆便成了"黄脸婆"，而且在他的摔打呵斥之下用上了化妆品，成了他眼中不折不扣的靠化妆品掩饰的"没有容颜自信"的人。

刚把脸上的妆画好，安晓坚就进了家门，他中午一般是不回来，晚上也很少回家。从辞了工作以后，安晓坚也不知和谁在一起做什么鬼生意，我从不问他，他也不会告诉，我们的关系就像是两个合租一套住房的男女，除了同在一屋里，剩下的就是各过各的日子。我自顾自地整理自己的东西，没有理会他的东张西望。安晓坚也没有在意。

正当我拿着提包要出门时，安晓坚才喊住我：嗯——那个谁呀，你现在要去上班？

安晓坚已不习惯称我"老婆"了，这个称谓太亲热，而他对我除了嫌恶还是嫌恶，哪能还有亲热呢。但他又不好当面叫我"黄脸婆"，我想他大概也不记得我的名字了，所以，有时候他就叫我"哎"，有时候装模作样地做出一副思维短路的样子称我"那个谁呀"，有时候就干脆省略一切，什么也不叫，直接恶声恶气地说话，反正我们俩能待在一起时只有在家里，而家里，除了他便只有我，他的话当然是说给我听了。

我站住了，用化过妆的神采飞扬的脸面对着他，脸上竭尽所能地开满了笑意。我用一双很专注的目光注视着他，让他觉得我对他的话是准备着很认真地听的。

家里还有多少钱？安晓坚吞吞吐吐地问我。

家里？你说是谁的家？我强忍内心的愤怒，依旧笑意盈盈、心平气静地反问他。

安晓坚忽然不耐烦地挥了挥手：行了行了，你不用跟我来这一手，我知道你手头还有钱的，你先拿出来，到时我会还你的。

我觉得我没有耐心对他表演了，我收起脸上的东西，冷冷地看着安晓坚，而安晓坚自始至终，目光都没有在我身上停留一下，他一直在东张西望，好像这样子东张西望就能看到家里他认为藏着的钱似的。

我看到了安晓坚的心虚。我心里的愤怒忽然一下子就没了，仿佛盛夏烈日下的一摊水，刚泼洒到地上就被蒸发掉了。对着安晓坚笑笑，我摊开手对他说：安晓坚你看，我的手是空的，你曾经在我的手指上戴过一枚戒指，但后来戒指你又拿回去送给你的小情人了。除此，你再没有往我手上放过任何一样东西，是吗？你挣的钱，你说是你的，我挣的钱，你说是我们的，这我都认了，我以为和你结婚至少可以拥有你的感情，拥有以后与你一起度过的时光，可是你把这一切通通都收回去了，现在，除了这房间里还有*丝丝缕缕*

你生活在这里的痕迹外，再没有任何你的东西了。

安晓坚脸上的颜色变了又变，倒像是化过妆的不是我，而是他。他冷笑了一声，说，应静，你这么个聪明的人，怎么就这么幼稚呢，现在的年代，谁会去谈感情？感情是什么玩意儿，一块用旧的抹布罢了，扔了就扔了，别再拾起来了，啊，听着都让人烦。好歹我们也是夫妻，一日夫妻百日恩，你总不至于做得这么绝吧？

哈，一日夫妻百日恩？你也配说这句话！你不是有好多妻呀妾的吗，找她们谈百日恩去，或者她们比我重情重义。我以前确实太过幼稚，但再不会了。你不是说，现代社会，男女平等，男人没有养活女人的义务了，女人又怎么会有义务去养男人？你现在需要钱用，是吧，那我告诉你，没有，一分钱没有！因为我挣的钱是我的，不是我们的！！

我瞥了一眼满脸气急败坏的安晓坚，昂着头，很坚决地走出了家门。

外面的阳光哗啦哗啦地响着，在我脸上晃来晃去，而我的坚强，在这哗啦哗啦的声响中，裂成了无数块碎片，一片一片地撒在地上，我的脚步踏上去，硌得心都痛。

我自己都不知道怎么会爱上安晓坚，除了他长得还人模狗样的，是个企业里的小科员之外，便几乎一无是处。但爱情总是盲目的，我被爱情烧得糊里糊涂，只看到了眼前的安晓坚对我的爱慕和无微不至的呵护，只听到从他嘴里不断说出来的甜蜜语言，只感受到他怀抱的温暖，他吻我时我全身战栗着的幸福。我忘了我对他不择手段追求女孩子和好大不务实曾经有过的厌恶和反感。到后来，就心甘情愿地失身于他，然后不顾家里人的劝说和反对，也无视好友们的忠告和同事们的惋惜，硬是顶风和安晓坚结了婚。

结婚的第一年，安晓坚还算老实，对我也还体贴、温柔，我们夫唱妇随，夫妻恩爱的情形让我的父母都怀疑当初反对我们结婚是不是一种错误。我的父亲还为此专门向安晓坚道了个歉，说当初看轻了他，让他不要放在心上。安晓坚睁着喝得通红的双眼，很有大将风度地挥着手说，为了应静，我可以忍受一切；不管所有人怎么看我，我都不在意，我只要应静过得快乐就行。

这句话说得我的老父亲当时就老泪横流，他握着安晓坚的手说，晓坚，我们就把应静托付给你了，你一定要让她这一生过得幸福快乐！我可怜的老父亲这时候怎会知道，在他和安晓坚说了这一番话不久，我和安晓坚就开始了同床异梦的生活。

当然，在和安晓坚结婚之前，我就明白安晓坚的魅力，不然，以我这样一个心高气傲的女子，周围追我的男孩不计其数，我又怎会被一个企业小科员迷惑住。我知道喜欢安晓坚的女孩子很多，他确实也是那种无论外形还是言谈都是很帅的，虽然后来我远距离地看安晓坚时，才发现他的所谓魅力其实也只是外表的浮华而已，说白了安晓坚就是个徒有其表，可惜的是，等我冷静下来发现这一点时已经太晚，已受够了这一段婚姻的痛苦和折磨。

安晓坚开始频繁地外出，他的外出一开始是鬼鬼祟祟的，他把自己梳理得整整齐齐偷偷摸摸地跑出去，又带着一身的香水气味偷偷摸摸地溜回来。他以为我不知道他出去是干什么，所以在我面前常常装得一本正经。我和他吵了几回，他都说只是和朋友去 K 歌，我好静，肯定不喜欢那种热闹夸张的场所，所以不敢跟我说。为了维持表面的和平，我也就装着相信了他，只劝他以后尽量早点回家，一个男人，经常深更半夜回来，总是不成体统的。和朋友 K 歌又不是必需，总要有些节制才好。安晓坚嘴上答应着，当然是一脸阴谋得逞的得意之色。安晓坚是不甘寂寞的，所以我的忍让和劝阻都没能阻止住他往外奔跑的脚步。后来我再无法忍受自己的忍气吞声却让他自以为得逞的表情，一次我跟在他后面，看着他和一个女人进了一家很低档的旅馆，当我一脚踹开房间门的时候，安晓坚的一只手就像挠痒痒似的正插在女人的怀里。看到我一脸揶揄地站在门口，安晓坚张大的嘴巴好半天没有合拢，慌里慌张地从女人的怀里往外抽自己的手。我说，安晓坚，你 K 歌的方式可真跟别人不一样，连前奏都特别着呢。

我没有和安晓坚吵，在这样的场合下跟这样的人吵我嫌丢人，也怕事情闹大了让别人看到我的悲哀，有了悲哀就免不了要让人嘲笑和同情。可我暂时不需要这些东西。我瞥了安晓坚和那个女人一眼，女人正低着头整理自己的衣服，其实也不需要做多少整理，只要把文胸的带子拉上来就可以了。女人拉好文胸的带子，抬起头看我，还冲着我微微咧了咧嘴，没有表现出一点羞愧的意思来，反倒是我，像个粗鲁的闯入者，干扰了他们即将开始的一场赛事。我不能把这一对狗男女怎样，只能自己捂着胸口跑出旅馆的门。我的退却并没有让安晓坚有一丝心动，他呼啸着从房里追出来，把我拦在大街上，用手指着我说，你知不知道你这样跟踪我的行为是很下流的。他把"下流"轻轻松松地嫁接到我的身上。

突然间我安静了下来，我就是在这一瞬间彻底地看清了安晓坚的本质，他根本就不可能会顾及我的感受，他只在意他的快乐，他自己都没办法改变自己，我拿这样一段婚姻又能改变他什么？风静静地吹着，吹出一阵阵寒意。周边围上来几个行人，很好奇地看着沉默如羔羊的我和指手画脚的安晓坚。

浓黑的夜色被街灯照出一片模糊的亮，我感觉到了灯光在我脸上的流淌，然后沿着我冰凉的脸颊淌进我颤抖着的唇中，一片难当的苦苦涩涩纷纷扰扰地涌进我的心间。我紧紧地咬着唇，坚决不让一个字从牙缝里蹦出来。

安晓坚理直气壮地冲着我说教了半天，见我还是不说一句话，就有些钝了，他迟疑地向围观的几个人看了看，过来拉了拉我的手，说，行了，回家吧。

我是一个好强的人，换句话说就是死要面子活受罪，因为我和安晓坚的婚姻是我顶着压力争取来的，我不能轻易地就让它这么破了让我的家人难过，让别人看笑话，所以，尽管我已看透了安晓坚堕落腐化的本质，也只是背着旁人伤心欲绝，自怨自艾，转过身来，却仍和安晓坚做出一副卿卿我我夫妻恩爱比蜜甜的样子。安晓坚看清了我的想法，不知是他自认有愧于我，还是心中略存薄善，倒也配合着我，在人前尽心尽力发挥他的表演才能，把我们俩的伪幸福甜美展现得淋漓尽致。

我的忍气吞声使我和安晓坚平平静静地过了一段日子。

但从此我和安晓坚就不再同床了。我本来就是个心理上有些洁癖的女人，对那些风月场所里的女人是十分鄙视的，觉得她们就像一个垃圾桶，毫无选择地盛着各种各样的垃圾，等到那些垃圾都溢出来的时候，垃圾桶自然也就烂了。想想安晓坚是跳进了垃圾桶，然后带着一身的恶臭回家，我就恶心得不行。我的鼻子像猎犬似的灵敏无比，无论安晓坚在浴室里怎样搓揉自己，把自己喷洒得香气扑鼻，我都能闻到他身上腐烂的气味，就恨不得把他也当作垃圾一样扔进马桶，从下水道冲走。不知道是安晓坚在这一方面有君子之风，还是他真的对我厌倦了，或者在外面已经被喂饱了，反正他一看我不愿意，也不勉强。我们同在一个屋檐下，互不相扰，倒也清静。

　　如果说安晓坚就这样偷偷摸摸的，我倒也还能睁一只眼闭一只眼的，可后来，他的动作闹大连我父母都知道了，我和安晓坚也就彻底地撕破了脸皮。我们的关系从此就由表面的温和平静到势不两立了。

　　天知道安晓坚查了多少杂志，他后来跟我说他几乎把整个乌鲁木齐能找到的杂志都刨了出来，一本一本地从上面查我的名字。功夫不负有心人，他终于在一本杂志上找到"应静"这两个字，还有一本杂志上有"尹金"这样的名字。他根据杂志上面的电话先打的"尹金"，结果却是个男人的声音。紧接着他又找"应静"，他说你是不是杨青的表姐？我说你谁啊，究竟找杨青还是应静？电话里就传出安晓坚笑声如雷，没等到他的笑声收住，我就不耐烦地挂了电话。

　　第二天，安晓坚就寻过来了，手里还拿着一篇稿子，说是让我帮他推敲推敲，看能不能在我们杂志上发出来。安晓坚坐在我们办公室，不停地找话和我说，扰得我看稿子有一搭没一搭的，也不知看了什么，我烦得几次想赶他走，可一看他那热情洋溢的样子，又没好意思开口。最后是和我一个办公室的张琪，见我一脸的不耐烦又不好意思开口赶人走，安晓坚还天不着天地不着地地胡拉扯，便十二分生气地打断了安晓坚，张琪说，对不起安先生，我们还有很多工作没做完，如果你没有其他的事，请你离开。张琪脸拉得很长，说完起身把办公室的门打开，连看都不看安晓坚一眼。安晓坚再没趣，也不好意思再坐下去了，讪讪地站起来，告辞了。他还没走出门呢，张琪就骂开了：一看就不是好东西！那牛吹的，也不怕破了崩了脸。

　　我一下笑起来。

整个杂志社都知道张琪喜欢我，一度我也等着张琪来跟我表白，可张琪就像一只蚯蚓似的，只顾埋头拱土，却不知道钻出土面瞧一眼，那块土是不是早已松动。作为男人，连表白的勇气都没有，这让我对张琪爱恨掺半。安晓坚一出场，我起初是负气的，可女人的心是承不住阳光的，一有了阳光，心思就会发芽、长苗。这大概也是张琪没有料到的事，他旁敲侧击，婉转劝告了我好多回，说像安晓坚这样的男人满大街都是，我要找这种男人实在太浪费资源。

　　我心说难道找你就不浪费资源吗？但这话是不会说出口，说到底，张琪还是一片好意的。

　　但我喜欢上安晓坚的时候就已经看不到他的缺点了，根本就听不进任何忠告，甚至对张琪从来不给安晓坚好脸色而跟张琪发过怒。结婚的时候，安晓坚对张琪仍心有余悸，坚决不让我给张琪发请柬，但我还是给张琪发了，只是张琪托同事带了红包，人却没来。

　　一开始，我和张琪一样，死活看安晓坚不顺眼，总觉得这个人油嘴滑舌的，夸夸其谈。安晓坚自我感觉良好，他一个接着一个往我们办公室打电话，如果是张琪接的电话，听出他的声音来了，就态度十分恶劣地说，应静不在！摔掉安晓坚的电话。但过不了五分钟，安晓坚准又打过来电话询问应静来了没有，张琪又摔电话，他接着再打过来，他就以这样不屈不挠不怕人烦不惧人厌的精神打到我接电话为止。后来杂志社的人都说，以这种百折不挠的精神，换一个谁来，都是让人感动的，但偏偏是安晓坚。也不知是怎么回事，安晓坚也就来过那么一两回，串了几个办公室，就让杂志社几乎所有的人都反感他，大家都说这个华而不实的家伙，大概除了胡瞎掰就没别的本事了。

　　我开始同情安晓坚的遭遇，不管怎么说，他总是因为我才受到这么多非议的，何况，他只是没头没脑地爱说一些不着边际的话，也伤不着人，其实本性还是很善良的嘛，干吗都把他当敌人一样乱刺乱扎的？我首先对张琪的行为提出抗议，我说张琪，那是找我的电话，你没有权力给我挂掉。张琪惊讶地看着我，半晌没有作声，但安晓坚再打过来时，他一声不吭地把话筒递给我。

安晓坚约我出去吃饭，我想都没想就答应，似有意要跟张琪作对似的，还有意把安晓坚的话吐词清晰地重复了一遍。张琪埋着头看稿，身子动了动，连头都没抬一下。

我像和谁赌气一般，在杂志社每个办公室跑了一圈，告诉他们我昨天和安晓坚吃饭了，安晓坚其实是个很绅士的人，很懂得替女孩子着想。大家一见这情况，笑笑，都是明白人，说应静你自己可要考虑清楚了。然后再来个好自为之吧，再不说别的。

我就这样莫名其妙地，不知道是和谁较劲似的踏上了安晓坚的贼船，而且慢慢地爱上了他，当然，那种爱是被安晓坚用花样百出的手段和滔滔不绝的甜言蜜语哄出来的，说到底，是因为我的无知和虚荣心才被安晓坚打动的。

表弟得知我和安晓坚谈恋爱，那表情就像吃了一堆苍蝇那样恶心。表弟说，姐，我一直以为你很有眼光，怎么这种人你也会看在眼里。表弟也不喜欢安晓坚，他说这个人有点赖兮兮的。

既为了安晓坚，也为了我，表弟这样说就有点藐视我的意思，我生气了。我说杨青，我的事你少管。

表弟定定地看着我，眼神就暗了。

表弟就一脸灰灰的样子，长叹了一口气，喊了一声；姐……却什么也没说下去，最后表弟走时才又吐出一句，姐，你可要三思，行事千万不可鲁莽。

我没理睬表弟的警告，相反，倒更觉得在这么多人的非议中，我更要用事实去改变大家对安晓坚的看法。自从这个幼稚的想法产生后，我就成了一个疯女人，丝毫不理会外界的舆论，一意孤行地来了个飞蛾扑火，一头扎进安晓坚那并不宽大实际上也不温暖的怀抱。

表弟是从我和安晓坚结婚后才开始在姨妈的监督下交女朋友的。也不知怎么回事，姨妈特别希望表弟能早点结婚，所以表弟从大学毕业不久，她就急着要帮表弟介绍女朋友。但表弟说，连我这个做姐姐的都不急，他个男孩子着什么急，再怎么样，也得我有了对象他才去谈恋爱。死活不同意和女方见面。姨妈虽然急，但想想表弟的话也对，就顺了表弟的意思。我一结婚，

144

姨妈就急不可耐地托人给表弟介绍了好几个女孩子，奇怪的是表弟每次都和与他见面的女孩子谈得热火朝天，姨妈每回都以为有戏，开心得连走路都带了风似的，但到最后，表弟仅仅是和对方处得很要好，甚至还和对方成了好朋友，是那种没什么特别状况、很纯粹的异性朋友。弄得姨妈几次空欢喜一场，十分生他的气，又没办法帮他代劳，只好一甩手，再不管了。说不管，又毕竟是自己的儿子，不能彻底地放下那个心，就悄悄地和我商量，让我有意无意地开导开导表弟，在适当的时候，再帮他介绍一下。我是姨妈喜爱的外甥女，姨妈所急当然就是我之所急，加上又是表弟的姐姐加好朋友，对他的事，当然自以为是义不容辞。

于是，我时时处处都注意十分隐含地向表弟灌输姨妈曾向他灌输的那一套，表弟听多了，就明白了，笑话我是他妈的代言人。我才不管是不是代言人呢，说表弟，你哪怕找个女孩子应付一下姨妈也行啊。

表弟就笑了，说女人一结婚怎么都这样无情，你这哪是当姐说的话，简直就是弃我的终生幸福于不顾嘛，也把别的女孩的幸福不当一回事。我一想也是这么个理，红了红脸说既然这样，那就正经点呀，好好找个女孩子成家过日子。

表弟很认真地看了看我说，姐，你真的认为我到了成家的时候吗？

我说不是我认为，而是姨妈认为，姨妈是急着抱孙子，你不尽快完成任务，她就不停地找我，说我们俩从小在一块长大，我知道你喜欢什么样的女孩子，非要我给你介绍。你告诉我，你究竟喜欢什么样的女孩子？

表弟叹了一口气，很深沉的一副模样，郁郁地说，姐，你就别替我操心了。我会正儿八经地去找个女朋友的。但是你真的觉得你和安晓坚很幸福吗？

我一愣，没想到表弟会这样说，因为那个时候我和安晓坚已经开始出现问题了。

后来我和安晓坚不死不活地过着，表弟看得最清楚了。表弟背着我警告了安晓坚好几次，安晓坚回到家就冲我发脾气，把表弟骂得一塌糊涂。我听不下去了，也顾不得好看不好看了，和安晓坚就吵了起来，把安晓坚骂表弟的一些龌龊的话捡起来再还给他。我们俩对骂到最后，安晓坚就用邪邪的眼光看着我，说了一句不是人说的话：我一直认为你很纯洁的，现在才知道，你原来也不是什么好货色。我让你很丢人是吧？你一样给我戴着绿帽子呢！

我当时没反应过来安晓坚的话是什么意思，愣愣地看了他老半天。等反应过来后，安晓坚已经走了。

然后我就打电话把表弟骂了个狗血喷头，我的生活我自己会处理，要你杨青过来趟这个浑水干什么？好好的生活，叫你杨青一掺和，全坏了，都黏成一锅糊了，本来理理还清清爽爽，现在好了，黑白不分，是非全无。杨青你个笨蛋，我是姐你是弟，我操你的心天经地义，你个死瞎猫管好自己的地盘就行了，跑我地盘上捉什么死耗子，我又不傻，老鼠夹我不会放啊？死耗子我自己不会捡啊……

语无伦次、乱七八糟地说了一大通，自己脑子都木了，再说什么完全不知道了，反正随了口来，跟小时候和杨青吵架一样。表弟在电话中任由我骂，一声也不吭。直到口干舌燥停了下来，表弟才轻轻地说，姐，你为什么不离婚？表弟的声音像个长者似的充满了温和与宽容。我紧绷的心像有人一下子给松了绑，就软了，眼泪开了闸的水一般，哗啦一声，就气势汹涌，全身心都是疲惫与困乏。我哽咽着对表弟说，弟，你不懂的。表弟说，每个人都会走错路，错了回头重新开始不就完了吗？为什么你要用你的生活用你的青春来坚持这个错误？回头吧，姐，没有人会看你的笑话，没有人会嘲笑你的。反倒是你现在的样子，更让人伤心。

表弟的话让我好一阵迷惑。我又何尝没想过离婚，可是离婚后我又如何面对曾善意地劝阻过我的人，又如何面对竭力反对过又真心诚意地将我托付给安晓坚的父母？

安晓坚倒是看透了我的心理，知道我的愚蠢我的执着，更是张狂得不行，有时甚至公然地将那些龌龊的女人带回家来炫耀。我很平静，平静得有点儿不像是正常的人，甚至，我有时候还替他带来的女人倒上一杯水，冲他们浅淡地笑笑，出门还礼数周到地打声招呼，替他们把门带好。后来表弟说，我的这种平静其实是对安晓坚最大的蔑视，是毫不在意他的存在的表现。我想想也对，我对安晓坚的张狂确实不再有感觉，没有愤怒，没有痛恨，连悲哀都没有，就好像面对的不是我的丈夫，而仅仅是一个与我合租房子的男人，只要不影响到我，你爱干什么干什么去。安晓坚也说，我的无动于衷最是让他生气，他是我丈夫，一个女人连丈夫带女人回家都没情没绪，说明什么？是我对他的蔑视，是我看不起他。安晓坚其实还真是自作多情了，我若是对他还有蔑视，那肯定是我对他还心存不忍，事实是我压根儿连"看不起"这样的心思都不愿为他而动。

最终是安晓坚无法忍受我们这样的关系，他打破了表面的平静，让我和他的貌合神离像展览一样公然地展现在大众面前，从而让我无处逃循。

其实我料到事情会迟早以这样的面目发生，但我却还是没有在意。正因为没有在意，所以，当事情踱着方步缓缓地向我走来时，我还在虚拟的幸福生活中一副感觉良好的样子。

派出所的电话是打到社长的办公室。因为我们杂志社和派出所有一些工作上的联系，所以起初社长没有在意，聊了几句，派出所的人才说，你们社里有个人被我们扣了，是因为嫖娼。社长几乎是跳了起来，谁？叫什么？一个叫安晓坚的人，他说是你们杂志社的。社长一听，这才轻轻嘘了一口气。

社长告诉我这件事时，我臊得恨不得自己能变个小虫子，躲在哪个漆黑的旮旯里永远也不要出来，就那样无人察觉地终老病死。

当我把安晓坚从派出所领出来时，我发现安晓坚没有一点儿廉耻之感，反倒是一脸成就后的得意，我一下子明白了，安晓坚是故意要在杂志社出我的丑，你应静不是对安晓坚很漠然吗？我就做个让你不漠然的事；你应静不是很要面子吗？我就戳穿你的面子，让你单位上的人都知道你的幸福实际上是什么内容。我对安晓坚的歹毒愤慨无比，可待吵过之后，才发现，赢家依然是安晓坚，他需要我的愤怒，我的争吵，这让他心里舒坦，就好像，花开得鲜丽需要肥料的养分。

回到办公室，张琪不停地瞅我，我冲他笑笑，装出一副没什么事发生的样子，低着头看我的稿子，可天知道，我都看进去了几个字。后来张琪忍不住了，轻轻地说，其实我们都知道你和安晓坚的情况。社里好几个人都见过安晓坚在外面胡混。这句话犹如一声惊雷炸起，我的头"轰"的一声大了，我以为我和安晓坚的状况只有我们自己知道，我在每个人面前都做出一副陶醉于和安晓坚快乐和睦生活的幸福之态，就像是在舞台上表演一样，所有的观众都看到了安晓坚已经走开，这幕戏也已经结束，而我却依然十分投入地独自表演着，直到累得演不动了，才停下来，却看到，偌大的舞台上只有我一个人，台下观众都在用一种可怜的目光看着我。我像个小丑。

　　想想看被人当小丑一样，那是一种什么样的感受！我可以无视安晓坚的叛离，但我经受不了所有人都一目了然了我的丑态。终于，像画皮一样蒙上假面具，将苦水独自吞咽、强颜欢笑的我在张琪说出实情后，羞辱地在办公室痛哭起来。酣畅淋漓的泪水，压抑的却是撕心裂肺的哭声，吓得张琪跳了起来，手足无措地站在我面前，愣是呆呆地看着我直到我哭得快断气了也不敢说一句话。

　　直到最后，桌上的纸抽让我用没了，他才小心翼翼地打开门，不知道去哪个办公室，把人家的一盒纸抽给端了过来。其实哭了一会儿我就觉得挺没劲的，一个谁看了谁嫌的安晓坚，值得我这样歇斯底里嘛！可正因为这样一个不值得的人荒废了我三年多的时光，我忍辱负重，强颜欢笑，结果却依然逃不脱遭人嘲笑。一张脸皮薄如纸，我为这张薄纸付出了多少啊！

　　表弟知道后，没能忍住内心的气愤，也不管答应了我再不插手我和安晓坚的事，他把安晓坚堵住痛揍了一顿，如果不是最后有人报了警，安晓坚周身的零件肯定得损失一两个。

　　这种事本就是纸里的火，怎么可能包得住呢，就终于传到我父母那里。我父亲眼睛血红，手握着拳头，在客厅里不停地走来走去，母亲一边哭一边埋怨我：当初不让她嫁安晓坚，她偏不听，这下弄成这样，受尽了委屈都不回家来说一说，你说这孩子怎么这样好面子，这样地倔？又抱怨我爸，都是你这个死老头子，把应静托给这样一个无赖，这下好了，应静的苦受大了。

就死活要我和安晓坚离婚。

若是一场悄没声息的演出，我配合着也就罢了。现在都已经人尽皆知了，我再也无法继续演绎我表面的幸福，而且也没有演下去的必要了，我怎可能自己被烈火焚烧之时还让亲人们跟着在油锅干熬？于是我向安晓坚提出离婚。

但安晓坚是个十足的无赖，他说他根本没想到要和我离婚，他劝我也不要做这个打算，虽然我和他结婚三年，实际上却只过了一年真正的夫妻生活，他都认了，但就是不和我离婚。要离早离了，何必那么辛苦非要等三年，三年，他可不是为了陪我演戏的。

当然不是为了陪我演戏，我若知道婚姻仅是一场戏剧的脚本，又怎会如此卖力演绎我的人生？安晓坚的生活是丰富的，没有婚姻的捆绑，他的生活不是更有味道吗。他是为了什么？我弄不懂安晓坚，从一开始我就没弄懂他，我的出场倒更像是为了陪衬他，他的光华绝代，他的繁花似锦，映得我越发暗淡和悲情。

安晓坚不愿离婚，我也懒得和他闹腾，婚姻是一杯放置太久的白开水，原本就无味，如今又漂浮了一层灰垢，谁也不肯再喝，就让它像原来一样放着吧。离不了婚，我们就这样一直拖着。虽然彼此都疲惫不堪。

表弟真的开始正儿八经地谈恋爱了。第一个他带到我面前的是个刚从学校出来的大学生，很清纯的模样，见人也大大方方，没有一点儿扭捏之态。我挺喜欢这个女孩，跟表弟说要好好对待人家，千万不要委屈了人家女孩子。表弟揽着女孩，很气概地向我表示：决不让这个我喜欢的女孩儿受他的委屈！

我听出来了，他说的是我"喜欢的女孩儿"，但想表弟平时和我说话也是这样主谓不分的，所以也没有去抠他的字眼儿。谁喜欢的女孩儿都行，只要他认认真真地谈他的恋爱，能让我的姨妈，他的妈妈欢欢喜喜就成，所谓只求结果，不管过程。

表弟和这个女孩谈了几个月的恋爱，还真没让女孩受着什么委屈，该买的东西替人家买，不该买的东西也替人家买，该浪漫的时候也都很浪漫的样子，把个女孩儿哄得满脸的兴奋压都压不下去。姨妈看着，以为表弟真的要替她娶进儿媳了，也整天高兴得合不拢嘴。连在我面前也不顾忌，张口闭口"我家杨青那媳妇"，才刚刚有个影儿的事。谁想，姨妈咋呼了几个月，表弟就和人家分手了，用表弟的话来说，女孩太稚嫩了，稚嫩得让他不敢动手去碰，生怕一不小心就把人家给捏碎了。好像那女孩儿是膨化食品，脆生得很，得两手指拎着才行。气得姨妈硬是和他不罢休地吵了三天，三天里的表弟却居然胖了三斤。连脸上愁云惨淡得好像随时都要下雨的妈妈也都忍不住笑了起来，说想不到姨妈那骂声原来还养人呢。后来，表弟又正儿八经地去谈了几次恋爱，每次姨妈都欢天喜地的，可是结果还是和前面的一样。

　　我也摸不透表弟的心思，和他谈，他总是一副嘻嘻哈哈、满不在乎的样子，跟我说东道西，要么就扯到安晓坚身上，说要找人收拾他，又说我瘦了，颧骨都出来了，怎么他遇了事就往胖了长，要是跟我换一下就好了，这样怎么也能让大家心疼心疼。总之就是不认真和我说他的心事。到后来，任凭姨妈怎样拜托我，我都不肯与杨青再谈关于他恋爱的事，我自己一摊子事顾不过来，谁有闲心管他，爱情是他的，其中的苦乐他自己体会吧。

　　我一撒手，姨妈以为我在为安晓坚的事烦着呢，慢慢地也不在我面前提表弟的事了。

　　我和安晓坚就像是两盆花，在一个屋檐下安然地各过各的日子，说安然，其实也不确切，夫妻间的那活他不找我，但别的事还是时不时地骚扰一下。我的爸妈觉着跟这样的男人同住一室，就像与狼共舞，不定哪天就叫狼给伤害了呢，坚决要我回家去住，他们觉着我和安晓坚就像一场战争，敌强我弱，差距明显，撤不了阵地，那就远离前线好了，惹不起还躲不起嘛。我没答应父母的要求，我回家去住，万一安晓坚再跟过去，我不就连累两个老人了嘛。何况，还有阵地在，就这样叫我丢兵卸甲，我心有不甘啊！

　　安晓坚自从上次向我要钱没要上后，就开始正常地回家了，回到家居然勤快起来，跟我说话也有巴结的味道。我冷冷地打量着安晓坚，怎么也想不通当初是怎样看上他的，换了现在，这种人我瞄都不会多瞄一眼。

我对安晓坚说，安晓坚，你别白费心思了，你做得再好我也没钱！就是有钱也不会给你的，你还是死了这条心吧！

安晓坚看看我，放下手中的活，慢条斯理地说，应静，我这个人就是简单，能叫你一眼看透。好吧，我也不演戏了，你不是很想离婚吗？那我现在告诉你：我离！

我一声不吭地看着安晓坚，我要看看安晓坚究竟想要干什么，有耐心跟我坚守三年，没有条件地答应，痛快得不能不叫人生疑。

安晓坚说，你别老用你那根肠子来揣测我，我没你想得那么阴险。我离婚就是为了解脱你，解脱了你，我也自由了嘛，还可以再去堂堂正正地谈恋爱嘛！

我"哧"的一声，解脱我？说得果然动听，我现在也没有什么不解脱，挺好的。

安晓坚说，那就是你不想离婚喽？

我说，说吧，你有什么鬼条件？

安晓坚说，好，既然你说出来了，我也不装模作样了。我只要这套房子！

我立即起身去我的房间收拾我的东西，就像一个坐久牢房的人，日想夜盼总也盼不到出狱的日子，忽然某一天，人家跟他说，走吧，你自由了，他一准转身就跑，生怕一个来不及，所有的都变了，他依然是牢房里的他。房子是我和安晓坚刚结婚时买的，用去了我所有的积蓄，还有我父母的一些赞助，而安晓坚只拿出来不到一万块钱。但我已经没有心力去和安晓坚争讨这些问题了，耗了几年的时间，我只不过做了一个真实而荒诞的梦，现在，只要能从这梦中出来，剩下的东西对我来说都是附属品，虽然扔了心痛，但却比被困在梦中总也醒不来要轻松很多。

从街道办事处出来的时候，安晓坚向我伸出他的手，我没动，在这三年多的时间里，我对安晓坚的厌恶非是他安晓坚本人可以想见。安晓坚淡淡

151

一笑，缩回手，看了看悬挂高空的软软的太阳，抽了抽鼻子。安晓坚说，应静，作为旁观者，我其实看得很清楚，只有你当局者迷。我很认真地望着安晓坚，我猜测着这个无赖又想要说什么话。

安晓坚说，你难道看不出来杨青对你并不仅仅是姐弟情吗？

我说，什么意思？

安晓坚笑了笑，没什么意思。他抖抖手里的离婚证，欲言又止的样子，看他依旧一脸的光鲜，我忽然觉得特别不值，我的青春如流水，在他手里哗哗就流了过去，可他的样子一点没变，甚至笑起来的模样还显得特别单纯，一点也不像有过三年多婚姻迹象的男人。我心里不免有点难受，婚姻原来是抽女人岁月的精华来滋养男人的。

应静，我很抱歉伤害了你。安晓坚大概是言情剧看多了吧，都到这份上了，也不知道是要装绅士呢还是要装伤感，反正我是一点感觉也没有，一个女人近四年的光华被他糟践，又岂是他一句装模作样的话语所能化解了的。

我甩甩头，没有人能一句话释怀被他伤害的人。安晓坚也一样。

表弟像以前一样环着我说，应静，我为你洗尘。

我从表弟的胳膊里挣扎出来，很认真地说，杨青，你也老大不小了，真的该好好找个女孩子成家了！

表弟嘻嘻哈哈，依旧一副没正经的样子说，姐，你怎么跟我妈一样，老逼我成家？这一下子你叫我到哪去找可以和我结婚的人？要不这样，我妈那么喜欢你，干脆我把你娶回家得了！

我笑了，怎么，以为你姐我可怜？杨青，以前我可帮你参谋了不少，今天你帮我参谋一下，你说，张琪做我男朋友怎么样？

花谢花飞花满天

一

小队来到多罗的公司时，多罗还亲自到门口去接了一下。按说作为一个公司老板，他压根儿就没必要亲自出来接，但也怪，他那天的好奇心特别大，很想看看自己这一次又招了一个什么样的女孩。

起初电话里听到小队的声音时，多罗就没了信心，声音嘶哑、粗糙，还有点儿结巴。结巴当然是因为紧张，这个他可以理解，可是那嘶哑和粗糙呢？但最终多罗还是让小队来他的公司面试一下，他总不能以声取人吧。见着小队后，她的漂亮有点出乎多罗的意外，还没跟小队说上几句话呢，多罗就觉得这个声音嘶哑的女孩应该成为他公司里的一员。

在进到多罗的公司之前，小队已经换过好几份工作了。

从民办大学一出来，小队就通过父母的关系在老家的一家理论性杂志社里当实习生，杂志社那时正面临生存危机，动荡不安。杂志社的一个副主编在主张改革的建议得不到响应反而遭受排挤之后，愤然辞职，跑到了北京，在一家新创刊的杂志社里被聘为副主编。新创刊的杂志社需要人手，副主编想到了小队。小队也腻烦了在老家这家杂志社不死不活的状况，再加上一个月才两百多块钱的工资委实是太低了，她便说服自己的父母，来到北京投奔了这个副主编。副主编确实是有心帮助小队，他把小队安排到编辑部，虽然每月只有六百元的工资，但他替小队在杂志社里又争取到了租房补贴和交通补贴，各种费用加起来也有一千多块钱。从两百多块到一千多块，这其中巨大的差距让小队几乎有些目瞪口呆又欣喜若狂，尽管在北京，一千块钱的薪水只能算是低微，小队对副主编还是充满了感激之情。

孤身在外，老乡的情愫和感激之情成了小队和副主编关系密切的最主要原因。慢慢地，杂志社里对小队和副主编的关系便有了风言风语，大家看小队的目光里多了一些暧昧的成分。小队却没有当回事，她想着身正不怕影子歪，反正和副主编之间是清清白白，她就对那些风言风语并不理会。

副主编到底是个离家的男人，又正值盛年，感情丰沛，精力也旺盛，面对年轻漂亮的小队，一点冲动的念头也没有是不可能的。

人的心里一旦滋生了爱，那爱就会像池塘里的浮萍一样疯长。副主编就是这种情况，渐渐地，他已经到了一日不见小队便心里空荡荡、整日里无所事事的地步了，他无法克制自己的感情。终于，有一天在小队到他办公室送稿子时，他关上了办公室的门，抱住小队就疯狂地吻了起来，同时一只手也在小队的身上胡乱地游走。小队被这突然的攻击吓得几乎要晕过去了，又不敢喊。她拼命地同副主编撕扯，直到她尖锐的指甲在副主编的脸上刮出几道血痕来，那锐利的疼痛才把副主编惊住了。他放开了手，捂着脸愣愣地看着羞愤的小队，忽然羞愧地低下头，嗫嗫地说："对不起，小队，我……"

小队喘着粗气，狠狠地盯着他，什么话也没说，她拉开门，很毅然地离开了。

第二天，小队没来上班，她打了个电话，辞职了。这时的小队到北京已经有近一年了，她对于辞职这样的概念已经能坦然地接受了。

后来，小队求职的过程是艰难的，这种艰难让小队曾有一阵子很后悔辞了职，她甚至还萌生过再回到原来杂志社去的念头。好在她在民办大学里的同学有不少也来到了北京，小队就在一个同学的叔叔的介绍下，又到一家小报社当了一名记者。小报的发行量不大，工资也不高，除了四百块钱保底工资以外，全靠采写稿子的多少以累计积分。要命的是小队也许能做个编辑，但绝对做不了好记者，她写出来的稿子是绝对烂，好在小报的要求不算太高，只要有个故事能让人读下去就可以了，所以，小队好歹也上了几篇稿子。就这样每天奔波，两个月下来，小队吃不住了，她倒不是嫌累，而是她发现自己实在不是个干记者的料。小队只好又辞了职。

第三份工作倒挺适合小队的胃口，是在一家公司搞文秘，工资是她几份工作中最高的。小队做得很卖力，常常把不属于她的工作范围内的事情都主动地去做了。她的工作热情很是打动了她周围的同事，大家都挺喜欢她。这时的小队感受到了阳光的灿烂和生活的美好。但天总不遂人愿，几个月之后，这家公司因为一场官司的连累，再也无法经营下去了，小队的美好日子便也结束了。

这之后小队便一直处在动荡之中，每份工作都干不长，有一度她几乎到了饥寒交迫的地步，生活费每天平均不到三块钱。在这样艰难的日子里，小队期盼着自己的生活能一天一天好起来，她走在大街上看着从面前经过的很多神情悠然的漂亮女孩，憧憬着自己哪一天会像她们一样，再也不会为了生计而疲于奔波，也能悠闲地行走在这座城市的每条街道，开着属于自己的小车奔驰在每一条宽敞的马路上。

小队梦想着自己的梦想，但当有能让她有车有房、过着安逸日子的机会来到她身边时，她又毫不犹豫地放弃了。那是一场尊严与虚荣之间的选择，她选择了前者，她宁愿贫困地生活着，却不愿为了安逸舒适的生活而失去自我。那是一个经营着几家汽车配件的公司老板，是个四十多岁的有家的浙江男人，浙江男人在小队进公司的第一天起，就把目光盯在了小队身上，他看到了小队的落魄，看到了财大气粗的自己在小队那里的希望。他像所有有钱的男人泡女人一样，竭尽了自己的金钱和手段，想赢得小队的芳心。然而，懵懂的小队却似乎一点也不明白浙江男人的心，她拒绝浙江男人请她吃饭，拒绝他送给她的任何东西，甚至，在男人把房子和车子的钥匙都放进了她的手心里时，她的心着实是为此怦然而动，几乎有好几分钟，她的眼睛转也不转地盯着两把不同的钥匙看着，好像这样深深地盯着，久了，那一切便也真的成了自己的一样。男人的神情是惬意的，他认定了就算小队拒绝了其他物质上的东西，但她一定不会拒绝这两样。

小队到底还是把目光收了回来，尽管收得很艰难，她还是很努力地冲着浙江男人笑了笑，把钥匙往男人面前一放，一句话也没说，就走出了男人的办公室。

不做有钱男人的情人，工作当然也就没有了。

二

小队不知道自己到多罗的公司具体干些什么工作，多罗不说，小队也不好问。多罗就整天带着她在外面应酬，跑完了这张饭桌再跑另外一张饭桌，好像他们所干的全部事情就是跑饭桌，忙应酬。

小队有一个很大的特点让多罗十分欣赏，那就是能喝。她好像并不知道自己的杯子里倒的是酒似的，往她的杯子里倒酒，她看也不看。和多罗坐在一起的人，大都是事业有成的男人，见了漂亮的小队，眼神总是一亮，就想使坏，端起酒杯就想要把人家灌醉。小队拿那双大眼睛瞟瞟对方挑衅的酒杯，慢声细气、不见硝烟地说："咱要喝酒也成，别客气，一口气来三杯！"那文文静静的样子逗得对方一乐，以为小队是喝不了，便豪气冲天地说，"行，只要小队能喝，咱就奉陪！"

小队不说话了，放下筷子，端起酒杯一口咽进喉咙，脸上声色不动，好像喝进肚里的是刚从井里打出来的井水，甘甜可口。小队喝完就盯着人家看，看得挑衅的人不得不也一口把酒闷了。小队再倒上酒，又往嘴里倒，倒完还看着对方。到第三杯的时候，对方也不知道是害怕了还是酒量浅吃不住了，只好笑着求饶。

小队也不穷追，只是淡淡一笑，便一心一意地吃自己的菜，一副不理外事的样子。

多罗是看得吃惊不小，想不到这样一个小丫头，居然有如此酒量，喝得别人山动地摇的，她自己却风平浪静。多罗一时对小队更是另眼相看。多罗就是在这个时候下定了决心要好好留住小队的。

半个月一晃过去了，多罗让小队去上海出差，出差的任务就是要小队把一个包交给一个叫汤子平的人。汤子平是带着一队人马亲自去虹桥机场接的小队，几天前，他跟小队在一起喝过酒，知道小队的酒量深不可测，所以，他还带上了几个能喝的随员，接上人后直接去饭店，目的是想要在饭桌上再试一试小队酒量的深浅。当然让他这样一个说大不大说小不小却有一定实权的男人亲自去接小队，并不仅仅因为她的酒量大，还有一个更重要的原因是他看准了漂亮的小队是一个不谙世事的小姑娘，就像是一朵刚刚从翠绿的荷叶中探出头的荷花，那粉嫩粉嫩的颜色，叫人看了，既忍不住心生百般怜爱，也忍不住萌发要上前掐一把的欲望。而酒，是最好的借口，所以，饭桌上的酒几乎全冲着小队去了。

小队一开始还没意识到汤子平的意图，对每一次汤子平他们端起来的酒杯，她都不辨是非地来者不拒，有多少喝多少。猛猛地喝了一圈之后，才发现自己上了当，于是就不肯再喝了，任别人用什么名义。她不喝也就不喝了吧，找个理由推一推，给汤子平他们一个台阶下就行了。可她却不，她把自己的酒杯反过来往桌子上一扣，说一声："我喝多了，不喝了！"任是谁来劝，也不肯让自己的酒杯里倒上酒。劝得多了，汤子平的脸上就有了些颜色。汤子平拉下了脸，他"啪"地把自己的筷子往桌上一拍，拿腔拿调地说："小队小姐，你是瞧不起我们吧。多罗要是知道你这样子不把我们看在眼里，他会怎么想呢？"

其他人也跟着附和、怂恿。

小队正一心一意地剥一只龙虾，听了汤子平的话，她把剥好的虾肉往汤子平面前的碟里一放："汤处长，给你剥好了龙虾，快吃吧。别把什么事想得太复杂，我可没那么多的想法。什么瞧得起瞧不起的，我只是个小虾，除了一层薄薄的虾皮，可是什么都没有，能把谁看不到眼里？谁在我眼里都是个大字。"她把酒杯翻过来，让服务小姐斟满酒，她端着酒杯说，"这一杯，我这个小虾干了！"也不等汤子平说话，一仰脖子，把酒倒进了嘴里。

汤子平不好意思再劝她的酒了，他哈哈一笑，也举起酒杯说："小队还真是个爽快人，我就愿意结交这样的朋友！"他端起酒杯，也是一饮而尽。

小队瞅了瞅汤子平的酒杯，也不答话，只是微微地笑了笑，重新拿起一只虾来剥着，她的表情看不出来有一点风吹草动的迹象。汤子平一杯酒下去后，也不似刚才那样咄咄逼人了，他一脸的不咸不淡，弄得其他人都不敢再往下说一些调节气氛的话了。桌上的空气顿时就有了些沉闷。

按照多罗的吩咐，小队在车上把一个男式小包交给了汤子平，还是按照多罗的意思，她亲手往包里放了两万块现金。把钱放进包里的时候，她的手都有些颤抖，她问多罗要不要告诉汤子平包里面有钱。多罗当时十分怪诞地看了看她，他要小队什么话也不用说，只要把包给人家就行了，不过，是一定要给到汤子平手里，他强调道。

汤子平接过包，淡然一笑，把包很随意地往车后面一放，惊得小队差点都要叫起来了。她的目光忍不住老往那包上扫，因为她的心里忐忑不安。汤子平的态度看似依旧，但小队能感觉得出来，他对她在不知不觉中已经友好了许多。

汤子平把小队送到了宾馆，还专门到小队的房间小坐了一会儿，他其实也没什么话要说，东拉西扯了一些乱七八糟的事情。小队一看时间有些晚了，而汤子平却不说离开的话，她也不好意思催，便一边打着呵欠一边漫不经心地应付着他。或者是小队的懵懂让他觉得无趣得很，他这才起身告辞。小队送他出来的时候，却发现汤子平的胳膊下面一直紧紧夹着那个装了钱的包。包是黑色的，在温和的灯光的反射下，在小队的眼睛里散发着诱惑的光芒。

小队冲完澡很放松地往床上一躺，心想这一天就这么结束了，她的任务也算完成了，明天，她就可以回北京。这个时候，手机的铃声响了起来。电话是多罗打来的，里面是一片嘈杂的声音，小队猜那一定是一个娱乐场所，她听到里面有鼓点的节奏。

多罗的声音含混不清，像是嘴里含着一大块糖似的说道："小队，事情办好了吗？"

"按照你的吩咐，已经办好了。"小队说，她想多罗一定是喝醉了。

"那个……那个汤处长在不在你哪里？"多罗有些结结巴巴，好像有什么特别不爽的事情发生过一样。

"不在！"小队生气地说，她再混沌，也听出多罗话里的意思。

"你怎么不和汤处长多说说话？他的手里可是有很大的实……权呢，以后我们在上海的很多业务都得……靠他。小队，你……可不要把他得罪了。"多罗啰唆地说。

小队的心往下一沉。

"告诉你，小队，上次我……就发现，汤处长很喜欢你。你……好好利用他，要把他抓住……小队，你在……听吗？你在干……干什么？"多罗还在纠缠。

"我在睡觉！"小队冲着电话吼了一声，怒气冲冲地挂断了电话，把手机摔到了一旁，这时，她已经明白了多罗的意思，她扑倒在床上，愤恨地生起多罗的气来。

三

小队是打算回到北京冲多罗发一通脾气的，她要让多罗明白，她小队可是个有自尊、有个性的女孩子。如果多罗向她道歉并保证以后不再小看她的话，那她就把心胸放大点，反正她只是受了一点小小的委屈，实际上是什么事也没有嘛。但要是他对她稍微严厉一点，那她可就不再客气了，跟他拍一回桌子，让他瞧瞧小队的厉害，别以为她是熟透的柿子，软得没样。大不了，就再辞一回职嘛。

小队想象中的自己倒真的有些大无畏的样子，好像上刑场一般。

可是等她到了多罗跟前，多罗没等她开口，却把工资给了她，看着那鼓鼓的工资袋，小队又一次心跳了起来，她这段时间日里夜里都在盼哪，盼赶快到月底，多罗好给她发工资，她的钱囊已经是空空如也了。

159

工资袋把小队的愤慨，还有准备好了要质问的话全给堵回去了。她几乎是颤颤巍巍地接过了工资袋，她十分敏感地感觉到工资袋的重量。回到自己的办公室，她把额头架在桌子上，低头悄悄数着自己的工资。这一数，让她大吃了一惊，二千五百块钱，这可是比她当初与多罗商议过的工资要高出整整一千块钱。她拿着钱，心里既激动，又有些不知所措了。

考虑了老半天，小队到底还是沉不住气，拿着工资又来到了多罗的办公室。多罗见她进来，随口问了一句："有什么事吗？"

小队迟疑地把工资袋伸到多罗的面前，吞吞吐吐地说："里面……里面多了一千块钱。"

多罗一下子笑起来，这个女孩又单纯又率真实在是可爱。他笑眯眯地对小队说："你以后的工资都会是这么多的。"

"你是说，你给我涨工资了吗？"小队惊讶地问。

"你不喜欢涨工资？"

"喜欢！谁不喜欢钱多。可是我不明白为什么要给我涨工资。我不认为我的工作有多出色啊。"

"出色不出色我心里自然明白。如果你觉得此前还没有迸发出你的工作热情的话，那么我希望以后你能够有一份热情。"多罗说完就忙自己的了。

小队停了一会儿，不知道该如何来表达自己对多罗的感激，愣了半天，大脑糊里糊涂的，什么精彩的语言都没有蹦出来，她只好讪讪地出来了。

莫名其妙地涨了工资，小队猜不透这当中到底透着什么玄机，实在憋不住了，小队打电话把这事告诉了文奕。文奕是小队的同学，也是她最好的朋友，在她最落魄的时候，文奕对她的帮助最大也是最实惠的。

文奕比小队大一岁，也是个美人儿，曾经和一个有些钱的有妇之夫要死要活地好过一阵子，她当时还以为自己的爱情会是她生命中的绝唱，可是后来，那个每天满口都是情呀爱啊的男人把文奕玩腻了，给她丢下一笔钱，然后就销声匿迹了。那时候的文奕就跟疯了一样，她不相信自己不顾一切、倾心所爱的男人会这样对待她，她就像一株再也没有营养供给的树苗，在绝望和愤恨之中一天天枯萎下去。直到有一天，她用一把小刀割断了自己的血管。在鲜血慢慢把床单染红又渐渐凝固时，她被来看望她的小队和另外一个同学发现了，他们迅疾地把她送往医院。命若悬丝的文奕竟从鬼门关前打了个转又重新回到了阳间，当她从昏迷中第一次虚弱地睁开眼睛时，她看到了静静的病房中，一片纯洁又静谧的雪白，阳光在窗外，平静而安详，无数银杏的树叶，金灿灿地泛着黄光，像无数张温婉的笑容。文奕绝望的心瞬间竟像被漂洗过了一样，一切陈迹都被清除了，她的浑身每一个张开的毛孔吸收的都是清新的、洁净而温和的空气，那一刻，她感觉到自己对生活一下子充满了强烈的渴望。她奇怪起来，自己为什么会为一个庸俗而绝情的男人甘愿放弃生命呢？

与生命做过一次较量的文奕终于从过去的阴影里走了出来，只是从此以后，她绝口不提"爱情"这两个字，这个曾让她用生命作为代价的东西，已经彻底腐烂在了她以往的生活之中。

文奕笑话小队大惊小怪，不就是加了一千块钱嘛，有什么大不了的。

小队还是不敢相信地问："真的是很正常的事吗？"

"你是不是想要不正常？"文奕嘲笑她道。

"不是呀，就是感觉上有点接受不了，悄没声息地加薪水，太不是一个老板的做派了。"

"你以为老板该是什么样？非得事先拿个喇叭通知你'我给你加薪了'，这样才是老板的做派？"

"可是我自认做得不好。告诉你，奕奕，我还想过要辞职呢。"

"好好的，为什么要辞职？嫌钱多烧手？还是习惯了没有工作的奔波和困顿？"

"嗳，别刺激我了。想想那段日子我都害怕，要不是你接济，我可能都饿死街头了。"小队说得可怜兮兮的。

"嗬嗬，你还知道呀，那就安心待下去吧，要实在待不下去再说。"文奕果断地说。

161

"也好，反正我人是清醒的，谁也卖不掉我。哼，我就挣这份薪水挣定了！"小队恶狠狠地说，好像有谁逼着她做坏事似的，"喂，奕奕，今晚我请客，必胜客好吧？"有了钱，小队腰杆也直了，说起话来底气十足。

四

小队仍是经常跟着多罗出入各式各样的酒店、饭馆，这时候的她，可就比刚开始时灵活多了，也知道端着酒杯用那双迷人的大眼睛瞅着人家说一些"敬请关照"之类的话，有时还懂得利用她能喝的这份优势，冲在多罗的前面，十分气概地替多罗挡住不少的酒。

正如多罗的预料，小队很快就成了酒桌上一群男人关注的焦点，而他的推波助澜更是让酒桌上的气氛激扬起来，趁着这个时候，他旁敲侧击地把他的目的说出来，能成事的把握就十有七八了——在这样一个干脆利落又漂亮的女孩子面前，谁也不愿留下个不痛快的印象，反正在被请之前，对于被请的结果，大家都是心知肚明的，既然来了，那总是因为有成交的成分在里面，否则，谁还好意思来吃这昂贵的一顿？

小队是不知道自己在这里具体起了什么作用，但她明白多罗把她带出去，那肯定是为了培养她、锻炼她的外交能力了。在广告公司小队好歹也算得上是一个小小的"头目"，她要是不会与人去交流，恐怕也是一件不能服众的事情。这样想着，小队便十分卖力地去履行自己在酒桌上的义务，只是，她的内心里还是不愿意和那些眼睛里带个"色"字的男人做更多交流，她的戒备心自从上海回来后就一直没有解除。

小队有了这种意识，再加上文奕在不停地警告，小队倒觉得自己现在是穿着铠甲、刀枪不入的那类人了。慢慢地，她发现多罗也没有要把她卖出去的那种意图，虽是经常地把她推出去，却又会在关键的时候把她拉回来，细细心心地保护着她，并且把公司里的很多事也都交给她去打理，那架势，倒像是一心一意地要让她掌管公司里的大小事务似的。

现在，小队也算是公司的实权人物了，她被多罗委任为社会活动部的主任，还兼着办公室的主任。顾名思义，社会活动部，当然就是要到社会上去活动的，所以多罗带着小队经常出去吃吃喝喝，也就十分正常且十分必要了。

五

几个月后，小队就越来越像个领导了，在多罗把他的钱和信赖放到小队手里时，小队的心里充满了感激的同时也充满了责任，她觉得自己有责任帮着多罗把公司经营好。

小队的想法是真诚和朴素的，可在公司其他员工的心里却并不这样认为。在他们眼里，小队压根儿就是狐假虎威，论真才实干，他们随便拉出个人来都比小队强多了。既然能力并不比他们强，又凭什么要听她的指挥？叫嚣得最厉害的，就是那个叫乔安宁的女孩子。

乔安宁在公司里可不是个简单的人物，她是公司员工中唯一不是通过招聘进来的人，她本是一个很有实权的人物在一次吃饭时认识的饭店领班，因为她能说会道，在一帮嬉笑打骂的客人中游刃有余，所以深受那位颇有实权的人物喜欢，于是便主动要替乔安宁换一份工作，把乔安宁塞进了多罗的公司。碍于这位人物手里紧攥的权力，多罗没有二话，反正公司也需要这样能言善辩的人。乔安宁算是多罗公司里第一个有些后台的人了。乔安宁的经历毕竟比其他人的经历要复杂得多，待人接物间就多了一份世故，再加上人又长得漂亮，对无论是从个头还是相貌都敌不过她而且比她要小上一岁的小队就根本放不到眼里去了。

乔安宁上班是两天打鱼，三天晒网，就这两天"打鱼"的时候也是心神恍惚，好像人与心分了家一样。下班时间还没到，她是把手提包一拎，跟谁也不说，自顾自地就出门走了。

小队实在是忍无可忍了，便在乔安宁又一次要早退的时候喊住了她，小队认真地警告她，不要破坏了公司的上下班制度，不要给别的同事造成一种

163

公司人与人之间不平等的错念。

乔安宁冷冷一笑，冲着小队说道："我已经是十分遵守公司的制度了，但你别忘了，咱们这是广告公司，不是养老公司，不出去寻求商机，难道整天像个呆子一样坐在办公室里就能坐出业务来？我们不能跟你比，你这个社会活动部的主任可是跟着老板去活动的，不管能不能活动出业绩来，但总算是动了动窝吧。我们可是只能全靠自己去公关的。"

"乔安宁，你这话什么意思？"小队生气了。

乔安宁呵呵一笑："哪能有什么意思啊，只是想给你提个醒，想要当个好领导呢，首先要让人信服才是。别连个翅膀都没有，还真以为自己能飞上天呢。"

小队被说得脸一红，心里恼火透了，但她又说不出更多的什么来，只好眼睁睁地看着乔安宁哼着歌大大方方地从她面前走开。

小队不想把事弄大，也不想给自己增加心理负荷，便狠狠地咬了咬唇，把眼眶的泪水硬生生地憋了回去，阴着脸继续干自己的事情。

没有人站出来替小队说什么话，有人在偷偷地笑着，但谁也没有用正眼去看小队，只是用眼角的余光瞄了瞄她，大家都有一种看热闹的心理，说到底，也不是那种唯恐天下不乱的人，只是对小队平时对他们说话越来越拿腔拿调的做派很不舒服，他们当中也有比小队来得早些的，业务也比小队开展得顺利，怎么反而是小队头顶上戴着一大堆的帽子呢？

乔安宁也感受到了这种不舒服，不过她可不愿意像别人一样忍气吞声。在这样的意识之下，乔安宁自然每次都会有意无意地拿小队做她的对手，她一门心思就想打败小队。

陆池打来电话的时候，小队正忙得不可开交，乍一听到他的声音，一下子没有反应过来，冲着只喂了一声便再没有声音的电话那头不停地问："您好，请问找哪位……喂……"

陆池吭吭哧哧了好半天才说："你……是小队吧！"

小队这才听出这个声音是谁了，她不说话了。虽然陆池在她的心里并不曾有过那种锥心刻骨的爱恋，可是一想起他来，小队的心里还是忍不住有一丝丝隐痛。

"小队，是你吗？我是陆池，我想见见你！"

"我有什么好见的，一个没钱又不知道怎样经营自己的女孩子。"小队这样说时发现自己的口气里竟有些怨尤。她奇怪自己的这份怨尤是从哪里来的。

"小队，我不是请求你的原谅，只是想看你一眼，你给我这样一个机会好吗？我好不容易才找到你。"陆池近乎哀求地说。

陆池的哀求让小队的心一下子漫上一种酸涩，她握着话筒，半天没说一个字，只是她的眼泪很不争气地涌出了她的眼眶，一颗一颗砸落在地上。

小队认识陆池，是在一次不明不白的聚会上。那时候小队很落魄，她一连找了几天的工作也没看到一点希望的曙光，正一个人窝在出租房里备感凄凉、无限悲观时，文奕打来电话要她一起去参加一个聚会。小队本来是没心情去的，连吃饭都成问题呢，哪里还有那份闲心，撑死了也就是为了蹭一顿饭吃吧。但架不住文奕的劝。

说是聚会，其实就是一个小型的 Party。文奕被人拉到一边说话去了，她只能歉意地冲着小队笑笑，伸了伸手，意思是让她自由活动。小队举目四望，都是一张张春风得意的陌生面孔，她又不是那种见人就能套上话的性格活泼的女孩子，再加上失业的压力，便一副很落寞的样子独自走到一个不被人关注的角落里坐下来。

小队自以为是没人能够注意到她的，她却没发现她就坐在一个也是躲进角落的男孩旁边，这个男孩当然就是陆池了。

陆池已经仔细地打量着坐在他旁边却漠视他存在的这个女孩了，她很年轻，也很漂亮，只是她的脸上很明显地挂着一种疲倦，像是一个不胜体力的人刚经过了一次长途跋涉似的。她托着腮，似乎是在很认真地观察着与她有些格格不入的人群，可是细细地一看，却见她的目光散淡，所有人都有可能在她的眼里，或者所有人都在她的眼神外。

这时，小队感觉到了旁边有人在注视着她，她偏过头来，看到陆池那笑意盈盈的眼睛。小队也勉强地冲着他笑了笑。

"你怎么不去参加他们的节目？"陆池问小队。

"我又不属于这群人。我只是被朋友拉来见世面的。"小队无精打采地说。

"我也是。我其实并不喜欢这样的场合。"陆池也赶紧表白着。

小队一笑，心想你喜不喜欢跟我有什么关系。她没有再说话。

"你好像是山西人。"陆池并不在意小队的冷淡。

"是，山西大同的。"

"真的？太巧了，我也是大同的，我们是老乡呢。"

"你也是大同的？你是大同哪里的？"小队一改刚才的冷淡，有些惊喜地问道。

老乡见老乡，两眼泪汪汪。虽说在北京这样一座人情淡薄的城市里，老乡的关系也并不能显出多大的意义，但在这样一个场里合，同样的两个被人群冷落甚至遗忘的人，却因为老乡的关系而显得格外亲切和激动。

小队就这样和陆池相识了，两个人经常你来我往地打上几个电话，互相叙叙自己的生活状况和内心的感受。慢慢地，那感情也就在这样的联络中诞生了。

陆池与朋友一起弄了个电脑设计室，也就是给人搞一些美工设计之类。他们的设计室不大，效益也一般，但对陆池来说，总算是有了一个属于自己的事业，所以，他投入的热情极大。但随着时间的推移，他的热情被设计室那不温不火的状态消磨掉了。认识小队后，陆池的激情又迸发了，那一段时间，他几乎每一天都过得很快乐，在设计上也十分有灵感。可是这样的精神状态并没有保持多久，他又疲倦了。一方面，他每天都在想着怎样能让设计室变得红火起来，让很多人都知道他们，有大把大把的订单送到他这里来，他在为这个小小的电脑设计室的效益绞尽脑汁；另一方面，他还要每天给小队打电话，告诉小队他今天干了些什么，他在怎样地想念她，有时还要花费很多的时间来和她约会。接触了一段时间后，陆池开始觉得恋爱原来也是一件令人疲惫的事情。

小队非常敏感，她很快就感觉到了陆池对自己的敷衍。她不知道问题出在哪里，但遭遇的不顺让她失去了和陆池沟通的欲望，她很被动地与陆池维持着这种不冷不热的关系。其实，她对陆池也已经疲倦了。

他们就这样相处了半年多时间，直到有一天，在陆池好多天没有与她联系之后，很突然地打来一个电话，告诉她，他和他的朋友散伙了，他对那个设计室彻底绝望了，与其这样不死不活地维持它，还不如放弃努力，另辟蹊径。

小队问陆池以后打算怎么办。

陆池说他要离开北京，去广州他一个朋友开的投资公司里当个部门经理。

"离开北京后，我可能就不会再回来了！"陆池沉默了半晌，才说道。

小队什么话也没有说，握着话筒，她想陆池下面一句会不会是"我们的关系就到此为止"之类的话。如果真是这样，她又要做出怎样的反应呢？

"小队，我是没法照顾你了。"

小队淡淡地一笑，这个陆池，怎么真的和她猜的一样，虽然说法不同，却在表达着同样的一个意思。奇怪的是，她的内心一点震动也没有，风平浪静得让她自己都有点吃惊。她甚至还有一份轻松，就像一个被捆绑了多时的人在闻知自己要被松绑一样。她收了收自己的心，竭力把口气装得沉重一些，以显出她对陆池这句话的在意和难过。小队把声音放得十分低缓："陆池，我没要你照顾，我只想靠靠你的肩膀。"她的话音里还带了一丝晦涩和嘶哑，她忽然发现自己原来也是很会做戏的。

"对不起，小队，我不能做你的依靠。我太累了，真的！我也想找个可以让我依靠的地方。小队，你认识我其实真的是个错误，我没有让你享受到

167

真正的爱情，我只会跟你说很忙很忙，其实我哪里是忙，只是在逃避，不愿让你看到我并不风光的真实生活。倒不是担心你会瞧不起我，而是不愿在爱情面前更深地映出我的无能……"

小队第一次真切地听到陆池的内心告白，她才知道自己和陆池不冷不热地相处了这么长时间，却对他一点都不了解，后来的时间里，她其实并没有把陆池看得有多重，只是在这样"漂"着的日子里，寻个心灵的依靠，让自己在这座人情冷暖的城市里觉得有人在关心自己，不会感到孤单罢了。相对于陆池，她的感情似乎更来得虚伪了些。

和陆池分手之后，小队反倒常常想起他来，她不知道他在广州生活、工作得会不会比在北京要好，在南方那座繁华的大都市里，他是不是偶尔也会想起她来呢？

后来，小队又换了好几份工作，她对生活的热情一天比一天低落，即使文奕不停地给她打气，她也一副垂头丧气的样子。文奕恨铁不成钢，就嬉笑道要发动她的力量给小队张罗一个可以养活她一辈子的男人。小队很认真地说，如果老天真要不给她活路，她真的愿意找一个有钱的男人，哪怕是老一点的男人嫁出去。文奕说那可就好办了，我们单位一个副总经理听说最近已经成了单身贵族，他那孩子也跟了他前妻，他可算得上是有钱的男人了，只是——他是个半秃顶的男人，你要不嫌弃，我可帮你们撮合撮合。小队一听就龇牙咧嘴地朝文奕猫一样扑了过去，掐着她的脖子说你居然对我这么残酷，那么多钻石王老五你不帮我寻一个出来，非要整个秃瓢给我。

文奕一边躲闪一边大笑着说，我这不是说说嘛，就你这朵又鲜又嫩的花骨朵儿，我哪里舍得把你插到牛粪上呀。

不过，文奕又正色道，小队你要再不振作一些，我可真要介绍个这样的男人给你了。

小队这才认真地说，放心吧，我会再努力的。无论如何，我也不会走到靠出卖我自己过活的地步。

说过这话时间不长，文奕就遭遇了感情变故，她割腕自杀被送到医院后，小队除了出去寻找工作外，就是待在医院里护理她了。谁叫她们是同学，又是这座人情淡漠的城市里最知心的一对朋友呢。

那天，小队在一家报社面试后接到通知让第二天去上班。她一高兴，放松了一下自己，跑到麦当劳去吃了一回洋快餐。在她吃完脚步轻松地正要出门时，门口突然出现了一张她熟悉的脸庞，她一时还没反应过来，当着一般的熟人冲对方笑了笑，笑完，才一下子愣住了。

这张熟悉的面孔是陆池。

陆池当时也愣住了。他的旁边还有个妖艳的女子，尽管她脸上的妆浓得就像一层面膜，但仍敌不住眼角细纹的执拗。以小队的目光，这个女人年龄一定是在三十五岁以上。

女人紧紧地挽着陆池的胳膊，她的目光斜睨着小队，从陆池的惊愕中，她或许已经看出来了陆池和面前这个漂亮小女生之间的过去。陆池只是愣了片刻，很快就在女人的半推半搡中，从小队身旁擦了过去。

原来陆池并没有离开北京。

小队不为失去陆池而难过，但她却为陆池的欺骗感到愤怒和悲哀。一时间，小队的快乐因为陆池的出现而烟消云散。她神情郁郁地回到医院，文奕见状问小队发生了什么事，脸色这么难看。小队就把遇到陆池的事说了。

"哼，男人哪有好的，要么贪色，要么贪财。陆池一定是贪了那个女人的财！"文奕很断然地说，"这世上的男人，都不是好东西。见异思迁，又好色好财又绝情绝义……"

小队看着文奕怒气冲冲的样子，反倒忍不住一下子笑起来："这世间就是男人和女人，管他好男人歹男人、好女人坏女人，咱自个儿把自个儿守好就行了。"

话一出口，立马觉得不对劲，果然，文奕刚才还有些发亮的目光又暗淡了下来，她低下头，声音涩涩地说："是啊，能守住自己就好了。可是我却连自己都没有守住呢……"

"哎哎哎，奕奕快看外面那棵树，真是漂亮！"小队怕文奕继续扯自己的伤口，赶紧把话岔开来。文奕抬起头来，顺着小队的手指看过去，只见面对着她们的另一幢楼跟前，有几株银杏树。临近深秋，银杏树已然被秋风染黄，深深浅浅的黄色层层叠叠，绚烂夺目，远远地望过去，竟是水彩画一般妖冶，充满了无穷的诱惑。文奕一下子就被吸引住了。

在北京待了几年，因为心里总是充满了各种欲望，各种压力，很少有意识去观赏这样一种平常而又别致的风景，如今有心去看，由不得不被秋天里黄得有这般气势的颜色所打动。

秋天本来就是个伤感的季节。

陆池在一个叫"香茶飘飘"的茶苑门口等着小队。这个茶苑在二环内的喜跃胡同里。

看到小队，陆池那张有些不安的脸上一下子欣喜了起来，他几乎是奔跑着迎向了小队："小队，你真的来了。我还担心你不会来呢。"

小队淡淡地一笑，道："我既然答应了，就不会失约。我也没什么理由失这次约呀。"

进到茶苑里面，小队发现这里并不像她想象得那般幽暗，相反，屋子中间是一方天井，天井的上方不是一眼望到天的那种空旷，而是几块玻璃，阳光透过玻璃倾斜而下，静谧之中，听得到阳光行走在上面的声音。几张方桌，便依天井而放，桌与桌之间是一块可以折叠的屏风，显得落落大方。

茶上来了，小队也不主动说话，端起茶杯，细细地喝着。她以前不知道茶是品的，她常想一个连生存都保证不了的人，又如何有轻松的心情来慢慢地品味茶的味道呢？在她的眼里，品是有闲加有钱人的专利，无论她有怎样的条件，她都无法有品茶的心境。可是现在，她却一下子无师自通地对品茶有了一种感悟，茶原来是有神有韵的。轻轻地一抿，含在口中，似有微苦，渐渐蔓延下去，却是一股清香恬淡之气，一丝丝一缕缕地沿着舌尖慢慢地袭向心肺，好像春天花开，是在不知不觉间形成的一种过程，不矫揉，不造作。再喝一口，那若有若无的香气便缕缕不绝起来，浸入到身体的每一个细胞里面，就好似你身体的每一个细胞都舒服得想在溢满氤氲之气的水中躺着。

"小队！"陆池到底还是忍不住这样的沉默，他轻轻地叫了一声。

小队笑笑，放下手中的茶杯，抿了抿唇，就像她的唇也沾了许多的香味似的。她抬起头，看着陆池，不知是因为茶的浸润，还是别的原因，她的两颊泛起两坨红晕，使她的脸色看起来有了一丝羞怯，又多了一分迷人。

陆池忽然就看得有些呆愣了。

"陆池，你要跟我说什么？"小队问道。

"我……我是想告诉你，我……离开你……是迫不得已的，其实，我还是……爱你的……"陆池吞吞吐吐地说着。

小队忽闪着她长长的睫毛，静静地看着他。

"但是，我看出来你……并不相信我的话。"

"并不是我不相信，而是我没必要相信，因为那早已是过去的事情了。"小队很冷静地说，"陆池，其实我很感谢你当初以那种方式离开我。说实话，当初我们走在一起并不是源于爱，我们是因为孤独，在这个人情冷漠的城市里，大家都想寻找到一份依靠，哪怕这份依靠是多么地虚幻、不真实。所以，你最后选择离开我，可以说是解脱了我们彼此……"

"不是这样的，小队，我绝不是你说的这样。"陆池急急地说，"我一直是想努力地工作，想要创造出属于自己的一份事业，这样才能让我喜欢的女孩子将来有一个好的归宿，才能不受一点委屈。可是，我的事业却一直不顺，我无法忍受每次和你见面时只能让你陪我在一个嘈杂的小饭馆里去吃几块钱的饭，不敢陪你逛商场，不能替你买一些你喜欢的东西……"

"你知道我不是那种虚荣的人。"

"可我是男人，我有男人的虚荣。"

"那也是男人的虚荣，让你骗我说要去广州的？"

陆池犹豫了一下，才答了声"是"。

"可是，你不知道吗，你说句不爱我，我都可以理解，但你的欺骗却让我受到了伤害！"

"我正是因为不想伤害你。在我做出这个决定的时候，我就想到我不可能再拥有你了，但是找一种借口总比我直截了当地提出和你分手更平缓更易于让人接受吧。何况，我和你的分手是因为某种不堪的原因，这使我无法面对你。"陆池痛苦地说。

"就是因为那个老女人的缘故！"小队几乎是夺口而出，说完了，她才觉得这句话有些恶毒，她不是不在意陆池的离开嘛，为什么会在意那个在他身边的老女人？

"是！"陆池这样回答了。

小队抬起了头。

"但当时我并不想让你知道这一切。我不想这样，小队，真的不想。"陆池嘶哑着声音说完这句话，把头埋进了胳膊里，半天也没有抬起来。停了好久，他又继续说道，"那个女人我很早就认识了，只是我从来没有答应过她到她公司里去，我不甘心受制于一个女人。可是，当我对那个濒临关门的设计室无计可施时，她的出现是个致命诱惑，也是莫大解脱。她出三十万买下了我们那名存实亡的设计室。条件只有一个，要我答应和她在一起。"

小队听得几乎呆了。她望着脸色暗然的陆池，一时竟不知说什么好了，尽管陆池的话印证了文奕的猜测，可在她心里，仍很震惊，她的心里疙疙瘩瘩地难受。

"那为什么你现在又来找我？"

"因为我已经离开她了！"

"确切地说，是你在她那里挣到了钱，有了钱你就过来找我，因为我比那个女人年轻！"

"不是这样的，小队！其实我心里从来就没有忘记过你！"

小队笑了，酸酸地说道："算了，陆池，过去的就让它过去吧。有些东西失去了就永远失去了，任你怎样努力也难以挽回，你又何必要回头呢。咱们今天能坐在一起，就当往事是场风，已经吹远了，咱们都不要再提了，好吗？至少我们还是朋友，还是老乡啊。"

这时，太阳早已从天井上方挪开了，屋内的光线也有些阴暗了。

小队喝完杯子里的茶，打量了一下这个茶苑，除了几个窃窃私语的服务小姐外，就只有她和陆池两个喝茶的人了。小队就想着，她应该走了。她和陆池早已结束了，她和他之间不再有任何牵连。

七

多罗突然失踪了。

这可急坏了小队她们，平时多罗也是经常不在公司，但每一次离开，他都会把公司里的事情清清楚楚地交代给小队，他的手机也常常开着，人在外面，却时不时地打个电话回公司，详细地询问公司的情况。

可是这次，多罗既没有告诉公司里的任何一个人，他去了哪里，他手机也是关着的。几天了，小队把短信都发疯了，可就是得不到一点多罗的消息。

望着手中没有一点动静的手机，小队想到了报警。这一想，她的心往下一沉，她不相信多罗会出什么事，他能出什么事呢？说有钱，在北京这个地方，他算不上是十分有钱的人，充其量也就是个小老板。除过金钱之外，也没有听说他和哪个女人有染，小队知道，多罗其实是个胆小的人，多罗信奉的是和气生财，他绝对不会招惹到谁的。

几天没见到多罗的人，也没听他打电话过来找这个找那个的，大家也都意识到多罗这次出事了。有的人沉不住气了，悄悄地说老板会不会是被人绑架了呀？也有人开玩笑地说，被谋杀掉了都不一定呢。乔安宁一听这话，把眼睛一瞪，冲着那几个还有心思开玩笑的人吼道："瞎说什么呀，不就是老板出去了几天嘛，他也不是没有出去过，说不定是他的手机丢了，没法跟我们联系嘛。乱猜只能乱心，咱什么也别管了，好好做好自己的工作吧。"

有人就撇了撇嘴说："乔安宁你做什么高姿态呀，不就是老板平常待你好一些吗，现在老板不见了，又是月底的时间，这个月工资还没发呢，你不急那是你有钱，咱猜一下，定定心有什么不好的。"

乔安宁翻了翻白眼："什么叫定定心？简直就是唯恐天下不乱。这个月工

173

资没发又怎么了？这个月不是还差两天才结束嘛。别都自己吓自己好不好，凡事该往好处想想才对。”

乔安宁的镇静很让小队宽心，她第一次觉得自己和乔安宁靠得很近，可她无话可说，也无招可使，只能不停地搓着阴沉沉的脸。

好不容易又挨过了一天，第二天公司正乱成一团时，多罗却一脸苍白地回来了。多罗一回来，大家立马都不吭声了，赶紧坐回自己的办公桌，装模作样地忙碌起来，眼睛的余光却一直随着他的身影在移动着。

小队先看了多罗的脸色，又见他有些衣冠不整，以为他真的是遭遇到了什么不测的事情，站在桌子旁边呆了好一会儿，被乔安宁翻过来的白眼给蜇了一下，才醒悟过来，赶紧去给多罗倒了一杯水。

多罗的眼里似乎没有任何人，他一副失魂落魄的样子径自走进了他的办公室，“砰”的一声把门关住了。小队端着水站在门外轻轻地敲了敲门，正要说什么，多罗却在屋里怒吼了一声：“走开，别烦我！”

小队站在门边颇为尴尬，她理解他这时的心情，可是她没法接受他的粗暴，不就是看他情绪不好神色不对才想要给他倒杯水嘛，怎么就成了他的撒气筒了，何况这个时候办公室所有人的目光盯着她小队呢。小队最不能忍受的就是这些内容不一的目光了。

小队忽地转回身，她想把手里端的水泼掉，她要让所有盯着她的眼睛看着，她也是有情绪的一个人。但她又停住了，这样的任性只会让大家更看她的笑话。她在门口站了一会儿，想了想，什么话也没有说，果断地拧开了多罗办公室的门锁，径自端着水杯走了进去。

并没有异样的声音从多罗的办公室传出来，小队很快就从里面出来了，她出来时顺手就把门带上了。

大家很快就知道多罗离婚的事了。

多罗很爱他的妻子，他在北京买了一套房子，却压在心里一直不说，就是想等到年底的时候妻子和儿子来北京时给他们一个惊喜。但这份惊喜还没有发生，妻子就跟他提出了离婚。原因很简单，多罗漂亮的妻子喜欢上了一个比多罗更有钱而且长得也比多罗帅气的男人。

妻子拿着离婚协议专门飞到北京来要多罗签字，她一个县政府办的小科员竟然不要多罗一分钱，可见其离婚之急迫。多罗劝不回妻子的心，他只能在离婚协议上签下自己的名字。妻子一待他签了字，连片刻的停留都没有，立马收拾自己的物品离开了宾馆。多罗只能泪眼蒙眬地看着妻子离开时那美丽的背影，心如绞痛。一气之下，他破罐子破摔，也不去公司，每天花天酒地，美女左拥右抱的，可是他就是忘不了他的前妻，他无法忍受这样决然的被抛弃。那些坚硬而锐利的疼痛使他的眼泪一次又一次、不由自主地滚落下来。他拼了命一样地喝酒，可奇怪的是，以前并不特别能喝的他却怎么喝也喝不醉……

就这样浑浑噩噩地过了几天，他忽然觉得自己应该回公司了。他已经失去了婚姻，失去了他想要的爱情，他现在唯一剩下的就是公司了，他不能再失去自己苦心经营的事业。

八

公司又平静了好几天，大家连咳嗽都压抑着，生怕自己一个不小心把气出大了，闹出动静来成了别人注意的对象，更害怕引起心情糟糕的多罗的注意。

一般情况下，多罗是每天和公司里的员工一样按时上下班的，但他常常是一进办公室便毫不留情地把门关了，这样他才可以安安静静地独自一人梳理着内心的纷乱。上班的时候，很少有人会去敲多罗的门，除了小队外。小队去敲门通常是为了给多罗泡杯茶，或者利用中午休息的时候从外面买来一些水果给他送进去。多罗的门只是关了，却没锁，小队一般不等多罗说话就已经推门进去了，她把泡好的茶或者洗好的水果轻手轻脚地放在多罗面前，然后又踮着脚尖出来。也只有她才看清这种时候的多罗，脸色发黑，目光呆滞，整个人松松垮垮地倚在老板椅上，像是整个骨架子都被人抽掉了。看见她进来，多罗也不吭声，也没有在员工面前要顾及一下自己形象的意思，身子连动都不曾动一下。

小队在心里对多罗充满了同情。多罗说不上帅，可他怎么着也还称得上是事业小有成就的男人，他不像有些当老板的那么苛刻和不讲道理，有时小队她们到外地去出差，往回打电话向他汇报情况时，多罗总会说一声："在外面要好好照顾自己，尽力而为，能拿到合同就拿回来，不行也别勉强，只要大家平安就最好了！"试想有几个老板能有这样的度量，不计赚钱与否，只要员工的平安？所以，多罗的这种做法，令小队非常感动。

现在，多罗遇上了婚变，小队看着他的这副样子，心里也不是个滋味。这天，小队替多罗泡好茶后，站在多罗面前老半天没走。多罗用很淡漠的眼神瞄了瞄她，嘴动了动，话却是老半天才吐出来："你还有什么事嘛？"

小队脸红了一下，吞吞吐吐地说："老……板，我……觉得……你一直这样……不好！"

多罗的心里还是驱之不散的烦躁，他毫不客气挥了挥手："你甭管我了，你要是把我这里收拾好了，就赶快出去做你自己的事吧。"

小队的脸更红了，她一下子把头低了下来，一副备受打击的样子。但很快她又抬起头来鼓足勇气说："我这样说不光是为你好，也为公司好。你看你这几天一直是这种萎靡不振的样子，电话不接，业务不谈，每天把自己关在办公室里，一个人胡想乱想的。你可是操持着一家公司呢，眼看着咱们公司的业务越做越大了，可你却是这样颓废，你知道吗，你的这种情绪会影响到公司里的每一个人。公司是你的，我们都是替你打工，如果你一直颓废下去，我们都看不到光明，对前途一片茫然，哪里还会有工作的激情？"她一口气说着，说完她自己都愣住了。她没有想到自己会一口气说这么多。

多罗的小眼睛一动不动地盯着小队，他蜡黄的脸上泛出一丝疲惫的笑意，他把自己的身子往上提了提，就像是往上提一只布袋，只是这布袋到底还是有些支撑的。

"那你说我要怎样？"他这样问道。

"以前是怎样以后还怎样呗。这人在世上，谁还没有个沟沟坎坎的？就说我自己吧，曾经有一段时间连吃饭都成问题呢，这不，我也挺过来了。"小队顺嘴说着。

"是吗？那你跟我说说你那一段连吃饭都成问题的经历吧。"

这下，小队却慌了起来，她当然不会在多罗面前再去重温那一段艰难的日子，没事揭自己的短干嘛。小队吐了吐舌头，不好意思地笑了笑，低下头的时候，看到多罗桌上的烟灰缸满了，便说了一声："我去帮你把烟灰缸倒了吧。"顺势走出了多罗的办公室。

多罗看着小队慌慌走开的背影，细细地想了一想小队的话，心里就像是密不透风的屋子终于被人打开了门，推开了窗，一阵阵清凉、新鲜的风刮了进来，虽然一时还没有把所有的污浊清除掉，但总算空气中有了对流，有了能令人深深一吸的爽快。就是这令人深深的一吸，多罗心里的郁闷不那么浓重了。

这个女孩子，已经开始成熟了。多罗心想。

终于，多罗走出了自己的办公室。

乔安宁绝对是一个能充分利用各种关系的人，而且十分能干。但多罗绝没有想到，这个能干的乔安宁还是给他捅了一个娄子。

起因是乔安宁签的一份广告合同。合同是介绍乔安宁进公司的实权人物给她牵的线，看在实权人物的面上，那公司和乔安宁签了份十五万元的单子，看着这份前所未有的大单子，乔安宁乐得都快上天了。可没想到，刚和这个公司老总签完单，广告款还没有打到公司的账户上，公司老总就因为经济上的问题被公司董事会撤了。新上任的老总觉得给一个名不见经传的广告公司这么一笔大单并不合适，认为这其中也必定牵涉到原来老总的一些问题，便不同意将这份合同继续履行下去。没拿到钱的乔安宁急了，找了那家公司新老总多次，又许诺为公司做一些实实在在的事情，才让对方做出了让步，同意这份合同还是有效，但条件是乔安宁必须要帮助公司拿到当时正在申报的食品行业的一个项目。乔安宁想，反正这家公司的名气也不小，再托一些关

177

系，帮他们拿下这个项目好像也不是件多么困难的事，就答应了下来。但公司老总要她出具一个说明，如果不能帮他们拿到那个项目的资金，他们则有权要求广告公司无条件退还支付给公司的全部款项。若能成功，公司则再追加十万元的合同款。

这一下，就是二十五万元了，这可是一个天大的诱惑！乔安宁没多想，就在原来合同的基础上和这家公司新的老总补签了一份协议。很快，公司打过来十五万元的费用。多罗为了这笔广告款，还在公司的会议上把乔安宁好好表扬了一番，大家都对乔安宁另眼高看了呢。连小队也不例外，难得地用一种艳羡的眼光看着乔安宁了。

乔安宁哪里知道，这家公司因为申报的项目技术指标达不到硬性要求，那笔专项资金与他们擦身而过了。公司没有达到目的，自然也就不愿意支付这笔广告费用了。

多罗原来并不知道乔安宁为了拿到这份合同，背着他给人家写了这么一份说明，觉得那家公司要求退款是无理取闹，就上门去理论。那家公司说你们公司没有达到我们的要求，我们当然可以随时终止合同。这样说着，就将乔安宁写的说明给了多罗。

把已经吞进肚里的十五万块钱再重新吐出来还给人家，多罗这心里头窝的火就大了。

多罗是靠着自己东拼西打，给人赔过多少笑脸，装过多少回孙子，又像打鱼一样撒下了多少鱼饵，才拼死拼活地打出如今属于自己的这么一小块地盘，有了属于自己的关系网。也正是依赖着这张关系网，他替不少的企业搞到一些项目，这些关系网可以说就是他事业的基石。乔安宁不能不说是个聪明的人，她只是跟多罗出去了几次，就已经看明白了多罗的一些手段，从中也看到了多罗的办事能力。她敢和那家食品公司写那样的说明，就是相信多罗不会对此袖手旁观的。可问题是她没有告诉多罗她和那家公司写过这样的协议，更气人的，是以前所做的计划和安排，以及已经刊登出去的广告都白做了，所有支付出去的广告制作费用也都肉包子打狗，一去不回了。

乔安宁对多罗的责骂一声不吭，低着头任他在那里口沫横飞，想着给别人打工，谁还能不招个骂呀什么的。这样一宽自己的心，乔安宁的表情就没有刚才那么紧张了，脸上表现出来的反倒是一股不在乎的劲儿了。

　　多罗对乔安宁这个态度非常气愤，便说了一句："真是烂泥糊不上墙，净他妈给我惹事。"

　　乔安宁最不高兴的，就是别人把她看扁。多罗最后的这句话让她无法忍受，她一改刚才的忍气吞声，噼里啪啦和多罗吵了起来："我怎么就烂泥糊不上墙了？除了这张单外，我哪张单砸过？我们公司这几个业务员，谁的单比我多？你太不公平了，简直是非不分。"

　　"我怎么是非不分了？难道你出了错，我不哼不哈，就叫是非有分了？"

　　"那你说陈小队，她总共才几张单？单子的金额全部加起来又有多少？你为什么不算这个账？她的业务量比我们谁都低，工资却比我们谁都高，这我们也都认了，你是老板嘛，你喜欢谁那是你的事。可你现在更离谱，不管不顾我的业绩，逮着一次差错就把我打入十八层地狱。换了陈小队，你会不会这样？她做错任何事你都会说是吃一堑长一智！你这样不公正，我就是不服。"乔安宁的声音从嗓子里挤出来，有点咬牙切齿的味道。

　　"你说我不公正？好，就算我对陈小队偏心，这跟你又有什么关系？难道这就可以成为你推卸责任的理由？"

　　"我没有推卸责任，但我需要一个公平的对待。如果你非要不公平地对待我们每个员工，你就不是一个合格的老板，我也没必要为你卖命。"

　　"你别拿这个来威胁我！"多罗气极，一下从椅子上站了起来，"乔安宁，你别以为我拿你没办法……"多罗气得语无伦次起来。

　　乔安宁却比多罗看上去更加伤心。她东奔西颠的，跟这个拉关系，跟那个套瓷，为的什么？不就是为了能给公司跑业务嘛。她气呼呼地白了多罗一眼，也不招呼，昂着头，一副"我有理，我怕谁"的样子，气昂昂地走出了多罗的办公室，她才不管多罗是什么感想呢。

　　多罗让小队过来，问她有什么想法。小队看完乔安宁附写的声明，想也没想就说，这有什么，钱在咱们手上。这附加协议是乔安宁个人签的，上面也没有公司的章子，这摆明了是跟咱公司没有什么关系。但既然咱不想把事情做绝了，就跟他们说清楚，我们替他们打出去的广告费用，他们是一定要付的，否则，他们不仁我们就不义，死不承认这合同后面的协议，就说这是公司员工自作主张使的手段。哼，我就不信，一家堂堂的大公司，为了这点广告费，还能不顾名誉敢和我们闹一场，那样他们的损失岂不更大？

小队这样说着，看上去一脸的轻松。多罗听着，忍不住为小队的幼稚笑了起来，但细想想，话是幼稚了一些，可也不失为一种办法，只是这样总有些无赖的意思。

"那这事，你和乔安宁一起去解决？"多罗将了小队一军。

"去就去，如今天下，谁怕谁呀？"

"你们尽量平和地跟人家谈，可千万不要无理取闹，要实在没办法通融，咱就算了，反正吃一堑长一智，咱就当为这次教训交一次学费好了。"多罗担心会出问题，又叮嘱道。

"嗨，我们是打算当无赖的，既然做好了交学费的准备，那就没必要去了。"小队倒嫌起多罗的婆婆妈妈来。

"我这不是替你们担心嘛。"

九

小队和乔安宁到了那家公司，因为来了客人，公司老总让办公室主任出来接待她们。她们把来意说清楚后，办公室主任说什么也不同意广告公司要扣除广告费用，他说当时在协议上是说好了的，广告公司如果不能给他们公司提供帮助，便全额退还已付款项，现在又怎么能以替企业打出去了广告为由，要求支付费用呢？这不是自己打自己的嘴巴嘛。

小队不动声色地看了乔安宁一眼，乔安宁心想自己惹下的事自己就装孙子吧，便苦下来一张脸，给办公室的主任说，自己初来乍到，不懂得规矩，只是看到公司里的其他人成绩不菲，自己却两手空空，心里着急，好不容易跟你们谈好了一笔业务吧，偏又发生了变故，心里头的那个紧张呀，也就顾不得别的，只要能让她拿到这张单，当时就是让她去杀人说不定她也会去干呢，何况一张自己掂不清分量的协议。要怪就怪她吧，要杀要剐请便，可千万别把这笔账算到我们公司头上……

乔安宁低眉顺眼地絮絮叨叨了半天，小队也跟着补了一阵子白，那个办公室主任只是笑，却一点让步的意思都没有。乔安宁越说越觉得心灰意冷，索性不说话了，抱着胳膊静静地看着窗外发呆。窗外秋意正浓，干干地刮着落尽了叶子的树枝，又硬硬地撞击在窗玻璃上，发出沉闷的声音。乔安宁觉得自己现在就是这扇窗玻璃，正默默地忍受着秋风的鞭挞和撞击，忍受着别人的轻视和冷笑。其实她的心里，对多罗让她和小队一起来解决这件事是很不满的，她小队算个什么呀？仗着一张漂亮的脸蛋就以为比别人强？强什么呀，说不会说，干不会干，纯粹就是多罗摆在公司里的一个花瓶。就说眼前吧，来的时候说得好听，要把事情搞定，哪怕耍无赖也要赖回广告成本，可到了这里，当着人家的面，却只会跟人家赔笑脸，自贱自轻，一点骨气也没有，跟这种人在一起共事，真是没劲透顶！

小队把乔安宁一脸的意兴阑珊看在了眼里，她心里很生气，她是来帮她擦屁股的，她却在那里摆开了深沉的架势，跩什么呀跩，要是当初她把事情做得利落些，能有现在这拖拖拉拉的麻烦嘛？有了也便有了，该你出场的时候你可着劲儿上呀，却端坐在那里不再吭声了，好像不是你来和别人要钱的，而是别人该着你了，要求着你似的。凭什么人家要吃你这一套？小队心里气归气，却没有在办公室主任面前表现出来。

两个人直到临近中午的时候，才见到这家公司的老总。一见面，乔安宁刚要解释，老总却笑着止住了她，他看着面前这两个女孩说："我知道你们要说什么，不过，我现在不跟你们谈这个。马上就是午饭时间了，我来了一个客人，是从山东来的，我希望今天能有幸请两位小姐作陪，吃完饭，我先安排我的客人，然后咱们再谈。你们看行吗？"

小队和乔安宁面面相觑，想着今天这趟来是与人谈判的，肯定是不受待见的，却没想到被这个姓黄的老总彬彬有礼地邀请着去吃饭。两个人一时倒有些不知所措了。

乔安宁不安地说："黄总，我们这次……"

"哎，不管你们来的目的，现在正赶上吃饭的时间嘛，来我们这里，好歹也是客嘛。"黄总笑眯眯地说。

两个人只好跟着黄总去和那个客人吃饭。

也不知道是有心还是无心，那个客人喜欢和小队、乔安宁喝酒，几句话一说，端起酒杯就要和两个人碰杯。起初两个人还不好意思，毕竟不是在自己的地盘上，只是用小嘴轻轻抿着酒，客人却不愿意，非要一起将杯子的酒全干了，说是这样才算看得起他。黄总在一旁也推波助澜，两个男人一唱一和，逼着小队和乔安宁喝酒。小队自知自己的酒量，看出黄总很顺着那个客人的意思，明白这个客人肯定对他很重要，便端起酒杯，要一饮而尽。

乔安宁鬼精些，她在桌子底下踢了小队一脚，小队端着酒看着她，一副不明事理的样子，乔安宁只好笑盈盈地端起酒杯来，冲着黄总说："黄总，我们俩都不是能喝酒的主，不过，为了您的客人高兴，我们倒愿意舍命陪君子。只是，我希望我们在这酒桌上舍了命，您能在酒桌下面也救我们一命。这样，也不枉我们今天在这里做一回巾帼英雄。"

小队明白了乔安宁的意思，也说道："是呀，我们平时还真是不喝酒，但今儿个只要你放话，我们豁出去没商量。"说完，一仰脖，一杯酒全部倒进了口中。

那个山东客人一见这喝法来了兴趣，他指着黄总对她们说："行，今天咱们就两军对垒，我们两个大男人就对你们两个小姑娘，虽然是有点以大欺小的意思，但只要你们赢了，不论你们今天来找黄总有什么要求，我都替他答应了，这样不为过吧？"他又问黄总，"老黄，你觉得呢？"

黄总赶紧笑着对山东客人说："你老兄可是我们公司的福星，你说了，我还能说不行吗？"又转过头，对小队和乔安宁说，"今天可就看你们两位小姐的本事了，只要你们把这位老兄陪着喝好了，什么事都好说。"

小队和乔安宁对视了一眼，乔安宁酒量浅，小队知道，心想自己好歹有些酒量，今天就豁出去了，好歹得留个清醒一点的人处理后面的事，总不能两个都烂醉如泥吧？小队这样想着，就说道："黄总这话可是要算数的，今天我们两个女孩子就螳臂当车，来敌敌你们了。不过，是只分战垒，不分形式，我们两个只管把酒喝了，至于怎么喝你却不能干涉。"

"那是自然！"

于是，几只酒杯一字排开，都斟满了酒，斗酒就算开始。

这场斗酒还算公平，也就是双方各自三杯，限时间内把这三杯酒喝掉，三杯过后，哪个说不能再喝哪个为输方。

黄总和他的客人是彼此各轮一回，把酒平分了，虽是酒喝得不少，却醉意不浓。小队和乔安宁两个人，每次酒一斟满，乔安宁狠狠心要去端酒，小队总是将她拦了，小队轻声地说："我来吧，你少喝点，我醉了你把我弄回去就行了。"说时，毫不含糊，三杯酒眨巴眼的工夫便没了。乔安宁还想争什么强斗什么胜啊，两个人喝可不比一个喝着强吗？可是等她喝过一轮酒之后，那酒劲猛一上头，便明白了小队的意思，小队哪里是在争什么强斗什么胜，明明就是在护着自己嘛。乔安宁心里顿时涌上一股说不上来的滋味，她不停地给小队夹菜，直到把小队面前的盘子都堆满了。小队朝她笑笑，淡淡地说了一声："别担心，我没事。"

小队不知道自己的酒量究竟有多深，她从来没有大醉过，所以根本就无法判断自己到底能喝下多少酒。

黄总两个自恃酒量匪浅，本来与两个女孩子斗酒就自觉有些不公平，如今见只是小队独个儿和他们喝，更是有些不好意思，便抗议起来，非要乔安宁再轮上一圈。乔安宁禁不起激，果然就把酒端过来，看着杯子发狠地说："喝就喝，谁怕谁。大不了喝死在这里让你们把我的尸体抬回去，也算是应了以身殉职这个词了。"一句话，说得那两个男人一愣，又忍不住笑起来，连道了几声"惭愧"，却仍旧等着乔安宁把酒喝下去。小队伸手夺过酒杯说：

"刚才说好了，我们只要把酒干了，却不论形式的，你们怎么就反悔了呢？"

"哎，陈小姐，我们这可都是为了你好，是担心你一个人敌不过我们这两个人。"

乔安宁说："既然知道我们敌不过你们，就该让着我们一两轮酒的。真是一点也不怜香惜玉。"

小队笑道："是啊，本来这就不是一场公平的斗酒，但我们既说了是舍命陪君子，就一定会奉陪到底。只是，我们这趟来的目的黄总也明白，你前面说的话可不能过后就算作酒话。"她指了指乔安宁，又说，"我们这也是要留一个清醒的，免得大家都醉了，就真的把什么话都当成酒话了。"

黄总哈哈大笑起来："我话是搁到这儿了，是不是酒话，只能看我们最后的结果了。你们放心，只要我们认了输，我再不济也不会把前面的话当成酒话的。实话跟你们说，你们今天陪的这个客人，是山东一家大型企业的徐董事长，准备和我们合作一个项目，是来考察我们公司的。你们说，在徐董面前，我要都敢耍你们，首先我这个人的信誉就有问题，这徐董还敢和我谈合作？你们就放心吧。"

人家把话说到这个份上，小队反倒无话了，她便微微一笑，把面前的酒再依次灌进肚中，举了酒杯让对方看。酒桌上噼里啪啦不知谁鼓了几声掌。

喝到最后，还是黄总和他的客人抗不住了，两个人见小队依旧一脸的平静，说话有条有理，一点也没有喝高的迹象，知道今儿个是真的碰上了高手，前面他们也是太小看了这两个漂亮女孩，便只有甘拜下风了。黄总的头脑倒还清楚，指着小队和乔安宁对办公室主任说："原先签的协议就作废了吧，按她们公司实际的费用支出付出去好了。另外，再从原来打过去的款中余出五万元广告费用来，重新签个合同吧。"

小队和乔安宁一听，几乎都惊呆了，本来是只想要回成本费的，却额外地又收获了一笔业务，那种意外的惊喜犹如天降，她们兴奋得都不知如何是好了。小队看着乔安宁说了一句："我从来不知道喝酒的感觉这么好！"说完，懒懒地趴在桌子上，竟然睡过去了。她醉了。

十

这件事后，多罗对小队更是好得不得了，看她时眉眼里都带着笑，说话声音温柔婉和，哪里还有一个公司老板对待下属的那份威严，把公司里其他的女孩子看得眼珠都快瞪出来了。尤其是乔安宁，心里更是充满了怨气，本来经过那一场酒事，她对小队的看法有了一些改变，觉得这个女孩子关键时候还是很仗义，很豪爽，也就不刻意地跟小队过不去了。但多罗对小队本末倒置的迎合又让她内心妒火中烧，她故态又发，处处跟小队作对，常常伶牙俐齿地当众把小队说得哑口无言，把个小队时常气得泪水夺眶而出。

她没有其他人可以说，只能把心里的委屈和怨恨跟文奕说。也只有文奕像个真正的大姐姐一样劝慰她，帮她出主意。也许是她太关注了自己的情绪，却一点也没发觉文奕的变化，等她意识到了的时候，文奕却消失了。

冬天快要结束了，春天的萌芽已经悄然地跨越了寒冬。看到阳光下闪烁着纯净光芒的丝丝怯怯的绿色，小队忽然感到心境开阔了起来，生活其实就像这些绿色，在寒冬里，会枯萎，而一旦有一点温暖的迹象，便会毫不犹豫地绽放出来。她很为自己这样的念头感动，便迫不及待地要给文奕打电话，她已经有一段时间没给文奕打电话了。小队把电话打到文奕的公司，是一个声音有些尖厉的女人接的电话，女人说文奕已经辞职了。听说是给一个年轻的老头当二奶去了。

小队愣了一下，冲着电话那头还在喋喋不休的女人吼了一声，放你妈的狗屁！死三八！摔了电话，好像把大脑也摔了出去一般，整个人都空了。好半天她才想起给文奕打手机，电话中是一个拒人千里的女声：您拨打的电话已停机。文奕在她的生活里消失了。不知为何，小队心里竟有一阵莫名的恐慌。她想给谁诉说一下自己内心的恐慌，可是她又能告诉谁呢？她想到陆池，她甚至已经拨了陆池的电话，没等到接通，她就挂断了。直到有一天，她在地铁里隔着拥挤的人群看到陆池和一个女孩很亲热的样子，她庆幸自己没打那个电话。

北京的春天虽然来得迟迟疑疑,却总算是来了。每一棵裸露了一个冬天的树枝上面都绽开了星星点点的绿色,在明媚灿烂得让人无比欣悦的阳光中闪着动人的光泽。那苍黄枯萎的草丛之间,也不经意地蹿出了嫩嫩的绿色来,还有点与枝杈上的绿叶要一争高低、夺尽春光的意思。

小队原本是个很迟钝的人,对一年四季的变化总是感到突然而又茫然,可是如今,她却很细致地注意到了春天的变化。她觉得春天是一个从沉闷的生活中苏醒过来的女人,原来是邋邋遢遢的,而后画点淡妆,又觉得淡妆过于素净了,便索性浓了妆去,等到厌倦了,再也没有心情画画点点了,便随意地往脸上抹一些颜色,不管这颜色好与不好,适不适合,总之是要一片姹紫嫣红,也管不了这些颜色浓烈得有些虚伪。

小队变得忧郁、多愁善感了起来,也许对春天敏感的人,情感也会与春天每一丝变化相融在一起,深深浅浅地,随着季节的变化而变化着。而日子,却不管你快乐与不快乐,失意或是得意,它都从来不做停留,依旧机械地往前走着。

公司里不知谁多说了一句,多罗对小队的好,说到底,是一个单身男人对女人的好吧。这话传了开来,大家对小队就开始另眼相看了。多罗几乎什么都听小队的,在表面上对小队的话是不打折扣的,这就不能排除小队不定哪天会成为公司老板娘的可能。

但乔安宁偏不信这个邪,反正她是怎么也不买小队的账了。小队安排她到机场去接个什么人,她眼皮都不动一下,就像没有听到一样。小队为了不和她发生正面冲突,只好忍了这口气,对另外一个女孩说:"王晓,你和小李去机场接人吧!"话音还未落,乔安宁就跳了起来:"陈小队,你这是什么意思?让我去接人,怎么眨眼之间又让王晓去?拿我开涮是不是?别以为老板对你好就觉得天下是自己的。"

小队的脸一下子涨红了,她隐忍着说:"你不是不愿去接人嘛?"

"我什么时候说我不去接人了?大家都听到我说不去了吗?你倒真会生事!"

小队狠咬了一下嘴唇，盯着乔安宁说："乔安宁，你别没事找事！"

"什么叫没事找事？是你自己工作没做好，当着大伙的面，一件事安排给两个人，我提个意见，还说我没事找事，你可真是能当'领导'啊，很懂得怎样来推卸自己的责任。"

"那好，我现在正式通知你一下，你不用去机场了，你另有工作安排！"小队说完这句话，转身就走。

"你当我是什么？凭你这样吆来喝去的。"

小队忽然转过身来，淡然地一笑，说道："乔安宁，你也太把自己当回事了吧，你以为你是谁呀？你还不就是一个听人吆来喝去的服务员吗。"

这句话一下击中了乔安宁的要害，她表面上好像不在意她曾经做过服务员（她一直强调的是领班，和一般的服务员是不一样的），她的脸上一下子就变了颜色，猛地冲着小队吼了一句："你他妈的婊子养的！"

小队的脸上也不见恼火，还是一笑道："谁是婊子养的谁心里还能不清楚？"

这一句话如同一颗子弹，乔安宁像被击中了一般，她跳起来指着小队的鼻子就骂开了。谁知小队压根不接乔安宁的这一招，冷冷地看她一眼，自顾转身出了门。

一出门，小队伪装的坚强塌了，她一下子靠在外面的墙上，任泪水肆意地流着。

接下来的两三天，办公室里看起来风平浪静的，乔安宁也没有再闹出什么事端来。说白了，她也实在是寻不出什么来和小队闹，小队压根儿就不理她，甭说和她谈工作的事，就连平时几个女孩子嘻嘻哈哈地说一些疯话，只要有乔安宁在那儿，小队就不搅和进去，表现出绝对谦恭让的气度来。但两三天后，乔安宁忽然就不再来上班了。被多罗辞了。

知道了乔安宁的情况后，有一种悲凉感像水无声无息地漫过水田一样，漫进大家的心里。多罗处理掉乔安宁，大家都心知肚明，其实多罗这是杀鸡给猴看，乔安宁不过是其中的牺牲品而已。大家再看小队，那眼神就比以前复杂多了。

　　小队也没想到会有这样的结局，她是经历过数次失业、亲身体会过食不果腹的日子的，太明白一个女孩子孤身在外的艰难。多罗并没有征求她的意见，甚至他又是如何知晓她和乔安宁争吵的？公司里的几个女孩子当中，乔安宁可以说是业绩最为辉煌的一个，她想不通多罗怎么舍得让这样一个能干的女孩离开。

　　多罗也不清楚自己对小队究竟有多好，不知是从什么时候开始对小队很小心起来了，他越来越喜欢看小队那张漂亮的、精致的脸，喜欢她那混沌未尽的眼神，但慢慢地，他发现小队的眼神变得忧伤，好像心里藏了多少心事，那心事被捂着，到最后只能透过眼睛来向世界张望了。一旦见到了小队神情抑郁的时候，多罗的心就会忍不住疼，可是他又不能十分明确地向小队表示他的关爱，这个美丽的女孩子，就如同这春天绚烂的花儿一样，让人不能不爱，却又不知怎么去爱。他最希望的就是小队有一天能开窍，能猜透他的心思。

　　可是小队看上去依旧是钝钝的，那钝是让人恨不能用一把尖利的匕首撬开的钝。其实在她心里还是清楚多罗对自己的不一般，她也知道公司里的人对自己有着什么样的看法。但她无所谓了，别人怎么看就怎么看吧，她有什么办法阻止人家对自己的看法和说法呢？

　　小队把自己裹得很紧，但公司里的人还是感觉到了她的变化，她以前爱板着脸的，把主任的职位很当一回事，动不动就搬出多罗来吓唬人，现在却不了，有什么事跟她一说，她再也不会很公事公办的样子让对方不舒服。有人要请假出去，她点点头，也不问去干什么。她的淡漠让大家有些意外，大家觉得她的态度是透着玄机的，反倒说话做事更加小心翼翼起来。小队很是悲哀。

十一

　　四月，槐花开了，满树的槐花像一团一团凝固的雪花，在绿色葱茏的槐叶中显得格外优雅迷人。如果有股微风，槐花的香味便一缕一缕地往人的肺腑里面渗着，很快，胸腔里便满是槐花这干净好闻的气味，再深深地吸上几口，就感觉浑身的血液都流动着这种香气，整个人都神清气爽起来。小队喜欢槐花开，小时候，每到槐花开时，她就时常跟着妈妈去采摘槐花，那种欲开未开的槐花最好了，妈妈把它们用清水冲冲，然后放进汤面里，那些还未释放出来的花香便留在了汤里，那汤面因为有了槐花的味道，吃起来便是满口溢香，好吃得不得了。槐花盛开后，两三天的工夫，就如同一个年老色衰的妇人，眼见得就变成憔悴不堪的了，再然后，纷纷地从枝头落了下来，像一个个哀怨的音符，落了一地的悲凉。

小队每每看到落了一地的槐花时，心里就怅怅的，最初的欣喜慢慢地就没了，满心的愁绪浓得化也化不开。春天了，北京城的每一个角落里，都延伸着无数顽强的生命和灿烂的色彩，可是，独独就是这槐花却要在这开始热闹的季节里含悲离去呢？尽管它们的生命同样是以一种热闹的形式消失的，但总让人感觉到它们是不愿与那些万紫千红们争春。它们像春天的一首歌，轻轻地落在这个春天，又轻轻地淡去。没有人能听到这些歌，世人在纷纷扰扰中已是疲倦不堪，谁又有一份心来关注自己以外的另一种世界呢？

槐花落尽的时候，四月也走到尽头了。

接到文奕的电话，一听到她的声音在电话的那一端响起，刹那间，小队的泪水没能忍住，像一只灌满水被绷紧的塑料袋猛然被扎出一个孔来，那水便拥拥挤挤地从那个小孔里蹦了出来。她用手去擦，岂知那泪水不但擦不尽，而且还越擦越多，把她的整张脸都擦得花花的了。

小队说了一句："文奕，我想你！"

文奕说："小队，我也一样很想你！"

"我生气你离开也不告诉我，就这样失踪了，我找不着你的踪影……"小队哽咽道。

"我知道，小队，我……不得已……我……"文奕艰难地说。

"你这段时间还好吗？你到底去了哪里？为什么一直不跟我联系？"

"你别吃惊，我在上海。"

189

“你怎么会在上海呢？”

“你给我以前的单位打过电话吧？”

“打过，她们说你……”想起那个女人说文奕做了别人二奶的话，小队说不下去了。

“是不是说我做了别人的二奶？你信吗？”文奕却心平气和地说。

“……”

“其实你也相信的，只是你不愿意承认这个事实而已。”文奕说。

小队有些羞愧，她心里确实有这样的念头，她半晌没有说话。

“是一个老头，快六十岁了，他给我买了车，他还答应以我的名字给我买套房子，不过是在上海，因为他的公司在上海。但他要求是我至少要跟他三年。”文奕很平静地说。

小队听着，心里还是吃了一惊，文奕这是怎么了？她这样一个极有个性的女孩子，为什么会如此挥霍着自己的青春？

“其实，我也是跟自己斗争了许久，我哪里想过去做一个六十岁老头的情妇啊？在我决定跟他之前，我拒绝接受他的任何赠予，就怕自己会和他发生那么一点点关系。后来的事我没来得及告诉你，我在单位遭了陷害，别人把事情做砸了，却赖到了我的头上。我们那个长得吊死鬼一样的管项目的副总经理就是不听我的解释，非要我承担责任，他不但要扣我的季度奖，还要我写检查在部门会上念。当时我就火了，我知道他这是公报私仇，不就是公司里很多女人跟他睡过觉，而我却把他一次又一次地拒绝了嘛。我跟他狠狠地吵了一架。那个吊死鬼说，你甭跟我在这里吵，没用，我是你上司，我说是你的错就是你的错，你要不服气，就走人好了。妈的，这不明摆着是欺负人嘛？也就是这个时候，老头出现了，他本来就是我认识的一个客户，见我气得说不出话来，便怜惜起我来，他去了公司总经理那里，说如果吊死鬼不给我赔礼道歉的话，他将终止和我们公司的合作。就这样，他帮我打赢了这场战。后来我想，人就是贱，对地位或者金钱不如自己的人，永远都是趾高气扬的，而对有权有钱的人，则永远都是一副低声下气、俯首帖耳的样子。我这辈子也许永远都不可能有权有势，但有钱也行啊，有钱就可以俯瞰别人，而谁也不会在意你身上揣的钱是什么来路，真正的是笑贫不笑娼啊。我还装什么纯情？何况我也早已不是那种可以纯情的人了。"

"那……你现在过得还好吗？"小队轻声问道。

文奕涩笑道："好不好又能怎样？你可以想象得出，生活是很舒适的。老头每个月都给我几千块零花钱，比我原来上班累死累活不知要强多少倍，还不用费神费力地去跟别人斗心眼。只是……"

"什么？"小队很敏感地问。

"只是少了许多自由，也没有朋友。老头不想我经常出去，他也不愿意我和以前的朋友联系，还美其名曰，他是不想让别人来影响我和他之间的和谐关系。哼，这就是有钱的好处了，不但可以用金钱买走别人的青春，还可以买断别人的自由。小队，我现在算是明白了，人其实是很奇怪的，明明就是为了钱才走到这一步的，可是有了钱却仍旧不快乐，不甘心。你说我现在也有了车，可是却没有地方可以去，除了到超市去买点吃的，到商场买些衣服，就整天闷在家里，很无聊、很无趣啊……"文奕的语气里透出深深的无奈和疲倦。

"文奕……"

"你不要安慰我！"文奕知道小队要说什么话，立马打断了她，"我不会后悔的。这是我自己选择的生活方式，不快乐又算得了什么，我只要付出三年的时间，三年后，我将会有一种新生活的。"

小队暗暗叹息，这就是文奕，总是用一种偏执的方式，把自己逼得没有退路。

日子过得无声无息，好像还是春光乍现时的景象，红花绿柳晃得人眼睛都痛，但红的花已经开过几茬了，绿的柳也已绿得极浓极深，就好像一张张稚嫩的脸，不经意间就染了些许的沧桑和疲惫，叫人生出一丝惆怅来。

天气热了，夏天到了。

小队利用业余时间报名到北京外国语学院进修，同时还参加了新闻专业的自学考试，也许是日子过得太寂寞了，她想要趁着这个机会好好给自己充充电。时间一紧，日子就快了许多，但人却没有什么感觉。

<h1 style="text-align:center">十二</h1>

公司里的人来来往往，除了小队，已是换了好几茬人。

小队再也不是刚来公司时的那个小队了，她变得精明和干练了许多，为人处事再也不是直通通的不知道拐弯了，她沉稳了很多，她学会了柔和，学会了宽容，当然也学会了在生意场上怎么去和别人运用心计谈判。那个在酒桌上只会凭着一股子冲劲喝酒的女孩子小队不见了，留下的，将是一个世故圆滑的陈小队了。

多罗有一度曾想过要对小队说些话的，但小队在他面前总是一副十分淡定的样子，他再也寻找不到当初小队刚进公司时的那种懵懂无知、听天由命的神态了，那个把喜怒哀乐都分明地挂在脸上的陈小队没有了，她的脸上多的是那种看透了人世的淡漠，使她有了一股从前感觉不出来的成熟味道。多罗愣神地看着那张白皙的美丽脸庞，很努力地张了张口，却是什么话也没有说出来，就好像小队身上有一股巨大的抗拒力一样，将他隔到很远很远的地方了。

多罗只能一任自己的欲望在内心里疯长，他眼睁睁地看着小队像一朵云般，捉摸不定地在他面前飘来飘去。

家　　事

　　正是仲春，阳光毫无节制地在大地上迸射，植物们都疯了，也不管脚下的土地是肥沃还是贫瘠，只顾着一味往上蹿，有些蹿的速度稍慢了些，就被身边的压过了，只能歪着脑袋找缝隙里的阳光。那些吸足阳光的植物，都绿得理直气壮，连那些匍匐的灯芯草们，都葳蕤得不知所措了。卖力的阳光像一个袒胸露腹不知廉耻的丰腴少妇，把诱惑的气息布满每个角落。这样的气息落到人身上，就散淡了，变成了催眠剂，与植物的精气神正好表现出截然相反的劲头来，一个一个跟抽了大麻似的犯困。

　　父亲靠坐在向西的院墙，眼睛磕着，嘴微张，细细长长的呼噜声在匆匆掠过的细风中摇摇摆摆。到太阳西斜的脚步加快，阳光暖醉的味道消散，父亲感觉到凉意时才醒了，他发现自己的身子已经不能动，像是别人的身体，他控制不了了。父亲不在意，以前也常有睡麻身子的时候，翻起来，搓一搓捏一下，照样好好的，身子骨是自己的，他还能不了解？父亲缓了缓，准备坐起来，先舒展一下筋骨，但这次身子没有像以前一样很配合地从沉睡中醒来，他控制不了，猛一下子倒在地上，再起不来了。

　　父亲就在这个妖媚的春末失去了知觉。他再也不能自如地把自己放在太阳下面看植物的生长，听它们拔节的声音了。

　　大哥把我们兄妹召集到一块儿，说是要讨论一下怎么安置躺在床上的父亲。从母亲去世，父亲就一个人生活，父亲不愿意跟着我们，他说自己还能干得动，不要人伺候，他一人在村里也没啥不方便，村里跟他一般的老人还

193

有好几个，平时跟他们一起谈谈天，下下象棋，日子过得清静，跟着我们他缩手缩脚的，大家都不自在。说是这般说，每次我们拖家带口地回来，他还是很高兴的，忙前忙后地操持着，连吃过饭收拾碗筷这样的小事他都不让我们干，好像我们是多尊贵的客人似的。后来，村里与他年纪相仿的老人一个一个相继去世，能与父亲坐到一起下象棋的人几乎没有了，这时候的父亲更显落寞了。只是这样的落寞父亲并不让我们看出来，不能回家的时候我们兄妹都会打电话问候他一声，电话里父亲的声音洪钟一样，通过电流传过来，震得耳膜都嗡嗡地波动。这让我们很欣慰，至少说明父亲的身体状况还是好的，不然，哪有这精神头！大家似乎也就心安理得地随了父亲继续一个人在家，有时忙起来，电话都忘了打的时候，也没觉得心里有什么负担，反正父亲健康得很。但这样健康的父亲却突然之间把最不健康的状态呈现在大家面前，让我们猝不及防，手足无措。

大哥一向不抽烟，我们陆续从父亲的房间出来到堂屋时，他破天荒地手里夹着一根烟，鬼知道他的烟从哪儿掂来的，肯定不是父亲屋里的，父亲从来不抽烟，他只是喜欢喝一点酒，那也是母亲在世的时候，不多，每天就一小盅，很满足地把酒喝得吱吱啦啦。那时母亲最爱坐在旁边陪着父亲，也不说话，就看他一副有滋有味的样子。母亲去世后，父亲忽然就不喝了，怎么劝他也不喝，说是人老了，对酒没感觉，没感觉的酒喝来伤身。我们兄妹也就不再勉强。只是父亲自此又少了一种乐趣，大家看着，心中不免有些怅怅的。但这种怅也不过是落到眼里的不忍，大家都有自己的小日子，一踏进自己的小日子，那怅就淡了，远了，没了。情趣越来越少的父亲是怎样度过他的每一天，没人愿意再去想，想了，反倒成了自己的负担。

大哥见我们都出来了，弯腰把手头上的烟摁灭在地上，他摁得很用力，一个黑黝黝的小点像夜落下的一滴泪，突兀地钉在被暗淡灯光照得有些泛黄的水泥地上。我们都黯然地看着大哥，等着他开口。

大哥讷讷地，这不像是他的风格，他说话一向跟不断流的水一样，不疾不缓，徐徐而来。大哥是县税务局的收税员，平时为人也很平和，可能是工作性质的关系，他的话就是多，有时候逮着一个倔一点的商户，他能一直说到人家喊爹叫娘，他说话也不是那种密不透风的语速，但别人就是没有办法见缝插针，好不容易插几句吧，还哪哪都不是味儿，就像萝卜和绿豆，全方位都没有相同的特质，最后只能乖乖地把税如数缴纳。大哥此时的讷，可见是事儿没想全，不知道怎么说才好。

我们都默默地等着大哥措好词，谁都不愿意第一个打破这沉默。

大哥沉默不下去了，终于说道，大家也看到咱爸的情况了，以后肯定要有人来照顾，咱兄妹商量下一步该怎么办，你们有谁愿意住过来照顾一下他呢？

大哥的话说得很巧妙，他问的是"你们"谁愿意过来，这个"你们"里面显然不包括他。

二哥性子绵软，但脑子转得比我们都快，只是有时候脑子转得过快，反倒容易做些占小便宜吃大亏的事。大哥话音刚落，我和姐还有三哥都互相对视一眼，二哥根本就不看我们，冲大哥嘟囔了一句，大哥你家来人多，爸这里地方也大，要不你们就搬过来和爸一块住得了！

大哥似乎也料到会有这样的说法，苦笑了一下，叹了口气道，你以为我不想啊？可是你们也知道我的工作性质，整天都在外面跑，你嫂子又没有个耐性，甭说照看咱爸了，她连自己都摆不平，你们看看我家那碗那碟，没缺口的已经找不到了，这都换了几套餐具了！

大哥说得没错，大嫂确实是个粗心的人，她一边做饭一边打电话，能眼睁睁地看着饭菜煳在锅里她都没有反应；洗个碗吧，一甩手，不是掉地上摔碎了就是磕到水池上或龙头上豁个口，更离谱的是她吃饭的时候还能被豁口割伤嘴角。大哥拿她一点辙都没有。偏是大嫂家亲戚还多，今天这个来明天那个来，总也断不了来人。大嫂在她家那边是好客之人，再远的亲戚也是笑脸相迎，末了还总送人家大包小包拎走。大哥心宽，对于大嫂那边的亲戚从来也不怠慢，一片热忱。人的精力总是有限，厚了那边，难免就要薄了这头。我们去大哥家，大嫂明显就懒散多了，要么早早地出门和朋友逛街，或打麻将，要么就只管跟我们诉苦，诉的是她每天上班有多累，大哥却是只顾着工作，一点都不知道体贴。弄得我们只好不把自己当客人，起身去替大嫂操持家里的事务，好让她歇息。有时候和大嫂家的亲戚撞到一块儿了，也只能我们去打点，招呼着那一帮客人，然后在厨房忙前忙后，吃过饭了再收拾一下，待消停下来，也就到了告辞的时候了。其实大哥还真没大嫂说的那样把工作当回事，一个小小的收税员，琐碎是琐碎了点，但也无须投入所有的精力，所以只要在家，大哥诸事都自己上阵，绝对表现出一个勤快的好男人形象。我们也都知道，大嫂对我们是很计较的，平日里把大哥看得也比较紧，逢了我们兄妹有些什么事想要大哥帮衬一下，最好先找大嫂，不然，一旦大嫂知情，那是要跟大哥一通闹的。我们知道大哥好面子，却又做不了大嫂的主，所以一般也都不怎么找他。反正各家都有各家过日子的法子，谁也不是要在谁家硬生出些事端来。

大哥确实也有他的难处，我们都理解，要不，又何须大哥把我们叫到一起来商讨呢。

解释完，大哥看着三哥，问道，老四你看呢？

三哥在我们兄妹五个里面算是读书好的，是我们家唯一的大学生，只是生不逢时，毕业的时候正赶上大学生分配政策变化，哪里来的分配回原地。三哥在学校谈了个女朋友，两个人如胶似漆，就差拜天地进洞房了。两个人商量好，我家兄弟多，三哥跟她的女朋友走。但政策是国家定的，谁也逆转不了，我们家也没什么过硬的关系可以帮三哥调到他女朋友所属地，亲戚里最大的官当属我的姨夫，他是省企的工程师，听起来好像很有噱头，但除了机器上的问题，姨夫几乎什么都管不了，走出去认识的人还没有我多呢！毕业没多久，回家当了教书先生的三哥含泪与女友分了手。失恋的三哥几个月都意志消沉，给学生上着课都能站在讲台上发起呆来。学校的领导不干了，这样的老师明摆着是误人子弟。跟三哥谈了几回话都没能把他的心拉回来。

那时的学校领导还是有着一颗悲悯的心，把三哥当成学生来看待，晚上跑来我家跟父亲母亲谈。这是多大的事啊！能分配个工作多让人羡慕，再犯浑，谁也不会拿工作不当一回事啊。母亲一看三哥都沉沦成这样了，当时眼泪就吧嗒吧嗒往下落，砸在她手里的茶水里，发出咕咚咕咚沉闷的声音。父亲一向见不得母亲的眼泪，一下子怒火冲天，学校领导刚送出门，他就抄起门后的一根竹棍，一脚踢开三哥紧闭的房门，抡起竹棍朝床上躺着发愣的三哥不管不顾地一顿胡抽，打得三哥号叫着从床上爬起来，曲着双手护着头，却不躲不闪。母亲从堂屋跑进来，扑到三哥的身上，拦着父亲。父亲自己打得也心疼，只是三哥犟，不肯向他低头，他也收不了手。见母亲进来拦挡，父亲就势扔了竹棍哼哼着走出三哥的房间。这一顿打不知道是把三哥打醒了还是打怕了，从此三哥定了心，认真授起课来，他是一个教书的好坯子，只一个学期，他带的几个班语文成绩明显上升，年终的时候，学校还给他评了一个优秀教师。这对刚从学校出来的大学生来说是从来没有过的，三哥不愧是我们兄妹五个里面最得父亲疼爱和赏识的。

三哥结婚很晚，或者是为了缅怀他那一段无果的爱情吧。三嫂不是多么漂亮的女人，但绝对是个温润如玉的女子，比我还小一岁。三嫂在此前也了解三哥的那一段情感经历，她对三哥的好是从骨子里散发出来的，一点都不刻意，看不出其中掺有杂质。结婚的时候，三哥不愿随了小县城的风气，坚持不办酒席，三嫂真是不俗，不办就不办，两个人也就到鄱阳湖乘了几趟渡轮。就是乘渡轮，也是三哥揣了私心，是大学时他和女友的一个约定，尽管鄱阳湖离我们县并不远，也就一个多小时的行程。三嫂是何等聪慧之人，岂能看不透三哥的心思，但她就是毫无芥蒂地跟着三哥走了，吹着鄱阳湖潮湿的风，完成了她婚姻的首次旅程。三哥确实是幸运，一个普通的中学老师，在婚姻生活中，过的却是不沾油烟的日子，放眼我们那座小县城，能有几个男人？连大嫂那样没把我们这一家子往眼里瞧的人都说老四这辈子太值了，虽然我不知道大嫂说的"太值"是指什么，但我清楚的是，三哥的憔悴感没有了，眼神中的恍惚和悲伤不见了。三嫂就像是一汪深潭，细细洗刷着三哥内心无尽的寒凉。三哥就那样被暖了过来，像经受了数个严冬的树木，一直隐忍不发的嫩芽终于绽了出来，他自己都没想到会逢了这样的春，翠绿得都有些不像样了。

三哥是最后一个搬离父母家的，若不是父亲催着，想必他与三嫂也就一直与父母住着也说不定。但父亲说他和母亲互相照应着，也没什么不方便，三哥留在家里倒显得有些多余了，何况，学校已经在建最后一批集资房，若三哥一家不在学校的公寓房里过渡，怕是享受不到分房了。这样一来，三哥才举家迁往学校，相比之下，他与父亲的关系也自然比我们几个更多一份亲近。

见大哥问到他，三哥连犹豫都没有，爽快地应承道，反正梁小房住校，我和年子在学校又住得闹，搬回来住着也好，清静。你们平时谁要有时间就过来跟爸聊聊天，要没有时间，也不用惦念，以前什么样，以后还什么样。

三哥爽快得有点不真实，谁都没想到这么利索。二哥倒有些不自在了，他疑惑地看着三哥说，小光你可得想清楚喽，搬回来住没问题，重要的是要照顾好咱爸！你就不要跟年子商量一下？

小光是三哥的绰号，小时候他跟大哥二哥玩牌总是被他俩打光头，大家就叫他小光，叫的年头长了，三哥也就无所谓了。二哥这是在提醒三哥。

三哥笑笑说，咱爸这么多年没少为咱兄妹劳力费心，他有什么也都是自己扛着，从来没让咱们替他担过一天心，现在他动不了，就算是上天眷顾我们，让我们尽份孝心，来照顾照顾他了！三哥说得云淡风轻，刚才还一脸愁苦相的大哥脸上也泛出羞赧，怎么说他是老大，但他却是第一个将自己拎出去撇清这些事务的。

三哥又笑道，这样我在学校的房子就空了，大哥咱们两家离得近，你那里要再来人周转不开，可以放些人去帮我看看家！

三哥真不愧为教师，说出的话不光贴心，还暖心。不知是大嫂哪家亲戚的两个孩子，因为住不惯学校的宿舍，挤在大哥家的客房，平时倒也没啥事，但一来其他亲戚，大哥家就显得局促了，打地铺就成了常态。大哥也时常发愁这种常态的不正常性，但大嫂很享受被亲戚们赞扬的感觉，他又能说什么呢？

大哥为难的问题让三哥轻而易举地解决了，倒显得他将我们召集在一起的隆重感有些小题大做，或者他思虑太多。大哥可能也意识到这一点，他轻咳一声，说既然老四搬回来照顾，咱们就再商量一下我们该做些什么。这是个同样现实的问题，父亲是五个人的父亲，不能三哥承担照顾父亲的义务，我们就将自己推个一干二净。

二哥挠了挠头说，咱五个人里面，我是最不讨咱爸喜欢的，家里经济状况又差，勤勤刚上大学，到处都是花钱的地方，我这土里刨食的，也刨不出几个钱来！

见我们齐刷刷地盯着他，二哥似乎有了压力，接着话音也变了，再怎么穷义务是要尽的！我们也不知道他前面那些话到底想要铺垫什么。

姐冲着大哥说，哥你说吧，说什么我都没意见，我虽是嫁出去的女，但是离家近，以后我也会回来得勤一些，帮衬一下老四。小妹离家远，回趟家要来来回回折腾不少时间精力，还老贵的车费。咱们就别盯她太紧了，以前爸妈的好多生活用品都是她给配置的。

二哥低着头，拿脚后跟踢着他屁股下凳子的腿，边踢边说，大妹话不能这样说，以前爸妈身康体健，买什么都是一个乐呵，现在不一样了，爸爸现在的情况可是不容乐观，处处都是要花钱的——

我赶紧打断二哥，我没关系，爸的费用我可以掏一半。

姐瞅我一眼，是嫌我多了话的那种眼神。我知道她心疼我，我和黄家洋正在闹离婚的事只有她知道，她这是想要替我在兄长们面前挡挡事，让我少些烦心。

我嫁得远，这是妈妈在世时心里难解的结，不是因为距离，而是黄家洋这个人在妈眼里实在不可靠。事实是黄家洋也的确不可靠，不管我以怎样的忍耐力对他委曲求全，他还是按捺不住他那颗春风荡漾的心。儿子上初中后，他忽然变得很有爱心了，主动要求去参加家长会，还经常就儿子的学习问题与老师进行沟通。我以为他这是迷途知返，立地成佛了，心里很是安慰。王宝钏寒窑苦守十八年，矢志不移，我道行浅，守了十三年，已经身心疲惫，这时候忽然看到黄家洋带来的曙光，自然是春风暖百花开了。可惜一切都是假象，不是黄家洋入了道成了佛，而是儿子的班主任是他初中暗恋过的同学，不到四十岁的女人，风姿绰约，丰韵依旧，最离谱的是班主任只擦身而过的一瞬，就将临近中年将福未福的黄家洋给认了出来。年少的梦以一副依然清新的样子出现，黄家洋岂能不心动。郎有情妾有意，黄家洋名正言顺地密切着和儿子班主任的关系，直到儿子初中毕业，我才发现自己不过是寒霜覆旧梦，连旧梦也不如黄家洋，只有残破和伤痛，没有一点可供回味的脉脉温情。一个家如此不堪，我再没有精气神去撑起这个破絮一样的家，主动与黄家洋提出离婚。

我永远都无法猜透黄家洋，他数年前就动辄以离婚来要挟我，而现在，面对我的积极主动，他却退避三舍，王顾左右，甚至不惜游说儿子。我以为自己是给了黄家洋他想要的，没有家的桎梏他不是更加自由嘛！我自是心疼儿子，儿子懂事，父亲的所作所为他心里是清楚的。儿子偷偷跟我说，如果我要离婚，他只会支持我！没有幸福可言的婚姻就是牢狱！儿子脸上那与年龄不相称的成熟让我心如刀绞，也让我彻底灭了与黄家洋维系这段苟延残喘婚姻的念头。

爸妈一般也不提黄家洋这个人。当初他们让我嫁给黄家洋的时候还以为自己的女儿除了可以为这个男人倾付韶华外，从此还过上幸福不言悲伤的生活。他们的想法是那么真实和简单，却忽略了作为商人后代的黄家洋有一颗与生俱来的寻花问柳之心，婚姻只不过是他暂时需要的一张薄纸，他要来只是为了在上面留个印迹，然后用这印迹来抵挡或者说解决他寻花过程中可能会发生的一些意外。黄家洋在我们村办耐火砖厂赚了一笔钱后，便带着怀孕的我回了他的浙江老家，父母想对我表示一下关怀都鞭长莫及了，回了老家的黄家洋开始在我们的生活中制造无数个混乱，我在这些混乱中努力生存着。远隔数百里，爸妈是如何洞察我婚姻的不幸我不得而知，我生下儿子满月不久他们就让二哥过来接我回家调养了几个月。作为丈夫，黄家洋唯一的好便是我在家生活的这几个月，他寄来的钱足够让村里好多人眼红，但这已经不能给爸妈安慰了，他们拒不接纳我递给他们的钱，而且也绝口不提黄家洋的名字，这个男人像颗生锈的钉子，狠狠地扎进爸妈的心里，拔不出来也无法碰触。妈去世前几天，已经说不出话来，扯着我的手不肯松开，一双浑浊的泪眼满是伤悲地盯着我，我知道她是不放心我，她一直认为她是造成我婚姻不幸的罪魁祸首。我轻轻擦拭着妈妈眼角不停涌出来的眼泪，笑着安慰她，说我儿子是黄家洋的宝，有了这个宝，黄家洋安静多了，他也是为人父的人，总会有顾忌的；黄家洋现在也很体贴我，每天晚上都回家吃饭呢；家里雇了一个阿姨，帮着照看家，照顾儿子；我已经出去工作，赚的钱都可以养一大家子了，不过黄家洋每月还是会给我很多钱用于家用……其实很多事都跟妈说过很多遍了，但妈还是喜欢听，我一说起这些，她的眼角就不再有泪，于是，我将这些真真假假的话反反复复地重复给妈妈，同时也重复给爸爸。

我跟黄家洋说过，除了带着儿子要栖身的房子之外，我可以不沾家里其他的任何东西，我会凭着自己的能力来供养儿子上完高中和大学。姐这时的帮衬，就是担心我若真与黄家洋离婚，再供奉父亲的话，我的生活会非常艰难。可事关父亲，作为女儿我不能避开我应尽的义务，嫁得远总不是理由，钱也不是能安抚我们内心的凭证，我只是不愿意自己的父亲在为我们遮风挡雨了多少年后，在他无法自理的时候再被我们用另外一种方式来拒绝。何况我内心还有对父母的愧疚，我无法像我的兄长和姐姐一样，家里有个风吹草动就可以随时过来照应，安慰老人。以前家里有些什么事我总是之后很长时间才会知道，而且中间会被省略很多过程，我所能感觉到的，不过是事后的天高云淡，风轻浪平。我很感谢我的家人们，他们用这种方式来表达着对独在异乡的我的关爱！我无法回报他们，若是钱真的能让父亲复原，让所有的亲情依如当初那般美好，我愿意倾其所有！

大哥摆着手说，父亲是咱五个人的父亲，哪能要你一个人拿那么多钱。咱先说说给父亲请个保姆的事吧，老四一家白天也都要上班，不好照顾父亲，我刚才细想了一下，与其找别人来照看，不如找自家人，一是自家人照顾得精心，二是咱们也放心。你嫂子他堂兄弟这段时间也没什么事情可做，离咱家也近，我考虑他能不能白天帮着照看一下父亲的起居，闲时跟父亲聊聊天，这样也有利于父亲的病，你们看呢？

其实能找个人来照顾父亲自然是好，这样三哥他们就没那么辛苦了。我们都点头同意大哥这样的安排。二哥望着大哥挠挠头，一副欲说不说的样子，大哥果然是跟那些小商小贩打惯交道的人，善于察言观色，一看二哥的神情便知他想要说的话。大哥说，咱爸的情况大家也都清楚，属于完全不能自理的那种，一般人也是不愿意服侍这种病人，你们也知道现在稍有能力和体力的人都出去打工了，谁愿意窝在家里守那蔫黄的三分地啊！咱要留得住人就要出得起那个价对吧？不能给得太低，对不住人家，还不见得尽心，太高呢，咱们也承不住，就三千块吧，剩下的工作由我去做。总之，咱们是尽着为父亲的好去想！你们说呢？

大哥这样的安排似乎早已成竹在胸，只是借着这个机会跟大家透个气而已。就这点我们都没意见，请人照看父亲是必需的，之前我们都担心父亲的身体状况，谁也没有往这方面想，大哥到底阅历丰富，心思也缜密，比我们想得要实在得多。

我和三哥都表示没有意见。二哥没吭声，看样子心里还是有想法的。姐犹豫了一下，说，这护理费有些高了，既然是亲戚，咱也不说什么了。可是大嫂家那堂兄弟，人人都知道他游手好闲，他能耐得住性子来照顾咱爸？

姐这一说，二哥赶紧应和，我也是这个意思，那田鸡哪年出去打工不是一身伤还一身债的回来？在外偷鸡摸狗不晓得挨过多少回打了，让他来照顾父亲，我也不赞成。到县医院找个护理也高不过这些钱，还都是有经验的，咱何必弄一个啥也不会的人来，照顾不好父亲咱心里也不自在，可别到时候请神容易送神难……

大哥可能早就料到有这种结果，沉默了一会儿，问二哥，那你说找谁？

二哥张了张口，没说出来。

姐看了二哥一眼，扯了三哥到一旁，轻声说着什么，三哥不说话，只是点头。然后两个人再过来，姐对大哥说，大哥，我刚和老四商量了一下，要不就让二哥家搬过来吧，老四是初三的班主任，早读和晚自习都要带班，再往家来回跑，也挺辛苦，弟妹也是不方便的。反正咱是要请人护理父亲的，不如索性就辛苦二哥一肩扛了吧，该出的护理费咱还照样出，地里那些活不是农忙的时候抽个空去打理一下就好了，你看行不行？

二哥看着姐，脸上讪讪的表情，他看大哥半晌不说话，就摇着手说，我可以帮着照料，护理费就不要了，我也是父亲的儿子啊，要你们给我钱，说出去不让别人指着我鼻子骂！

三哥拉了二哥一把，说，二哥，别这么说，这事儿一码是一码，混在一块儿说就真说不清道不明了。

大哥把手伸到口袋里摸索着，还是三哥有眼力，赶紧从二哥口袋里掏出打火机来，果然，大哥口袋里是装了烟的，一向不抽烟的他怎的就像常态烟民一样将烟随身携带了呢？三哥把打火机递给大哥，大哥点上，深吸一口，然后轻吐出一股淡白的烟柱，他眉心那深凹的"川"刀刻一般，这就使他那张脸多了一层悲怆，好像他的人生历经了无数悲剧。

我也觉得二哥住进家来，无论是从哪一方面来说都比三哥更为合适。但是大哥被烟迷住似的，光顾着往外吐烟，半天都不理会我们四个人的期待。

二哥有些不安，搓了搓手说道，要不，要不就还那田鸡来照应吧，大嫂那……

大哥狠狠吸了一口烟，眼瞅着烟头上的火光吱吱蹿到烟蒂，他把烟蒂一扔，说，就老二吧，懂父亲的性情，也能尽心。

二哥的话倒是提醒了姐，她问大哥，让田鸡来照顾咱爸，是大嫂跟你提议的吧？

大哥迟疑了一下，点了点头。

姐撇了撇嘴，不满地说，我就知道，只要是沾着钱的事，她一准是要掺和的，不占便宜的事，她倒是又躲又推的……

我赶紧碰碰姐的胳膊，示意她别再往下说，大嫂的性情我们知道，她的热心与大度在她的亲戚里是无底线的，以大哥的严谨与缜密，他对爸爸的安排应该是深思熟虑的，绝对不可能考虑让田鸡来护理，那个连自己都保不全的人，怎么可能护理好一个卧床而且变得敏感又沮丧的老人？大嫂明显是只想着替她堂兄弟谋一份差事，至于是不是能照顾好父亲，那就不是她所要关心的范畴了。大哥是为难的，他不能逆了大嫂的意思，大嫂的尖锐很多时候就像一把明晃晃的刀，防不住它哪一刻就直通通地杀了过来。明知道田鸡不适合，大哥还是不得不把他给推荐了来。他的烟大概就是为这事准备的吧。我很有些同情大哥，他在大嫂跟前的怯弱与我们兄妹对他的推崇、尊敬如同磁石的两个极端，他在这两个极端中走得尴尬而疲惫。

姐的口无遮拦还是让大哥有些难堪，他抖抖手，又准备摸口袋。见我们都看着他，他的手停了下来，自嘲地笑笑，你大嫂……咳，她这也是为了咱爸好，就是推荐的人选确实欠了考虑……有大弟来照料爸，是更合适呵！

说完，大哥的手再次娴熟地摸进了口袋，掏出一支烟，顿了顿，又掏出一支来扔给了二哥。二哥手忙脚乱地接住，到口袋里掏出打火机，还是先给大哥点了，然后再给自己点上。

这就算说好了父亲护理的事。

再说到父亲的医药费，虽然父亲参加了社保，但报销后所剩的医药费还是需要个人承担的。三哥说他家境好些，负担也不重，就由他来承担好了，至于以后，视情况再定，需要大家出手的时候还望能够出手。三哥说完看着大哥，大哥的目光不知落在何处，脸上却是一副不知道如何担当的表情。我们也能理解他，大嫂看他很紧，工资是每月一分不少地落在大嫂手里，家里的开支他是做不了主的，他所能活动的经费，就是单位发的一些加班费和过节费之类，就是这每个月算给父亲的护理费用，没有经过大嫂，他能不能在大嫂那里通得过还是个未知数呢。这也是为啥大哥仅仅把我们兄妹召集到一块，却不提五个家庭在一起商讨的原因，他是怕人多心不齐，左一个不同意右一个通不过的。

问题到底要比大哥预想的简单，毕竟我们兄妹五个是一个娘胎里出来，商讨的还是父亲的事，什么事都好说一些，至于其他干扰，各自再做工作吧。

在讨论完父亲的医药费用后，大哥的表情明显轻松了下来，忽明忽暗的灯光下，他的脸上终于不像刚才一脸的苦楚了。

这些天来，我们一直担忧着父亲的病。几年前母亲的去世给了父亲重重一击，母亲一直就是他的精神支撑，这个支撑一下子没了，父亲明显有一种垮塌的感觉。在我的印象里，父亲一直就是严肃、刻板，不苟言笑，无论什么时候，只要我们一犯了他认为的错误，他是一定要在母亲面前冲着我们咆哮的，他要是不咆哮，我们就要担心了，因为父亲只有在身体欠佳的时候才会对于我们所犯的错摆手而过。就像当年他用棍棒把三哥打醒，还曾经端着一根几米长的竹篙把二哥围着乡政府的楼追了十几圈，在乡里一时很轰动，却只是因了二哥当时跟同学逃了课去邻村看了场戏。后来我们一个个结婚生子，父亲的威严也还在，但轻易不跟我们发火了，有了让他不痛快的事，就拉长个脸，对我们谁也不理，只跟母亲一人说话，好像我们兄妹小时一样，不存在彼此的家庭，大家不是群体，而是一个独体，不管谁惹了他，那一准就是我们——这五个家庭让他不开心了。母亲一过世，父亲就完全不一样了，他变得像个真正的老头，不再冲我们发脾气，也很少跟我们聊天，逢到我们大家都聚到一起的时候，他也不插嘴我们所说的任何事，只是端把椅子坐在旁边，听我们说，或者提醒一下哪个顽皮的孩子，再或就是像个服务生似的不停地给我们续茶水。母亲的去世像片砂纸，磨去了父亲性格中所有的粗粝，剩下的，就只有模糊的一片。父亲突兀的改变一开始让我们非常不适应，都不知道该用何种方式来对待这个把日暮分明刻到额头上的老头。

最明显不知所措的是二嫂，二嫂是那种说悄悄话都要嚷得满世界皆知的人，父亲在我们面前的威严二嫂其实是很不屑的，时常不管不顾地当着父亲的面冷言冷语。父亲对我们兄妹是绝对的权威，我们都不敢明面上拂他的意，但对儿媳和女婿，他的态度就温和许多，一个桌上吃饭，他一般要招呼的也只有儿媳和女婿，我们兄妹，似乎就只能劳烦母亲了。父亲性情的变化反倒使不那么怵父亲的二嫂有些无所适从，她悄悄问二哥，怕不会是父亲也要有什么事发生吧？他安静得让人害怕。二哥这时候就特别男人地呵斥二嫂几句，最后又叮嘱二嫂以后切不可再如此胡说八道，二嫂居然也没因此跟二哥闹腾。要知道，二哥对二嫂那是话说稍重一点都可能引发一场家庭之战的。二嫂与大嫂的性格不一样，大嫂习惯的是冷战，她一般不与大哥吵，只是冷着大哥，任凭大哥跟她说什么问什么，她绝不理会，哪怕天塌下来，也是一块千年不融化的冰一样。二嫂却是个暴脾气，心里窝不住事儿，凡事也喜欢争个长短，但脾气来得快去得也快，往往跟人有了争执，这边还满心满肺地伤心委屈着，她那边已云淡风轻，没事人一样，该吃吃，该喝喝。二哥是精明人，但好面子，遇上二嫂的大嗓门，他就如同被太阳晒蔫的草，一点精神头也没有。

连这么粗枝大叶的二嫂都能感觉出来，可见父亲的变化在我们家确实巨大。

父亲住院的时候，我们就已经看出大哥的重重心事来，只是那会儿，你来我往，忙着照顾父亲，谁心里都揣了一腔担忧，就是几家人相对齐整地聚到了一起，也不好就父亲病以外的事说些什么，谁说了都显得有居心。我们兄妹尚且如此，我那三个嫂嫂就更不会主动去说了，躲都躲不及。这会儿终于商讨完毕，没有那么多坡坎，好像也没人有太多的想法，都顺理成章的事，说来说去也就孤身一个老人，五个家庭能齐力扛起来的，还有什么呢？

依我对大哥的了解，他起初一定以为我和姐会避开与钱有关的事，毕竟我们是嫁出去的，就是那一盆泼出的水，既然都泼了出去，怎么还可能再收拾回来滋养这个家？剩了兄弟三个，二哥家境弱，而大嫂又是不待见我们家的，他是老大，逃不了直接面对和解决，父亲就变成山一样重的问题，压迫着他，苦恼着他。现在，大哥终于放下了。我们也都放下有关父亲的话题，顺势扯起些其他的家长里短。二哥这时候尽显了父亲的角色，去厨房烧了一壶水拎过来，给我们每人冲泡了一杯茶，茶是去年的陈茶，父亲自己炒制的。每年屋后的茶叶长开时他挽着篮子采上几筐，然后放在干锅里煸炒，炒到茶叶略有些泛黄，再把茶叶揽到筛子上，他一把一把地揉搓，直搓到茶叶蜷成一溜，才又放入锅里烘干。放了一年的陈茶冲出来的味道自然不如新茶，甚

206

至还有一种搁置许久的浅淡的霉味，但我们兄妹还是喜欢这样的茶，不是茶的味道，只是因为父亲年年的采摘和制作，为我们团聚的时候可以围坐桌前捧一杯香气氤氲的茶。

夜开始深了，变得祥和与安宁，喧闹被黑夜悄无声息地吞噬，白日蓬勃疯长的欲望慢慢退却，一切都要从头开始，就像春天的草芽一样，经历了冬天，要从土里重新生长。哥哥们的电话此起彼伏地响起，该回家了吧，回家等着他们的会是什么呢？哥哥们又陆续去看了父亲，然后告别，各自离开。这漆黑的夜，就算路程不算远，他们也得走好一会儿呢，何况，今年他们要面临的，或许比这夜色更加沉重。

姐不肯走，说是在二哥搬来前，她就和我一块住在家里，也好照料父亲。我笑笑说，还是早点回吧，免得姐夫担心。姐夫已经打过两个电话了，说已经出门过来接她。第三个电话打来时，姐才出门迎姐夫去了。她走前不停地告诉我，如果有什么事一定要给她打电话，千万不要再扛着，一个人照顾父亲已是很辛苦了。

我冲着姐微笑，她就是这样，跟在世时的妈妈一样，对我什么都放心不下，总觉得我一个人孤身在外，又遇人不淑，十几年的婚姻生活，心里是憋着无数委屈与苦楚的。她心疼我，从不肯让人说我一点不是。父亲七十岁生日那天，我带着儿子回来，却以黄家洋的名义给父亲包了一个红包，结果父亲死活不肯接，说这个男人的东西他是绝对不会接受的。后来姐无意中听到几个嫂嫂的谈话，大嫂冷笑着，说我明知道父亲不会接纳黄家洋的贺礼，却偏以他的名义，这是在玩心计呢，明摆着是不想让父亲收下这个礼包。二嫂附和着，说我们父女在玩双簧呢。

依老家的规矩，儿子替父母操办寿宴，谁出面操办谁收受所有的礼包。因为我是女儿，只能直接将红包交给父亲。

姐听了后气愤不已，直接冲了过去跟大嫂和二嫂吵闹了起来，说她们才心思不纯呢，是眼红了这样的大红包拿不上，才这样诋毁老五！老五待你们也不薄，哪次回家不尽着心，该出的出，该做的做？这个小姑子什么时候薄待过你们？你们身上最显贵的衣服，难道不是她给你们买回来的？她的生活如何，你们又可曾关心过，对她关爱过？凭什么就对她的一份孝心这般指手画脚的？

嫂子们无语，背后是非本是不妥，而我与黄家洋的不睦她们又都是知道的，就算我以黄家洋的名义替父亲祝寿，名义上也是应该，毕竟我和他还是夫妻。

姐对我不管不顾的呵护让我心生感激，有时候连姐夫都嫉妒我，说要是他被老婆这样地呵护，他下辈子都不敢忘了这个女人。

送走姐，我回到父亲的屋里，五兄妹中，我是唯一一个不会被电话打扰的人。暗淡的灯光下，父亲有些呆滞的脸上，那双不那么灵动的眼睛就那么一直看着我。我笑着对他说，都走了，明天还都会回来的，只是大哥有些事不好与大嫂交代，不过没关系，大哥会处理好的，不管怎么说，大嫂也是个明事理的人，不会跟大哥大闹的；二哥这两天就要搬过来，他那么细心，会照顾好您的，就是二嫂的嗓门大点，您就没那么清静了。您一个人清静了那么久，就当以后有人陪您聊天；还有我三哥，他可真是个好有福气的人，三嫂对他还像以前一样，她是怎么做到这么多年对三哥如此贴心和关爱的呢？您看您看，当年要不是您一棍子把三哥打醒，他要沉沦下去说不定就错失三嫂这么好的女人；还有姐，姐夫对她还是那么好，懂得心疼她。当然，还有我，您外孙太懂事，学习一点也没被我和黄家洋的关系所影响，考个重点高中一点也没问题。黄家洋也答应离婚，他除了与我没有感情外，其实并非十恶不赦的男人，除了房子，还非要留一笔钱，我不要，他说就当是以后留给儿子的。

……

我絮絮叨叨地说着，没有缝隙。多少年我没有单独与父亲独处过，有多久没有这样跟父亲说话了？我总是怕他忍不住会问及一些事，而躲避着与他单独相处的机会。躲避不开时，虽然我很努力地在他面前演绎着世界并非沧桑的童话，却更多时候不过是沉浸在自己的情绪里。对父亲感情的忽略使我

208

即使一年只回来一趟也没能真正用心去与他交流过。

父亲的眼睛还是一错不错地看着我，嘴里发出轻轻的"唔唔"声，我明白，他这是在我流水一样的话里应和我，他不能与我用正常的语言交流，但我说的话，他却是听得懂。

现在，我不再需要躲避了，甚至，我多么希望父亲能一如既往地搬把椅子坐过来，眼神继续威严着，问我那些曾经我不想说的话。我多么希望面对父亲的询问，能开心地告诉他，我的工作已足够我生活得好好的，我就是不要黄家洋的钱，也可以和您的外孙——我的儿子生活得无忧。

我握着父亲的手，放慢了语速，像拉家常一样慢慢说着。夜静谧了，春夜，还有些料峭，我轻轻替父亲掖了掖被角，他已经睡着了，脸色平和，微微上翘的嘴角告诉我，虽然他不能正常说话，他需要我们的照顾，但他睡去的这一刻，却是心满意足的。

寂寞的喜字

　　文紫苍白的脸色被大红的胭脂盖得结结实实，所有人看到的都只是她喜庆光环下的年轻和美丽，没有人注意她眼神中流露出来的其他东西。她站在热闹的人群之外，冷冷地瞅着那个同样年轻也美丽的女人被送进洞房。洞房的大红烛是她亲自点燃的，她为丈夫点燃了不属于自己的红烛。新房的每一扇窗每一面墙上都张贴着大红的喜字，就连桌子、椅子还有宽阔的床上都是喜字，那是个喜字的海洋，也是她亲手布置的，她在张罗佣人们贴那些喜字时惊惶地看到内心深处隐埋着的悲凉。

　　新房很冷清，老爷还在大堂里应付着那些贺喜的客人，送新娘入洞房的女佣也悄然地退了出去，唯有红烛在静静地流泪。

　　文紫推门进来，看到新娘惊慌失措的目光，她想笑笑，可心里向外透着冷，这份冷叫她无所适从，那笑便像一朵中途夭折的花朵，凄凉地凋谢了。

　　她埋头抚摸着那些大红喜字，每摸一次，都回过头去看一眼那个叫雪子的新娘，把所有的喜字都摸完，她才说，知道吗，这些喜字都是我剪的，我从来没把喜字剪得这样精细过，你看，它们是不是一个个都很漂亮？

　　雪子跟着她去看那些喜字，一副茫然无措的样子。

　　她笑笑，轻轻从墙上扯下一张喜字来。喜字粘贴得并不结实。

　　这些仆人做事向来敷衍，我在旁边盯着，他们还把喜字粘得这么不经心，恐怕他们也知道这些喜字要不了多久就会褪色吧。她说。

　　雪子不语，只是疑惑地望着她，还有她手中那张完整的、薄薄的喜字。

210

离杜家庄不远，也就五六里地，是文家村。在文家村，文紫也算得上是个知书达理的女子。有一年，清明节之夕，杜老爷去文家村，路上遇见文紫和她的女伴们在路边的茶地里采茶，文紫长得漂亮，身材又好，天性活泼好动，在茶丛里一边唱歌一边四处乱窜，打闹间，文紫蹿到马路上，惊了杜老爷的马，马一撩前蹄，把不胜防的杜老爷从马背摔了下来。文紫吓坏了，瞅着趴在地上的男人，愣怔了，没反应过来上去扶人家一把。还好杜老爷只是被摔痛，没什么大碍，从地上爬起来拍拍身上的尘土，扫了呆愣的文紫一眼，一脸的怒气立马烟消云散，冲着文紫笑开了。这一笑，文紫才反应过来，赶紧上前道歉。杜老爷摆摆手，说了句不打紧的话，很随意地问了几句文紫家里的情况，然后策马离去。

文紫弄不明白，她惊了杜老爷的马，杜老爷不但不怒，从地上爬起来后反而还笑了，他的那一瞥怎么就将她看进了眼里。第二天，杜老爷带着人来提亲时，文紫望着杜老爷的眼神诧异极了，这时候的杜老爷比起她前一天见过的那人可有气质多了。杜老爷微笑着对她说，文紫姑娘，咱们有缘！她居然半晌说不出话来，咬着嘴唇还点头。父母一看她那模样，想必女儿心里已经同意这门亲事，就收下了杜老爷的见面礼。

很快择日成亲，吹吹打打的热闹中，在颠得头晕眼花的轿子里，文紫忽然哭了，她还在懵懂之中怎么就嫁人了呢？嫁的还是一个她只见过两次面，比她大十几岁的男人。她心里尽是伤心和委屈，但到底是怎样地伤心，是怎样地委屈，却又糊里糊涂。

所有的客人都走了，杜老爷挑开文紫的盖头，发现她脸上的妆已让泪水冲得一塌糊涂，竟哈哈大笑起来。笑毕，他让佣人拿来一条热毛巾，亲自动手轻轻地擦拭着这张年轻的脸。文紫清秀的脸渐渐从残妆里显露出来，她也近距离地看清楚了面前的这个男人，男人其实很英俊，尤其那双眼睛，笑起来眼角向上微挑，很迷惑人。他看上去一点都不显老，脸上平展光滑。杜老爷也温和地看着她，那眼神竟像水一样柔柔地流动，她有些惊异，一个年近四十的男人怎么会有这样动人的眼神？她被这眼神软化，一瞬间就将这个男

211

人融进了心里。

　　屋里有很多很多大红的喜字，文紫把这些喜字在墙上贴得重重叠叠，可她仍在剪。大大小小的喜字，剪得满地都是红纸屑。女佣轻手轻脚地将地上的碎纸屑清理干净，不一会儿，地上又铺满了。那些剪好的喜字没地儿贴，她一张一张地将它们摆好，绝不让女佣帮她的忙。她盯着那些喜字，喃喃地说，这些字剪得多好，我做新娘的时候怎么就没有这样美丽的字呢？

　　其实她做新娘的时候，墙上的喜字一样很漂亮，那是杜老爷专门派人到老远的城里买来的，是那种在灯光下会灼灼闪光的喜字，她当时一看之下，竟然有种迷惑，那样灿烂娇媚的喜字，该是带了多少心思剪出来的。这样的字，这样的喜庆，不正是她和老爷婚姻生活的昭示么？

　　满屋的喜字终于映得双眼一片潮红，她将所有剪好的红双喜一张一张铺在床上，那张承载过她和杜老爷欢愉的床，顿时变成了喜字的海洋，她躺在这片海洋上，任海水轻轻地漾动。她陶醉般地闭上眼睛，细细地体会着杜老爷曾经带给她的快乐和满足。那是一段多么美丽的日子啊，老爷只要不出去，就会待在她屋里，守着她，和她一起读书、写字、画画、聊天，拥着她站在窗前看屋外的四季景致。她的房间向阳，那时候墙上贴满了大红的喜字，纷纷扰扰的阳光挤进来，在那些鲜艳的大红喜字上摇来晃去，弄得一屋子都是山花烂漫的绚丽。老爷环着她的腰，笑眯眯地望着喜字上跳跃的阳光，在她耳边轻轻说道，我要让你房间里的喜字永远都不褪色！他捧起文紫的脸，那是多么粉嫩娇羞的脸啊，吹弹即破的肌肤，漾动着一池春水的目光，更有那含苞欲放花骨朵一样的双唇……

　　文紫一直坚信，她房间里的喜字永远都不会褪色。杜老爷不在家的时候，她会倚在窗边，打量着墙上、家具上的喜字，每一张喜字形状都不一样，可横竖之中又都透着不同的韵味，好像一群满怀期待、倚在春风里的少女，风吹起她们的衣裙，带乱了她们的头发，然而她们脸上始终洋溢着动人的笑靥。也有模样显出规矩、憨实的样子，但细看起来，又终究不是一眼望去那么细致，一些拐角的地方缩着些细细的毛边，那一定是剪字的人在最后那一刻失去了耐心，还没来得及剪到终点便毛毛糙糙地使了些蛮力将多余的部分扯下来，看上去很烦躁的样子。为什么烦呢？文紫用手摸着喜字上并不多见的毛边想，她嫁了杜老爷，一个尽管她不知道为什么会喜欢的男人，她是打心里觉得满足、幸福。而她的幸福与那些哪怕是一点点不耐烦的喜字多么不相符啊！她怎么能容忍自己的幸福里多出这一点点烦躁呢！那一刻，她决定要自己剪喜字，把别人的不耐烦彻底摘除掉，把自己的幸福和满足贴上去。于是，她行动起来，让女佣买来很多红纸。刚开始她剪得一点都不好，歪歪斜斜，呆头呆脑，好像早产的畸形儿，腿脚无力，没有一点喜庆的样子。她一点也不气馁，将那些剪坏的纸扔掉，重新裁纸再剪，直剪到双手无力握住剪刀才休息一会儿。终于，她把喜字剪得很像那么回事，细心琢磨之后，还能剪出不同模样的喜字来，有精致些的，有憨直的，有狂放的，也有千娇百媚的，就跟书法一样品种繁多。文紫发现剪喜字原来也蕴藏着学问，是很有趣的一种乐事。

不知剪了多少喜字，等文紫想起来要把别人剪的喜字替换下来时，却发现屋里喜字的颜色已经一点一点淡下去，如同一朵盛开的花朵，不经意间开始凋落了。原以为这种闪烁着光芒的喜字是不会褪色的，原来再绚丽的东西也会有暗淡的一天。可她已不在意那些喜字是否暗淡，她剪了那么多喜字，那些字同样散发着绚烂的色彩。趁着老爷去外地，她亲手将那些旧的喜字揭下，换上自己剪的，她想着老爷看到屋里的这些变化，一定和她有着同样的欣喜，因为，这间屋里，正如他对她承诺过的，那些喜字永远都不会褪色！

杜老爷回来了，带回许多艳丽的布帛和女人的手饰。文紫不在意那些布帛和手饰，她只喜欢老爷望着她时温暖的眼神，她倚靠在大厅的偏门上，欣赏画似的将目光滞在老爷脸上。明媚的阳光在屋外喧哗着，奔腾着，文紫的心里也一样有某种东西在喧哗、奔腾着，她轻轻上前，并不看老爷让佣人给她抱过来的布帛和首饰，也不顾旁边另两位太太的脸色，只管拉住老爷的手。杜老爷跟着她来到房间。房间里所有家具的摆设一如既往，没有变化，变化的只是墙上贴满了新喜字，红彤彤的，如同一群欢天喜地的娃娃。打量着这些形态各异的喜字，杜老爷有些惊奇，这种剪纸的事本来是下人们做的，身为大户人家太太的文紫，怎么会有这样的心绪。杜老爷隐隐有些不高兴，但他没表现出来，只是问文紫，剪这么多喜字干什么。文紫料到老爷会这样问，她说，为了帮你兑现承诺。杜老爷一愣，想不起来自己承诺过什么。文紫低低地埋了头，说道，你说过，要让这些喜字永远不褪色。

杜老爷心里轰然一下。这样的话他不过随口说说，他哪能想到天长地久那么遥远，但他不经意的一句话，却在文紫心里山一般高——这是怎样深情的一个女子啊！杜老爷半晌说不出话来，只觉得这满屋的喜字像暖暖的日光在这一瞬间渗进了他的每一条血管，每一寸肌肤！

没事的时候，杜老爷再来文紫屋里，也不说什么，只是坐在文紫旁边，看着她，看着她灵巧的双手将一张张红纸来回折叠着，翻飞着，很快，那张被折叠得规整的纸被文紫操纵的剪刀给剪开，就像白纸上鲜明的墨迹，剪刀在红纸上留下一道道鲜明的痕迹。文紫剪得极为认真，神情里，面对的好像不是一张简单的纸，而是一颗心，一颗需要她精心修饰的心。杜老爷喜欢看文紫专注剪纸的神态，喜欢她长长的睫毛因为专注而像水一样安静，喜欢她在剪每一个喜字遇峰回路转时嘴角流露出不经意的得意。最喜欢的，还是她将作品完成后轻轻展开给他看，挑着眉毛睨着他等待夸赞的那一刻，那张脸上，漾动的是怎样的稚气和美丽。每当这时，杜老爷总是忍不住从心里呼出一口气，像自己完成了一件杰作似的，然后才伸手接过文紫举过头顶的喜字，目光在四壁搜寻着空间。屋里是喜字的海洋，尽管每张喜字看上去都是那样新，可他还是会很敏锐地在那些簇新的喜字里寻出一两张带着丝微陈旧味的，将那一两张换下，贴上新的。其实换下来的，也不过贴上去几天工夫，实在算不上陈旧。但在这对满心满肺都浸润着幸福感觉的一对人心里，那几天的工夫也是陈旧不堪了。

在杜老爷的注视之下，文紫的喜字剪得格外灵巧，杜老爷甚至看着看着会迷惑起来，恍惚看见的是两只在花丛中翻飞的蝴蝶，忽闪的翅膀迷乱了他的一双眼睛。

快乐的时光总是短暂的。

　　房里的喜字当然依旧簇新，文紫每天都叫佣人把那些只贴了几天——在她眼里却已变旧了的喜字换掉，有时，连前一天才贴上去的看着也像是旧的，佣人提醒她那是昨天才贴上去的，就不用换了吧？她却不依，她剪的喜字那么多，昨天贴的不也一样旧了吗？于是佣人不再多说，依着她的意思换了。可不管她换得怎样勤，杜老爷还是慢慢来得少了，由隔一天到两天三天，有时候四五天六七天才来一回。来了，淡淡地一扫墙壁，什么话也不说。文紫欣喜且期待的目光就暗淡下来。或者，在杜老爷眼里，女人只是一道风景，当初自己会被这独特的风景所吸引，可置身其中久了，总有倦怠或者麻木的一天——他还是愿意偶尔去欣赏回味而不想滞留。

　　文紫的日子过得寡淡，再剪出的喜字没了型，歪歪扭扭，弱不禁风似的，往墙上一贴，像是有人恶作剧，把个不成人的孩子随意剪出的东西糊到了墙上。佣人看得难受，托村里会剪喜字的人，剪了许多，偷偷地将文紫剪的那些喜字替换下来。文紫眼睛很毒，看出来墙上贴的不是自己剪的，硬叫佣人把别人剪的撕下来，贴上她剪的。

　　这样的一群喜字透出了深深的寂寞。

　　文紫并不是个怕寂寞的人，老爷来得少，是他有自己的事情要做，男人哪能时时守在女人身边呢，一个习惯守在女人身边的男人是庸碌的，何况老爷也不属于她一个人。文紫不是那种贪心的女人，可不贪心不等于不想拥有，翘首期待的时候，她还是想他能为自己伫留，哪怕只是一小会儿。男人却不为任何人停留，他总是不停地离开，回来，再离开，谁也不敢问他去了哪里，下一站又是什么地方，只因为他是杜家的老爷。

　　老爷不看她剪的字，到她屋的时间也越来越少，有时候，文紫十天半月见不着老爷，见着了，却是在大厅里，老爷端着架子坐在大厅的太师椅上，面前弓腰站了一些杜家的佃户。杜老爷的眼神飘过文紫，不知落到什么地方，又很快飘起来，落回到他面前的佃户们身上。文紫觉得冷，她和老爷就几步之遥，却觉出隔山隔水的距离。

文紫不甘心,终于有一天守住老爷扯住他的袖子,老爷这是要出远门了。她说,老爷,别走!

杜老爷犹豫了一下,还是捧起文紫的脸。她的脸是娇俏的,目光却是忧伤的,他被她的忧伤打动,这是他喜欢的女人,一个单纯却总是心里鼓动着太多渴求的女人。

杜老爷不是一个轻易能被绊住的男人,日子就是日子,富足而实在就是他这种大院当家男人的生活真谛,对他而言,长相厮守永远只能是个童话。他不相信童话,何况他也早已过了构造童话的年龄。当他面对文紫的祈求,也只能用温和熨帖的眼神看着她,短暂地安慰一下,然后淡漠地将文紫的手拂掉,像拂掉粘在身上的草屑似的笑笑。文紫对着杜老爷的背影哭了,哭得无声,眼泪却澎湃汹涌。

这时再看墙上的喜字,不再有了感觉,美丽是殷红,丑陋也是殷红,殷红如血,刺得她的心生痛生痛。她觉得奇怪,明明是留不住人的,自己却偏偏不信,以为凭着一腔真挚,会挽住老爷,会让老爷的心留在身边,可老爷早已忘了他曾说过的话,他的世界宽阔无边,怎能是她的力量可以完全占有的?她慢慢撕扯着手里的薄纸,撕扯着,就好像把自己的心一点一点地撕碎。

房里的喜字被文紫一张张扯了撕碎,碎末撒了一地,好像一个红色雪末的世界,绚烂得有些悲凉。

她埋了剪刀。喜字是为自己喜欢的人剪的,可他看不到眼里,剪又何用。只是,不剪了,日子便越发苍白。

知道雪子要进门时,文紫没有一点惊讶,只是她的心,像一只被人蓄意要摔碎的碗,她听到"哗啦"一下,清脆碎裂的响声。

她把埋起来的剪刀寻出来,又开始剪喜字。她剪得从未有过的细心,喜字的每一笔都像是高山上流下来的水,极其流畅。她没有使唤佣人,自己到厨房熬了些糨糊,把它们糊在剪好的喜字上,再次贴到自己的房里。素了许久的屋子里顿时又重新焕发出一种吉庆气氛来,只是这种吉庆气氛总带了些苦涩。佣人站在一旁,愣愣地看着她爬上爬下在四面墙上贴了无数个喜字,不敢言也不敢阻止，眼里含了泪替主人伤心。

　　自个儿屋里的喜字贴满了，文紫还不停手，又继续剪。剪了十几个，突然，她觉得胸口一热，随即一口鲜血喷了出来，落在那些艳红的纸上。她的血似乎比红纸更红，因为佣人在清理那一堆废纸时，能清晰地看到那些红碎纸上的点点滴滴。

　　这并没有阻止她的行动，即使躺在床上，她也要靠在床头，捏着剪刀剪纸，只是下手有些迟疑，是怕了什么，还是在构思，佣人左看右看也弄不懂，她看懂了的是主人眼中那无法掩藏的哀愁。

　　在床上躺了两天，老爷来过，看她的眼神里带着怜惜，他知道自己在这个女人的世界里就是天就是地，但她在他的天和地里，她只是一片云，淡淡的，轻柔的，可有或者可无。他不知道，因为天上的云总会很多，每片云的形状和色彩都不一样，他弄不清哪朵云是天地里不可或缺的。杜老爷看着文紫喝了药，脸上的怜惜轻浅之间也褪了下去，他轻轻拍了拍她的肩，说了一句，好好休养自己。就走了。临出门时，看到墙上簇新的喜字时，眼神被红色击中，表情一下子僵硬起来，迅速埋下头，逃难一样逃出了门。

　　文紫看清老爷刹那间变得凌乱的脚步，她的心里一酸，想必是老爷在那一刻记起了他曾说过的话。文紫从老爷慌乱的背影里终于明白自己到底是想要干什么，她叫佣人拿来更多的红纸，刀飞指舞，剪了两天，一摞厚厚的喜字又出世了。

　　每一张喜字都是文紫选定地方看着佣人们贴到老爷新房的墙上，新的家具上。红色的喜字映红了她的眼睛，她的脸颊，可是她的心里却是黯淡的，伤痛的。老爷在这过程中也进来瞧过一眼，她笑意盈盈地指着那一张张喜字，说，老爷，我没什么好礼物送给你的新娘，这些字是我亲手剪的，祝你新婚快乐吧。她的样子是真诚的，不带一点怨，也不带一丝恨，可是杜老爷却不敢看她的眼睛，瞥了一眼忙碌的佣人们，埋下眼帘说，这些小事交给佣人就成，也不是什么大事。说完匆匆地要离开。

　　文紫一把扯住老爷的胳膊问，老爷，在你心里，这些事真的不是大事吗？

217

杜老爷愣了片刻，淡淡地问，你觉得是大事吗？就算这屋里不贴喜字它不还是新房？

她无语，松开老爷的手，惨淡地一笑，跌跌撞撞地出了门。

还没等完全跨进自己的房，她就大喊大叫佣人把墙上的喜字全揭下来。喜字糊上的糨糊太多，粘在墙上像墙的皮肤，巧劲用不上，蛮力一扯，喜字碎得凌乱不堪，丝丝缕缕的还粘着墙皮，如同埋在墙皮浅层的血管，迸出血来，令人不忍卒看。

墙皮斑斑驳驳，喜的意味是没有了，却有了一种陈旧暗淡的感觉。

文紫很少出门，不剪纸的时候无事可做，拿了书靠在窗前，眼看不到书里，只望着窗外。窗外是几棵未成年的苦楝树，不太高，在春风的吹拂下正一点一点地绿起来，起初是淡薄的毛茸茸的绿，而后，一天一天地，像施了魔法似的，绿色由轻到重，由浅到浓，由薄到厚，当春天的鸟儿叽叽喳喳叫个不停时，那几棵苦楝树的模样已经十分英俊了。苦楝树南边，是一条约两米来宽的溪流，溪水轻浅透亮，不动声色地由东向西流动。溪两边长满了短粗的溪柳。再稍远一点的溪边，是几块用木桩固定好的青石板，阳光好的时候，便从早上到半上午，一直热闹着。那些女人，她们跟文紫是截然不一样的女人，端着木盆或者挎着竹篮，木盆里装着要浣洗的衣服，竹篮里是从菜地里摘来的青菜，或是洗衣或是洗菜。文紫很喜欢看那些女人快乐的样子，她们总是笑得肆无忌惮，笑声就像春天骤然绽开的花朵一样灿烂。但是当那些女人一个个地离开，溪边只剩下寂静时，她的心忍不住一片茫然，好像那些女人的离开同时也把她的心带走了似的，她长长地叹息着，心里想着老爷，老爷此刻在干什么？是否和她当初结婚时一样，整天与雪子相守着，他们也吟诗作画？是否他也环着她的腰立在窗前，看春天的一点一滴？

有时想得心酸，文紫会落下泪，被自己的眼泪砸得心痛。

墙上喜字的痕迹依旧在，而日子却不是沿着旧日模样的日子。

这个时候，听佣人说，四太太怀孕了。四太太就是雪子。

文紫听了，心里更是惆怅，和老爷结婚的第三个月，她也怀了喜，老爷那时对她都不知道怎样疼爱了，常常欢喜地把耳朵贴在她还未曾显怀的肚子上，聆听来自那一汪深潭似的地方的声音。其实孩子在深潭里还未成形呢，哪里能听到什么，但文紫喜欢抱着老爷的头，她觉得这个时候的老爷是最真实可爱的。可是这样一起憧憬生命成长的快乐很短暂，三个月后的一个夜晚，文紫起床小解时，不小心被床前的踏板绊倒，扑倒在床棱上，坚硬的床棱毫不犹豫地夺去了她做母亲的资格。失去孩子的她，开始几天整日以泪洗面，老爷握着她的手，怜惜地说以后他们还会有孩子的，不是一个两个，是很多，直到她不愿意生了为止。她以为真的像老爷说的那样，以后他们还会有孩子，她会给老爷生出一大堆孩子，可上天一点也不眷顾她，几年过去，她的肚子始终没给她带来过一点希望。

雪子怀孕对文紫无疑是个不小的打击。她夺走了老爷，现在又骄傲地挺起了肚子，这个被捡回来的女人，究竟有着一个怎样的前世，为什么会在短短的时间里拥有本属于自己的一切？文紫望着斑驳而丑陋的墙壁恨恨地想，她心里有些恨这个叫雪子的女人了，她更恨自己还给她剪了那么多的喜字，谁知道是不是因为自己剪出的那些喜字贴在别的女人新房里，才把自己的幸福送给了人家呢。

这时再看窗外，绿色已经不再流动。夏天到了。

夏天的午后是四季中最寂静的，窗外的知了在腾腾热气中声嘶力竭地嘶喊着，它的叫声加深了午后的静寂。文紫半倚半躺在床，听着知了揪心扯肺地叫喊，心里忽然躁动起来，她无法消除这份躁动，索性翻身下床，换了衣服，翻出剪刀与红纸，轻轻地走出屋子。

杜家大院静悄悄的，大家都在午睡，连佣人也不例外。文紫穿过浓荫蔽日的院子，走出院门，顺着院墙往西走，来到她平日里透过窗子能看到的小溪边。正午时分，小溪难得地慵懒与空旷，好像一个蓄意要展示自己的女人，在耀眼的日光里毫无保留地袒露着。溪水午睡了一般凝然不动，两岸油亮亮的溪柳显得无精打采，溪边的青石板被太阳同化了似的，冒着热气，晃着太阳光一样白花花的光芒。文紫慢慢走近小溪，把手探进溪中，溪水清凉，有一种与众不同的淡定。她喜欢这样的淡定。

沿着溪边向西方向，是两棵大柳树，柳树浓绿，像一把撑开的大伞，伞下阴凉阴凉，与伞外的燥热截然不同，是个避暑的好地方。杜家庄的人们习惯去竹林消暑，竹林大，人多，显得热闹。但杜家是大户人家，一般不屑于与其他村民在一起避暑，他们更喜欢待在屋子里，杜家的房屋都是上好的水杉做的，夏天屋子里显得很凉快。所以，再热闹的夏天，杜家总像冬天一样安静、冷清。

在文紫的眼里，冬天的美是独特的，它苍凉而壮阔，有一种不以物喜、不以己悲的气度。杜老爷每个冬天出去回来时总会给她带些与众不同的礼物，她不在意礼物，却能从这些礼物中看出老爷心里其实还是记挂着自己的，她喜欢老爷这种不动声色的记挂。但这次不同，老爷回来时，多了一个雪子。

没有人告诉文紫，雪子要成为杜家的四太太，她是凭着女人的直觉感受到的。她从病床上起身来到大堂，果真见大堂里都是忙碌的佣人。老爷远远见她过来，挥手道，回屋吧，回屋吧，大堂冷。这也是关心，大堂里没生炉子，确实寒气逼人。她果然不再近前，远远地看着老爷的脸上挂着笑容，褪不下去似的，那是一种怎样的喜悦笑容啊。她的心沉沉的，相信老爷是有了新人便忘了旧人，真的要将她抛到一边，从此他的眼里再不会有她的影子，那次他走出她的房门，目光被满屋的喜字击中脚步慌乱时她就知道。她偷偷地去看过雪子，发现老爷捡回来的这个女人果然让人一见之下忍不住心生怜惜，她安静得如一株含露的玫瑰，只是少了阳光，多了一份苍白和柔弱。文紫垂了眼睑，这样的女人自己都看着心疼，何况男人！她悄然退回自己的房间，再操剪刀时像是带了狠，她自己都奇怪，那一口血喷出来，她以为自己会死，结果非但没死，反而又剪起喜字来，也许这些喜字能让老爷回想起他说过的那句话，见证到她的心吧。她的心尽管很苦很涩，可一点也不妨碍她使起剪刀来手中风生水起，比以前剪得还顺手，还灵活，一个个喜字被她的手剪啊转啊，像手里带了风，将那些纸片吹得漾动起来。连一旁的佣人都说，太太剪的字越来越有味道。有味道？她淡淡一笑，连一个大字不识的佣人都会说出"味道"这样的词来，可见她的手艺真的不凡，可这样的不凡又为了什么？夺了她的爱，该是她仇恨的人，她又何必枉为这样的女人作嫁衣裳！她愤愤地想着，却管不住自己，剪了整整一天，把内心的愤怒和妒忌之情都剪进了喜字，她相信即使她用了这般心剪成如此灵动的大红喜字，贴在那个叫雪子的女人屋里，也一样不会有太多的温暖，要不了多久就会变得一片惨白。到时，那些喜字会像她屋里的喜字一样被扯下来，再撕碎。

没有了喜字的房间显得格外单调和灰暗，好像她的日子也变得苍白无力，变得毫无支撑。日子乏了味，心就寂寞起来，像池塘里纹丝不动的水，再有了思念的波纹，也很快自生自灭。

柳阴下，飞舞着剪刀的文紫忽然觉到日子的异样。她整天待在屋里，嗅的是深院里凝滞的腐朽气息，她觉得自己都已经在慢慢腐朽了，还是外面好，流动的空气是清新的、纯净的，外面的世界也是如此明亮爽朗，在这样的环境下，她剪出来的喜字都有了流动的味道。于是，她索性回屋让佣人搬来躺椅，那棵离溪边最近的大柳树，成了她中午专用的乘凉场地。她靠在躺椅上，不知想着什么，抑或什么都不想，只是静静地让时光从身边流走，或者剪喜字，柳阴下满地的红色，反射着鲜亮的从柳树缝隙里落下来的阳光，带着灼热的温度，让她寂静的心也有了一丝热闹的意味。这样出去了几回，大太太和二太太知道了，婉转地劝她，不要在外面午睡，不要让人家看到你做下贱人的活，大户人家的太太，哪能这样随便呢。文紫却听不进耳里。她们将此事说给老爷。杜老爷摆摆手道，随着她吧，只要她喜欢。一句话，听得文紫心里又不由自主地波动起来，这个男人，究竟是温情多还是冷漠多？

不管温情还是冷漠，说到底，在文紫心里，依然是挣不脱杜老爷是她的天、她的整个世界。

知了的叫声停了，又有知了的叫声尖厉地吼起来。不远处，两个六七岁模样的小男孩用缠了厚厚蜘蛛网的网兜寻着知了的叫声在粘知了，有机灵的知了，不等蜘蛛网到跟前，便扑啦啦飞走了。两男孩便一个怪一个出了声惊动知了，争执起来，争执完，又到另外一棵树下寻知了。

文紫停下手中的剪刀，微微笑着注视他们，看他们从这棵树下奔到那棵树下，忙得不可开交的样子。她熟悉他们的乐趣，她曾经也是夏日里手持捕蝉网在烈日下东奔西颠过的。可如今呢，那样的生活离她已然太远，远得不可触及，远得她在记忆里都不好搜寻了。

转眼间，两个捕蝉的孩子推推搡搡走远，文紫仍在注视他们的背影，直到那两个瘦小的背影消失在太阳底下，她也没收回目光。她的目光是怅惘的、空蒙的。

溪水的另一头是雪子，挺着她的肚子。雪子没瞧见不远处柳树下的文紫，或许是瞧见了，没注意到这个中午发呆的女人是谁。文紫倒是瞧见了雪子，她看到雪子沿着院墙径直走到溪边蹲下，用手撩着溪水，一点也不避阳光，很孩子气地独自笑着。文紫觉得雪子的笑单纯可爱，她奇怪自己为什么不讨厌雪子，不但不讨厌，还有些暗暗喜欢，只是因为她的心里被老爷填满了，而雪子偏偏把老爷从她那里夺了过去，她就不能表现出对雪子的喜欢，她为什么要喜欢一个抢自己东西的人？如果雪子是一个与老爷无关的人，而她又是老爷心里最动人的风景，她一定会毫不犹豫地坦露对她的喜欢。女人其实是可以喜欢女人的，前提是只要不是情敌。

文紫盯着雪子。热辣的阳光下，知了的嘶喊声有些撕心裂肺。

雪子依旧蹲在阳光下，她脸上早已没了孩童似的笑意。溪水中映出她的倒影，她不知道自己是谁，她的记忆里没有自己的来处，心里却是莫名地藏着一丝忧伤，她拼命地想要记起自己晕倒在雪地里之前的事情，但是记忆只有一片大雪漫天飞舞的模糊。黑夜寂静时候，她会一个人细想自己从何而来，想自己之前的那段岁月。尽管黑暗给了她宁静，可是她还是无法淘洗出自己过去的一星半点，那一段岁月，真的就像一张白纸，一张空蒙的不甚平静的白纸。

看到水中的倒影，雪子的内心竟又莫名地痛了起来，先是轻风掠过水面漾起微波般缓慢而稀薄的痛，慢慢地，波纹在扩大，纹络的厚度在增加，像有人拿着棍子用力搅动水面，一波荡着一波，竟止不住了。雪子痛得内心一片昏暗，她猛然站起身来，退到离溪岸略远的地方，看不到自己的倒影，她心里的痛才一点一点消失。

为什么，为什么她的心会这样痛？站在汹涌的太阳底下，雪子毫无知觉，跟个木雕似的一动不动。

文紫止不住好奇心，雪子背对着她，看不清雪子的表情，可在毒辣的太阳下面呆立着一动不动使她感到蹊跷。一个看上去如此柔弱的女人，她究竟有什么心事？她那永远也拂不净愁绪的脸上到底在演绎怎样的故事？杜家没有人知道她的过去，连她自己也弄不清自己的来龙去脉，一个没有过去的女人，到底是喜是悲？

文紫轻手轻脚地走近雪子。雪子的目光很深远，没有追忆，也不是忧伤，而是空洞、忘我的、茫然无物的、没有灵魂的。文紫在雪子身边站了好长时间，她竟没反应，好像真的是灵魂已去，留下肉身在凡世间。文紫隐约有些担心。雪子！她悄声喊道。还伸出手轻摇了雪子的肩膀。雪子受到惊吓似的转过头来，看到文紫，眼里慢慢有了波动，有了色彩，有了生机。还没等那波动那色彩那生机完全复苏，忽地，一双美目被泪水淹没。那泪水像决堤的洪水，冲进文紫的心间，冲垮了她内心所有的防备，一切对面前女人不利的情绪被冲得一干二净，她有种要抱住雪子的冲动，同样是女人，同侍一夫，何况那个男人是自己深爱的，她有什么理由要怀恨她？

雪子！文紫轻声唤道，那唤声里掺进她的怜惜。

雪子的脸在泪水滂沱中绽开笑容，雨中梨花一样白，凄清、孤傲。她缓缓向后退着，退到了溪边，展开双臂，还没等文紫提醒她小心，她的身子直直地向后倒了下去。溪水用力接住雪子，两排飞溅的水花将溪水两岸淋得一片湿漉。

文紫惊呆了，她看到雪子在倒进溪水的一刹那，平静的脸上竟浮出几分快乐。雪子毫无挣扎地向溪水里沉下去。溪水不深，但没过雪子绰绰有余。手足无措的文紫在雪子乌黑的发梢即将沉下去时，猛然反应过来，一把扔掉手中的剪刀和一摞剪好的红喜字，奔到溪边抓住雪子的头发，借着水的浮力将她的头从溪中捞出来。

一摞喜字在空中散开，又缓缓飘落。有几张喜字落进溪水里，温热的溪水将红纸浸透，泡去了颜色，纸变成了白的，水却血一样殷红。

雪子昏迷了。文紫站在雪子的床边，望着那张苍白的脸，她怎么也想不透，雪子在倒向溪中的时候，她脸上为何闪出那份快乐。

没有人相信雪子是有意跌入溪中的，如果有意要离开这个世界，怎么会选择一条小小的溪流？又怎会在有人时？别人的想法，文紫无法解释得清楚，面对大家怀疑的目光，她只能缄默不语。杜老爷却不让她保持缄默，他一向温和的目光变得凌厉，针一样刺向文紫，非要她说出个子丑寅卯来。她说不出来，也不想辩解，她心里认为老爷应该是这个家里最了解自己的人。可她怎么也没想到，盛怒之下，老爷的巴掌毫不犹豫地落在她的脸上，尖细的指甲在她脸上划过，血顿时涌出来将她半张脸染红了，她没感觉到痛。老爷还在冲她咆哮，一个女人家，该是善良宽厚、温婉通达，她一个无亲无故的柔弱女人，凭啥你就容不下她，下得了这样的手，我看这个家中最该死的应该是你！

一个在心里视若珍宝的东西"哗啦"一声碎裂了，珍藏了几年，以为表面的灰暗是日子不可避免要蒙上的尘垢，只要某一天，细细擦抹一遍，便会光洁如新，这时候才发现根本不是什么尘垢，而是腐朽。是腐败的痕迹，根本不可能擦拭掉，这样的东西，就没有珍藏的价值。文紫忍着疼痛，拭着脸上的血，她神色平静得如一面镜子，照得杜老爷的心微微一颤，他有些懊悔那甩出去的一掌。但覆水难收，只能恨恨地盯着那半张脸上的殷红，跺跺脚，摔门而去。

文紫不动，不怪那一掌太狠，而是那句话刀子一样剜着她的心，数年来她一直守着心里的那份感情，老爷的爱就是她的天地、她的世界，现在她终于明白了，她的天地其实早已模糊不清，她的世界也早已坍塌成废墟一片，就像她剪的喜字，再精致也是寂寞和失落的，再红艳也是惨淡和破碎的。

夏天的气息愈来愈弱，秋天最后失去了等候的耐心，强势侵袭而来，似乎在一夜之间，秋意便已浓起来，叶落了，草枯了，空气中有了些许寒意，倒是太阳性情温和了许多，不再龇牙咧嘴作疯狂状，而是摆出温情脉脉的神态，与秋天的冷峭倒有些格格不入的意思。

往年的这个时候，杜老爷一般是不着家的，可今年他却出乎意料地没有出去。文紫原来喜欢杜老爷不出去的时光，对她而言，那就是节日，盛大的、隆重的节日，她会为这个节日的来临而梳洗打扮，将自己最美的一刻呈现给心爱的人。但现在，这样的时刻不属于她，她把自己置身事外，不梳不洗，不描不画，素着脸，像这秋天一样，美丽的被风拿走，成熟的被收藏。留下的是脸上的伤，伤口愈合了，伤痕不退，固执地醒目着，把心碎心痛的感觉直愣愣地铺陈。这样的文紫，看在杜老爷的眼里，心里还是有了痛，他还不曾有过心痛心碎的感觉，可这个女人生生地叫他心痛心碎。他想抚一抚她的脸，伸出去的手半天也落不下去——伤痕很硬，入了眼，就哽在他的心里。文紫极冷，男人还是那个男人，却不是她心里的那个男人，不是，也没有了爱。没了爱，心便死了。

雪子死的那天是秋意最浓的时候，所有的叶子都落光了，一场细雨也纷纷扬扬地洒了下来，是天的泪水似的。

雪子痛了三天三夜，最后还是没能把孩子生出来，睁着眼紧拽着文紫的手慢慢松开了，她的指甲已经掐进文紫的手背，钻心地痛。文紫没有抽手，仍握着一点一点冰冷了的雪子，她的泪水滴落在雪子惨白的脸上。

两个接生婆分站在两边，仍低着头试图做最后的努力。雪子的下体被撕开成一个大口子，血水不再汹涌，却依旧往外溢，一副不慌不忙的样子。接生婆抬起头，一头一脸的汗水，张着血污的双手，愣神看着鼓突的肚子，束手无策。

文紫不动。雪子的身体已经僵硬，她还是不放雪子的手。她轻轻抚摸着雪子鼓突的肚子，肚子是安静的，没有声息，没有踢踏的动静。接生婆说孩子是个死胎，既然产妇也死了，就没有必要费劲弄出来。文紫流着泪，整个杜家庄只有她知道雪子恢复了记忆，也只有她清楚了雪子的经历。在老爷把雪子带回来前，雪子被家人逼着去做一个七十岁老财主的姨太太，在花轿到来之前，她逃了出来。她去寻找外出的心上人，走了两天两夜，迷失方向，被人劫了财，后又饿晕在路边被奸人糟蹋。她历经千辛万苦，终于找到自己的心上人，可对方一听她的境遇，二话没说，拽着她的胳膊把她拉到一条河边，指着河里的影子说，你看看你是个什么样的女人，我会娶这样的女人？我要是你，不如死了！雪子料不到是这样的结局，盯着水中的倒影浑身的血液都燃烧起来。她蹲在河边号啕大哭，直至晕死过去。再后来她怎么醒来，怎么倒在雪地里，一点都记不清楚了，从醒来的那一瞬她就失忆了，不是外来力量的迫使，而是她自己强迫自己失忆。她被外出的杜老爷救了回来，糊里糊涂地做了杜老爷的四太太。

失去的记忆正是夏天那个炎热的午后寻回来的，火辣辣的太阳灼得雪子心里一阵阵痛，在这痛里，她的过去就像山峰融化的冰雪，一点一点地显露出山峰的模样来。她闭上眼睛，任冰雪继续融化，当失去的记忆完全恢复过来，她发现自己已无路可走，再怎么走，她都走不回去了。绝望就这样笼罩着她。在倒进溪水的那一刻，她欣慰地想自己终于解脱了，像那个男人冲着她喊的那样。

她没想到自己会连累上文紫。

当她缓缓睁开眼睛，迎面看到站在她床前的文紫，脸上一道清晰的伤痕。她盯着那道伤痕，眼里满是歉疚，半晌无语，虽在昏睡中，却对来自身外的一切声音都能接纳进来，她听到佣人说的话，清楚地知道文紫脸上的伤是老爷赐的。

雪子伸出手，轻抚文紫的脸。文紫不动，任那双冰凉的手在脸上行走，行到那道伤口处，不动了，她颤了一下，是尖细地痛，更是伤心和委屈。

姐啊！雪子唤道，声音湿漉漉的，带着歉疚，带着忧伤。

文紫坚硬的外表被这一声湿漉漉的呼唤轻而易举地打碎，眼里迅疾涌起泪雾，她看雪子已经模糊一片。

姐，对不起！雪子仍在轻轻碰触文紫脸上的伤，痛在伤的四周蔓延，奇怪

226

的是文紫的心却渐渐变得轻柔，好像一只饱蘸了水的海绵，又细腻又柔爽。

两颗有着不同哀伤的心走到了一起，彼此没有敌意，没有对峙。

文紫同情雪子，替她守护着这个秘密，但她自己，就算知晓了雪子的心是属于另外的世界，却没有一丝欣愉之感，她剪了那么多喜字，对于喜的感觉似乎已在对喜的渴望中变淡、变浅，最终没有了。所以，对老爷最终的归属，她不再关心，也许被伤得太深，留到心里的只剩下了痛。于是，想念没有了，期待没有了，心门关闭了，世界真的彻底安静下来，那是真正的夏日午后的安静。

文紫一直没停下剪喜字，和她一块剪的还有雪子。两个女人很少说话，只是埋头兀自剪自己的。雪子笨拙，剪刀在转弯时甩出去而收不回来，于是剪断或剪得只剩下一点相连的骨肉，她发愣地看着被自己剪得支离破碎的喜字，眼里忍不住含了泪，眼神恍惚。文紫并不多说什么，扯过一张纸，轻轻地放在雪子面前。

纸屑越积越多，也不叫佣人打扫出去，红红的纸片攒了一地，脚踏上去，会感觉到纸质的柔软。剪好的喜字也很多，码在桌上厚厚的一沓。佣人起先还要粘贴在墙上，说这样好的字不贴到墙上简直浪费。谁知还没等她把糨糊熬好，文紫和雪子已把剪好的喜字一张一张撕碎，看着红红的纸片从上而下雪花一样地飘落，她们脸上露出醉心的笑容，好像做了一件多么了不得的事情似的。

杜老爷不喜欢自己的女人操剪刀剪些没用的喜字，以前还能容忍文紫，觉得她寂寞，寻些事做打发光阴，可现在又加上雪子，这个很少露出笑容的女人，像是一块冰，不管他怎么待她好，她的眼神总是忧伤的、恍惚的，问她，却又什么也想不起来，让他心里顿感失意和烦躁。两个女人疯了一般把屋子弄得乱七八糟，满屋子都耀眼的红色，更叫他心烦意乱。可他又凭什么制止她们？文紫的倔他是领教过的，这个女人的心里汁汁水水多，他永远也不知道如何面对她。转了几回文紫的门，站在窗外看两个女人专注的模样，他没有进门——进去了又怎样，文紫只会用她那双淡定的目光看着他，任他

227

说多少话也不会轻易吐出一个字来，反倒像是他理亏了似的。更看不得雪子的模样，她看什么都很遥远的目光，脸上一成不变的冰冻一般的哀伤。他索性由了她们，就当是她们的兴趣爱好吧。女人你永远也别想弄懂，之前还互含敌意，眨眼间，居然成了一对形影不离的好姐妹，尽管他是真心希望自己的女人团结和睦，可说到底，这样的希望更多时候仅仅是希望而已。

杜老爷这样想着，渐渐地当这两个女人不存在，他的心里，总是不会缺少女人的吧。

接生婆举着双手慌慌张张地跑了出去。门口端着热水的两个女佣不敢进来，她们吓坏了，瞪着惊恐的眼睛直直地望着别处。地上是潮湿、鲜艳的血水，浓稠地流淌着，屋子里弥漫的血腥味是温的，由温又慢慢变冷。

屋里终于冷了下来，雪子的血凝住了。

文紫拒绝佣人的搀扶，回到自己屋里，呆坐了许久，她才觉出惊心的痛来。她看着手背，手背上凝成团的血痂又渗出一缕鲜红，像分界线，将手背一分为二，痛的是这一半，另一半是麻木的。桌上两摞剪好的红喜字，像两团火苗似的，在她的眼中燃烧着。她拿起这两摞喜字，又来到雪子的屋里，雪子和她未生下来的孩子已让人搬走，佣人们正在清扫地上的污血，他们往地上泼烧开的水，用扫把洗刷，开水浇到地上，升腾起白色的气体，带着浓重的土腥味和血腥味。看到文紫，佣人们放慢洗刷的速度，怕污水溅到主人身上。文紫不理会佣人们的目光，将手里的喜字一张张往墙上贴。桌上，椅子上，空空的床上，到处贴满了喜字。待屋里再没空余的地方可以贴喜字，文紫才将剩余的喜字慢慢撕了，向上一扔，碎纸屑翻滚着落下来，落在泛着血污的地砖上，粘住了。地看上去更脏，而那些纸末，也变得黑乎乎的。

自始至终，杜老爷没到雪子的屋里来，他在忙着另外一些事，比如，另外一场婚事，邻村一个二十刚出头的女人，很快，要成为五太太——或者还叫四太太吧。

佣人已在屋里生了火盆，暖暖的。文紫知道，这个冬天真的到了。

菱角的爱情

　　无论是谁，第一次见到戚小罗，心里总会忍不住吃上一惊。戚小罗长得实在是太丑了，小眼睛是嵌在眼眶里面的，如果不努力一点睁开的话，几乎就只能看到眉框下面的一条线；鼻子却不小，肉乎乎的，像是谁把一小团面粉揉捏了几下，在还没有揉出形状来时就很随意地摁在了属于鼻子的那个部位上了，不用仔细看，就知道那摁鼻子的人是漫不经心的；只有那双唇，是脸上几大部件中唯一还能让人看得下去的，但这么一张本可以用樱桃小口来形容的唇偏偏被戚小罗那两瓣鼓突突的脸庞给覆盖住了。所以，打第一眼看过去，戚小罗简直是丑得有些惊心动魄，惊天动地了。

　　但戚小罗一点也意识不到自己的丑陋，或者他知道，但那又能怎么样，这又不怪他，所以他就丑得理直气壮，心安理得。戚小罗之所以毫不为自己的丑胆怯或者说自卑，那也是理所当然的事情，因为有一个事实，一个不争的事实震慑了很多刚开始并瞧不起他的女孩子：戚小罗有钱！只要是有钱的男人，管你长成什么样子呢，哪怕是巴黎圣母院里的敲钟人卡西莫多，只要他能从口袋里掏出大把大把的金钱来，也照样会有一大群美不胜收的女孩们蜂拥而至，围在他的周围，赞叹他是世上绝无仅有的英俊帅男。

　　也正因为钱让戚小罗丑得理直气壮，丑得心安理得，因而一见之下，即使你看得心里一直带着悚，但那悚也不敢轻易就显露出来。

　　戚小罗也算是个有钱的男人，不过这并不表示戚小罗事业有成。严格地说，戚小罗觉得自己还没有开始自己的事业，现在，他只是有钱，有钱当然想干什么都行，你守着钱足不出户可以，你拿着钱肆意挥霍也行，你要是个会过日子的主，用这钱来个细水长流，过安安稳稳的日子，也没人说你。总之，只要有钱，选择什么样的生活完全在于你个人。

戚小罗最早是个教师，在南方一个乡村里当着普通的中学老师，那时的戚小罗可没有现在这样春风得意、踌躇满志，他是一个充满了幻想却没有实施幻想空间的一个很——猥琐的男人。他的猥琐，当然是可以想象得出来的，他的相貌在没有耀眼的金钱的衬托下，见了人肯定是躲躲闪闪的。在学校很少有人愿意跟他说话，不是他人不好，是别人不敢看着他，在他努力地要睁开自己的眼睛想要显得有些精神气的时候，人家老担心他太用劲了会把眼眶胀破，或是一个不小心眼角撕裂开。戚小罗知道自己相貌的缺陷，在自卑心理的促使下，他除了上课必须面对学生们外，几乎是足不出户。当然，他连个对象也很难找到，哪个姑娘愿意嫁给这样一个又丑又没有身家财产的男人呢？戚小罗也不奢望会有爱情降临在自己身上。戚小罗偶尔也会感叹上帝对自己的不公，为什么要让自己长得这样丑？丑就丑了吧，又为什么要让自己降临在这个偏僻的小乡村呢？他想如果自己是出生在城市的孩子，自己一定可以改变这种孤独清冷的状况。

不过，没有人骚扰的日子也给了戚小罗很大的进取心，他在那一段无人喝彩的岁月里，读了大量商业方面的书籍，这使得他的全部心智都用在书上，他获得了一份别人无法比拟的商业理论头脑。虽然当时他不知道自己将来会在实践中实施他的商业理论，他也没想过，但他后来的发展，就是与他读过的那些商业书籍是分不开的。

戚小罗一下子变得有了钱，是出乎意外的，并且出乎所有人的意外。这简直就是从天上掉下来的馅饼，戚小罗糊里糊涂地就被砸中了。

扔馅饼的可不是上帝，上帝要照看的人太多了，一时半会儿还顾不上戚小罗。戚小罗是被他的叔叔扔过来的馅饼给砸中的。戚小罗的叔叔从小就被过继给别人当养子，但当养子的日子并非是锦衣玉食，反而众多兄弟当中唯有自己被亲生父母送出去，这种不公正待遇使他的性格变得非常古怪，不喜欢和任何人打交道，一生未曾结婚，也未有子嗣。戚小罗因为先天不足，长得丑陋，从一出生就是个被人瞧不起的孩子，父母兄妹都不喜欢他，经常把他当作一个不正常的孩子对待。戚小罗的这种遭遇恰好与这个叔叔的境遇有些相似，这个性格孤僻的叔叔看着戚小罗可怜，就给了戚小罗一份疼爱。戚小罗从他父母那里未曾得到的爱在他这个叔叔这里得到了，所以戚小罗的心里，并不因为自己的丑，因为没有人的喜欢而对这个世界有过多的怨恨。戚小罗的父亲见这叔侄俩很合拍，有心要将戚小罗过继给他的弟弟，但他弟弟说，人和人之间靠的是一种缘分，有缘分，没有任何的名分也一样会充满了爱和责任；没有缘分，即使有任何的名分也是枉然的。他说这话时，脸上的神色很平静。戚小罗觉得这时的叔叔就像一个得道高僧，已经参透了人世间的许多东西。果然，叔叔在说完这话不久，他的养父母也相继去世，他竟然到山里的一间庙宇里，剃度做了和尚。

当时戚小罗还问叔叔为什么要去当和尚呢，做和尚生活清苦，哪有这俗世这般纷繁精彩。叔叔摸着戚小罗的头说，正因为这俗世过于喧嚣，他才要躲开这样的负累，要让心干干净净的，就像人最初来到这个世界时一样，没有一丝牵绊，也没有一丝尘埃。戚小罗不明白，什么叫作没有一丝牵绊，人怎么会没有牵绊呢；什么又叫作没有一丝尘埃？这世上从天到地都是尘埃，既然来到了这个世界，就没有办法躲避。叔叔笑着抚了抚戚小罗的头，这时的叔叔还像是凡人，笑得极为慈祥，他说以后戚小罗会明白的。

戚小罗后来就真的明白了，人在凡尘其实是没法真正做到毫无牵绊的，但是步入了空门的叔叔是否在踏进空门的时候，就真的毫无牵绊了呢？

没有了叔叔疼爱的戚小罗在自卑、嘲笑和冷落中坚持上学，后来考上了师范大学，毕业后，他被分配到了自己家乡的中学里当了老师。戚小罗是很愿意当一名老师的，他觉得与一群成年人打交道，倒不如生活在一群孩子当中，这样他会自如一些。虽然他的想法没有错，然而他的天空却并没有因此而变得亮丽一些。

就在这时，好运悄然地降临到戚小罗的头上，而戚小罗却毫无所知。

好运实际是降临到戚小罗遁入空门的叔叔身上的，是他养母的弟弟，很多年前去了台湾，精打细算，又做了些生意，攒下不少的钱，却因为一生未曾娶妻，老来无子，便回大陆寻亲。寻来寻去，只寻到了空门里哥哥的养子。彼此虽无血缘关系，但老先生仍当哥哥的养子是自己在这世上唯一的亲人，临终前，竟将自己一生的积蓄全部留给了这个抱养来的侄子。

很多人都认为戚小罗的叔叔真是前世修来的福，或是当和尚化来的缘，竟意外得了这样一大笔钱财，大家想他一定是会还俗的，那样一大笔钱，谁不愿用它来好好享用一番，过一过人间惬意的生活呢。但出乎大家的意料，戚小罗的叔叔并没有还俗，他把这笔遗产全给了可怜的戚小罗。他想让先天不足的戚小罗后天补偿。他自己却一分钱都没有留，他认为这已经是身外之物。

于是，戚小罗就一夜之间就成了富人。

戚小罗在他所在的那个小地方不能不说是个传奇，而他这个传奇人物备受关注不仅仅是他的一夜暴富，更主要的是他的求婚。

人说酒能壮胆，戚小罗用的是钱。他用一个老式的黄书包背了几沓钱，跑到他一直喜欢却从来不敢表白的女孩子家中，把包里的钱一沓一沓地拿出来放在桌子上。女孩子家在村子并不富裕，她的父母看到桌上的几沓钱，没有犹豫就答应了这门亲事。戚小罗松了一口气，心想还是钱有本事，以前这家人连正眼看都不看自己一眼，更甭说会同意自己娶他们如花似玉的女儿了。戚小罗松完了那口气，端起桌上的茶杯就要喝茶，女孩子却风一样从外面冲了进来，看到桌上的钱，眼睛猛地一亮，眼神中那份神采看得一旁的戚小罗眼都直了，手里的茶杯抖动了，茶水从茶杯中溢了出来，流到了戚小罗那身挺直的西装上面。西装很快就有了一大块湿印，像婴儿的湿尿布一样。戚小罗没在意自己的西装，只是牢牢地盯紧了那个女孩。女孩的目光艰难地从桌上的钱上面挪移到戚小罗的脸上，那神采飞扬的脸就像一块烧红的炭火被扔进了水中，戚小罗听到了"滋滋"的声音，随即，他就看到了那份明亮蓦地消失了。戚小罗的心就慌慌的，他有些不知所措了，他清楚地看到了这个时候自己其实还是那个没有钱时的戚小罗。屋子里安静得厉害，戚小罗听到屋外有风走动的声音，是走来走去烦躁不安的声音，他想原来那风是知道他的心情的。

女孩子的父母沉默地看着女儿，谁也没有说话。这样的静默很像夏天暴雨要来临时那沉闷而压抑的气息，戚小罗在这种压抑中也很难开口。眼看天都快要黄昏了，戚小罗不得不起身，艰涩地说他要回去了。

这时，女孩的弟弟背着书包从外面进来了，女孩的弟弟十四五岁的样子，曾经是戚小罗的学生，看到戚小罗，他喊了声"老师"，这才跟屋里的其他人打招呼。紧接着，是女孩的弟弟也看到了桌上的钱，他叫了一声："天啦，好多的钱啊！"他的目光像刚才他姐姐的目光一样闪闪发亮。他眼中的神色使这个气氛沉闷的屋子里电闪雷鸣了一般，一下子照亮了所有人的眼睛。

女孩的父亲是村里的一个木匠，如今的木匠已经不像早些年那般吃香了，挣不到钱不说，有时候还几个月都找不到活干，只是等到家里要办婚事的，而且家里还是那种比较恋旧的，又舍不得拿出太多的钱去买那些奢侈豪华的家具，才会请木匠去打家具，但这样的活下来，拿到手里的工钱并不能让一个家过得踏踏实实。一年前，木匠接了一宗活，这家人或者手上还比较宽松，在木匠打完家具后，给了个五十块钱的红包，还买了些酒请木匠好好地吃了一顿。木匠心里高兴，喝得就多了些，结果回来的路上，醉眼蒙眬，加上天又黑了，半道竟被人打了劫，工钱连带红包抢了个一干二净不说，在追赶劫匪的时候，被一棵歪倒的树枝绊了一下，一下子被摔出去老远，以木匠的年纪，哪里经得住这样狠狠一摔，当场就昏死了过去。还是女孩的母亲左等右等等不来丈夫，心里担心，带着儿子就一路寻来，这才发现晕倒在路上的木匠。母子俩好不容易把木匠连拖带拽地弄到大道上，拦了一辆手扶拖拉机，把木匠送进医院，捡回了木匠的一条命，但木匠摔断了两根肋骨，又躺在地上受了寒气，从此落下了病根，不能用力，一使劲便头晕目眩，胸闷气短，咳嗽不停。木匠以后再也不能做木匠活了。做不了木匠活，田地的活自然也是出不了力的，所有的活都落在了女孩的母亲身上。

遭遇如此变故，家里是再也供不起女孩和她弟弟上学了。女孩已经上了高中，还有一年就要毕业，为了要弟弟继续上学，为了还父亲治病负下的债务，她咬咬牙，辍了学，回来帮母亲操持着家。

女孩长得漂亮，从县城高中一辍学回来，家里就没停过上门求亲的人，但女孩死活不吐口，任媒婆说破了天，她只说一句话，她还不想嫁人。也有家庭条件不错的，父母听着都动了心，但女孩不答应，他们也不敢强求。

戚小罗是太了解女孩家里的状况，要不是知道底细，纵使自己家缠万贯，也是没这个胆前来求婚的。女孩何等心高气傲，她的目光哪里能俯视到戚小罗这样的小人物。

心比天高，无奈命却比纸薄，困窘的家境让她不得不正视严酷的现实。

女孩被弟弟目光里惊喜震撼了，她看到父母眼神时的期待和祷求，她的心一痛，在这一刻做出了决定：同意和戚小罗的亲事。她上去把桌上的钱归拢，两只手一捧，走到她母亲面前，很平静地说："妈，把钱收起来！留着还账和给小弟上学吧。"戚小罗一直在注意着女孩，看到她拿钱的时候，心里颤颤地，生怕她会把钱扔到自己的脸上，然后指着自己的鼻子大骂，再吼上一声"滚"。他把坐在凳子上的屁股抬了抬，虚虚地坐着，暗暗地做好了躲闪的准备。听到她的话后，戚小罗心里狂喜起来，她要她妈把钱收起来，不就是说她答应自己的求亲嘛。他脸上的阴暗一瞬间就没了，他那缝隙一样的小眼睛不打转地看着女孩子，他觉得自己的满腹柔情都在他的目光里表达了出来，可惜的是，他的眼睛太小了，实在无法让人看到那里面更深层次的内容，所以女孩子在扫了他一眼之后，毫无感觉地、面无表情地转身又出去了。她的背影也是那么好看。戚小罗在心里赞道。

女孩子很快就成了戚小罗的妻子。

成了家的戚小罗明白了钱的妙处，虽说妻子对他不冷不热，但他并不介意，怎么说他妻子长得也是貌美如花，别说在村子里还没有哪一个女孩子长得有她好看，就是在整座小县城，能胜过她的也难找啊，但这样的女人就是嫁给了他这样一个男人，就算是不情不愿吧，他也觉得是自己的一份福气了。因了这个，戚小罗对妻子非常疼爱，几乎把他所有的爱与柔情都给了她，他就恨自己个儿太矮，没办法上天去摘星星了，否则，只要妻子喜欢，他会连星星都摘下来送给她的。

戚小罗虽说有钱了，可他也知道坐吃山空的道理，自从获得了这一笔意外之财后，他就不想教书了，他的学生都嫌他太丑陋，经常逃学，学习成绩一点都不好，为此，学校里经常批评他，干脆辞职，想要自己去奋斗，成就一番大的事业。他把自己的想法告诉妻子，可妻子只是冷冷地瞄了他一眼，说："把给我的那一部分钱留下来，留给我以后生活用。剩下的你爱干什么就干什么去。"戚小罗一愣，他以为妻子一定会支持自己去干大事业的，可是她对自己的举动却是如此冷漠。第一次，戚小罗感觉到妻子对自己没有感情不仅仅是因为自己长得不好，很可能是妻子在嫁给自己之前有了心上人。他越想越是这么回事，一个漂亮的女人怎么可能没有自己的心上人呢？他的心里就酸溜溜的很不是滋味，如果妻子只是嫌他丑，他还能理解，但要是她躺在自己的床上，心里却想着别的男人，他就无法容忍了。

戚小罗有了这个念头后，就再也挥之不去了，他去看妻子的眼神，也不像以前那样深情款款了。而且他也暗中观察过妻子，见她无事时，果真是一副心事重重的样子，目光看什么都是散淡的、飘忽的，好像她的魂魄都已经不在这具躯体上了。

她一定是在想她从前的情人。戚小罗忍不住怨恨地这样想着。可是他又不能阻止妻子不去想，他可以监视她的行为，却无法监督和控制她的思想。妻子一天到晚跟他没有一句话，就算他缠着她说一些琐碎的事情，她的表情也是淡漠的，是心不在焉的，甚至连附和他一声的语气都没有，好像她要说的每一个字都是金子，说出来一个，便丢了一锭金子似的，让戚小罗又气又无奈。

戚小罗到底还是无法忍受妻子心灵和躯体的分离，他终归是个有文化的人，上过大学，当过老师，看过许多男欢女爱的小说，自己丑是丑点，心里却还是抱着许多对爱情的幻想。他知道"爱情"这个词离自己的生活其实很远，他的婚姻里是根本没有爱情可言的，可妻子却是他喜欢的女人，不把爱情给他，哪怕对他们的婚姻生活留一份心也行啊。可她却不，像褪过皮的蝉，只是把一副空荡荡的壳留给他，你说，他戚小罗要一副空壳干什么？

戚小罗就狠了心，凡事不再征求妻子的意见，独行独断了。刚结婚时，他有意要把家底透露给妻子，可她却阻止了他，说她不关心这些，她只要他留给她有吃有喝的就行了。剩下的，她没有一点兴趣。戚小罗当时还有点感动，心说妻子并不是那种很贪婪的女人，他真是没有看错人，娶错妻。现在看来，她除了这夫妻名分以外，压根儿就不想和自己有什么瓜葛，这当然更证明她的心离自己很远很远，远得无法触及。她之所以愿意嫁给自己，其实就只为那些钱，她把戚小罗当成了一个随时可以支取的银行，她自己的身体只是为她那贫寒的家和她的弟弟挣一份给他们生活和学习的费用而已。

　　戚小罗出去创自己的事业了，一开始他并没有意识到自己要去做什么，他就来到了北京，北京是国家的中心，他想着可能机会更多些。况且戚小罗当老师的时候，读了很多经济方面的书，他不光有经济头脑，还有市场发展头脑。一到北京，戚小罗就瞄上了中关村的电脑市场。他想现在人们的生活水平在不断提高，电脑已经慢慢地普及起来，现在还在向单位过渡，要不了多长时间，电脑就会走入普通的家庭。电脑市场蕴藏着巨大的潜力，趁现在电脑还没有普及到家庭，戚小罗便张罗着开起电脑店来。可是，初进商海的戚小罗，对电脑知识和电脑行情一窍不通，并且对北京这座大都市还没有真正弄懂，就迫不及待地想要赚取他初入商海的第一桶金，结果却是叫人骗了一把，第一次进来的二十四台电脑全部是被淘汰的电脑机芯，只是用了一个新的外壳。被人骗走了资金不说，因与购进电脑单位签订了买卖合同，又不得不赔偿了人家一大笔的违约金。第一笔大生意不但没做成，他进来的电脑成了一堆废品，而帮他进货的人就像水蒸气一样，连影子也找不到了。开张的第一宗生意就被人骗了，投进去的资金就这样没有了。不但如此，戚小罗还欠了十几万元的债。就像变魔术似的，戚小罗揣着满满一口袋的钱，还没来得及把它们捂热，口袋就空空的了。戚小罗傻眼了，他望着那一堆外壳崭新的却废物一样的电脑，有种要号啕大哭的冲动，他狠咬着嘴忍着，但心里的酸就像火山爆发前的泥浆一样，不停地往外涌着。他的嘴无法控制地瘪了又瘪，终于，他忍不住了，在空无一人的屋子里抱头痛哭出来，泪水汹涌澎湃地在他那凹凸不平的脸上冲击着，似要把那不平覆盖住似的。

戚小罗哭过后，还得面对着眼前的现实。可这个现实是，他又成了穷光蛋，是比以前还要穷的穷光蛋，因为，他还负了十几万元的债务。

生意失败，戚小罗灰溜溜地回了老家，虽然他知道回去后他要面对的是一些什么样的目光，从没有人愿意理睬到让人艳羡和嫉妒，戚小罗的心里已经承受不住再坠入以前那种鄙视的境遇了。但他无处可去，只能回家，他也只想回家，在他心里，唯有家才让他挫败的心复原。果然不出戚小罗所料，当家乡的人们听到戚小罗又变成原来的戚小罗时，那仰慕和艳羡没有了，都变回原来看他的目光了。

戚小罗的妻子却什么话也没有说，没有责备，也没有鼓励，她的脸依旧平平静静，看不出有一丝波澜，该干嘛干嘛。戚小罗耷拉着脑袋早出晚归，她就像没有瞧见似的，把本来就在她面前惴惴不安的戚小罗弄得更是小心翼翼。戚小罗当然知道妻子不爱他，在没有做生意前，他手里边有钱，但他没有买到妻子的心，却买回了她的人，如今他又成了没有钱的男人。没有钱的男人已经是够窝囊的了，何况他还是个没有钱的奇丑男人。又丑又没有钱，他还凭什么留住这个对自己没有爱，又漂亮得让很多男人都垂涎三尺的女人？戚小罗心里做好了妻子随时离开自己的准备，有了这样一个思想准备，他就可以在妻子一旦提出要离开的时候，有足够的心理承受能力。但是，妻子冷淡是冷淡，却没有一点要和他离婚的意思，白天依旧一日三餐做好，晚上依旧和戚小罗躺在一张床上，做夫妻间该做的事，虽然做得有点勉强。但戚小罗几乎每时每刻都在猜测妻子会在什么时候和他摊牌，要弃他而去。这种念头在戚小罗的脑子里根深蒂固，驱之不去，这使戚小罗对冰冷的妻子竟就有了一份深深的畏惧，所以即使每天晚上妻子躺在他的身边，即使他的身体冲动得都快要炸裂了，但只要他伸出手，触碰到妻子那细腻润滑的身子时，他就突然软了下来。妻子也许感觉到了他最初的需要和最后的绝望，但她不说话，从头到尾，除偶尔发出一声若有若无的叹息声外，她从不给戚小罗其他任何一点声音，就好像她的声音被禁锢了一般。戚小罗清楚自己为什么不行，妻子是厌恶他的身体，以前他有钱，也就有了支撑，钱让他从心理到身体都成了真正的男人，现在也是钱让他失去作为男人的自信，而一个不自信的男人是敏感和悲哀的。戚小罗痛苦地受着这样的煎熬。

过了好久，妻子终于说话了，她说，你还是去北京吧。

戚小罗一下子竖起了耳朵，心想她终于要提出她的意思来了，她忍耐不住了，不过也是，他已经是个穷光蛋了，她又何必还要忍耐呢。虽说早有了思想准备，可戚小罗心里还是又酸又苦又涩。他低着头，不看妻子。

"我的意思是你在北京还能有发展。第一次做生意你是没有经验，上了当，第二次就不会了，你会很谨慎的。我相信你的经商能力。"妻子像看透了他的想法似的，淡淡地说。

妻子的话音并不高，戚小罗的耳边却如同响起了一个惊雷，他那细小的眼眶里盛不下一瞬间涌上来的泪水，竟汹涌地在他脸上狂奔。他做梦也没有想到妻子在这个时候会跟他说出这样一句体贴的话来。她说她相信他的能力！戚小罗为这句话幸福得快死了，他的心里就像碎了一个蜜罐，甜得都腻了。

戚小罗还在飘飘然的时候，妻子已经回里屋拿了一样东西出来。她把那东西放进戚小罗的手里，平静地说道："这是你给我留的生活费，还有五万块钱，你拿去作为资本，从头开始，重新来过吧。"

戚小罗羞愧了，他以为妻子不爱自己便把她想象成极端势利的女人，为了钱和自己结婚，也一样为了钱要离开自己。而她却根本不是自己心中所想的那种女人，自己的钱被人骗了，她没有指责自己，没有大哭大闹，反而把自己给她的钱拿了出来，让自己重新再来，这样善良的女人，自己居然还会猜测她。

戚小罗愣愣地盯着妻子手中的钱，他颤抖的手在伸出去一半后，又迅速地缩了回来。妻子诧异地看着他。戚小罗抹了一把脸，说了一声："我不会让你失望的。"也不拿妻子手里的钱，转身跑了出去。

第二天，戚小罗就回了北京，准备从打工开始，在北京重新寻回他失落的世界。可是，他的外貌让他即使是找一份工作也极为不易。最后，他在一家杂志社找到一份搞收发之类的工作。后来，杂志社的社长偶然发现戚小罗的文笔还不错，得知戚小罗还当过中学老师，就开始让戚小罗搞编辑工作。不用多久，戚小罗就得心应手了。

因为有过失败，戚小罗做得极为用心，这样做了半年多的编辑工作，戚小罗把杂志社的各种关系也摸透了，他想自己这样整天埋头编稿子也只能是混口饭吃，想要再出息是不大有可能的了。而他，自有过有钱的经历后，已经是不甘心再像从前那样平平淡淡地生活着了。最后，他跟杂志社提出要去搞发行工作。

面对戚小罗的要求，社长着实为难了好一阵子，杂志发行关乎杂志社的整体效益，而发行是需要一定公关能力的，可是戚小罗的这副长相首先就是发行的一大难关，社会上搞公关的人十有八九都是漂亮的女人，杂志社虽说特别一些，还没到用漂亮去公关的地步，可毕竟谁也不愿意跟一个长相难看的人打交道吧。社长年轻还是有一些魄力的，他想戚小罗既然要求去搞发行，便力排众议，让戚小罗去跑发行看看。

在搞杂志期间，戚小罗已经把北京的图书市场摸得差不多了，他清楚杂志图书光走正规渠道不行，更重要的还得上二渠道，也就是甜水园的民营书商这个市场。接手发行后，戚小罗马上和甜水园的二渠道签了不少合约。到了年底，戚小罗不负众望，当年杂志的发行量是达到了有史以来的最高，同时，杂志社的广告业务也跟着上升了。

一年多的时间，戚小罗让杂志社所有的人都刮目相看，他自己从发行和广告提成中积累了一笔资金。此时在戚小罗的心里只有一个目标，就是挣很多的钱，除了还账，他还要为妻子赢来从前的风光，他不能让别人小瞧了妻子，说她一朵鲜花插在牛粪上——也许他是牛粪，在妻子面前，他心甘情愿是牛粪，但他要让这牛粪变成金色的，去衬那朵美丽的鲜花。在杂志社又待够了两年之后，他把自己掂量了一番，觉得离当年那个靠着幸运捡着馅饼的毛头小伙子已经十分遥远了，于是他辞去了杂志社的职务，带着他这几年来的所有积蓄，申请注册了一家广告策划公司。

戚小罗的自信又找回来了，这次不仅仅是因为他有了钱的缘故，更是因为这几年在外面的历练，使他多了一份经风历雨的成熟。他已经能够真正依靠自己的能力，而不是靠运气来保障妻子的幸福。

但令戚小罗想不到的是，正当他意气风发、大展鸿图之时，妻子却提出了要和他离婚。

离婚？戚小罗简直蒙了，他已经开始事业有成，再也不是几年前那个靠别人的恩赐幸运地成为有钱人的那个男人了。为什么他落魄的时候，妻子还坚守在他身旁，给他信心，在他成功时，她却要和他离婚呢？戚小罗想了又想，终于彻底明白了：不管他怎样有钱，妻子还是不爱他。他曾经就想过，妻子的心里一定是有个她真心喜欢的男人，她的心始终是留着给那个人的。可是"那个人"到底是谁呢？

这时的戚小罗已是个充满了自信、成熟果敢的男人了，他已经有资格对妻子心里装着别的男人而感到愤怒和羞辱，他不再是当初那个揣着钱，用钱来支撑自己勇气去求婚的戚小罗了，现在的他想要个漂亮的女人很容易，而且他还比当初在妻子面前更底气十足，甚至还可以颐指气使地对她们吃三喝四。可是就算他能那样，又有多大意义呢？在这座城市里，到处都是充满欲望的女人在盯着他，她们盯着的只是他鼓囊囊的兜，她们可以激起他作为男人的热情，却安慰不了他那颗孤独寂寞的心灵。他要的是温情、真诚、发自内心的东西，但在这座城市有着无数男男女女，又能有几个人会轻易把这种珍贵的东西拿出来？

戚小罗渴望那种叫温情的东西。他妻子没有给他，但她曾给过他同情，这和温情截然不一样的感情，一度叫戚小罗不断地回味着又不断地感动，这就使他产生了一种幻觉，以为他和妻子在几年的婚姻沉淀里已经有了感情，因为只有有了感情才能诞生出温情。然而，妻子却连这点曾经温暖过他心灵的东西都要收回去，不愿意留给他，这到底是怎样一个女人？在她的心里，到底该是什么样的男人才能满满当当地占着她的心？

戚小罗问过妻子，她心中的"那个人"是谁？妻子只是漠然地看了他一眼，然后埋下眼睑，用同样淡然的口气说，这跟你无关。

这跟我无关！戚小罗听到这话，血一下子往上涌，她是他的妻子，他却不是她心里的丈夫，她居然还用如此不恭的口气来告诉他，这事跟他无关。这事跟他无关，那什么事跟他有关？

他气极了，他的手都攥成了拳头，只要他再激怒一点，他就一定会把她的脸打得开花，像以前他们村里其他一些男人对待他们不忠的妻子一样。但是戚小罗的手没有举起来，在他猛然间看到妻子眼里那空无一物的茫然之后，他的拳头就没有了再往一块攥的力量。是的，这样的茫然从她和他结婚那天起就开始有了，就像冬天的雾一样，什么内容都在雾里，却什么内容也不在里面。

戚小罗自己都迷惑，他竟然什么话也没有再说，看也没看妻子一眼，就走开了。从那次离开家，他就再也没有回去过，妻子从来没在电话中跟戚小罗说过什么，却用最原始的方法给戚小罗写过一封信，她说他们之间是一段无爱的婚姻，对彼此都是一种折磨，结束了，以他现在的地位，应该可以过得更加幸福和开心。戚小罗给妻子回了一封信，他说，他们之间不是没有爱，他爱她，在她这一生之中，她不会再找到一个像自己这样爱她的男人，虽然自己是用一种很庸俗的方法才娶到她的，但这并不表示自己的爱也是这样庸俗。他说，如果她坚持要离婚的话，也可以，请她把她藏在心里的那个名字说出来，如果那个人真的比自己要好的话，他愿意为了她的幸福而放弃这段婚姻。

妻子说，不管他怎样爱她，可是自己却不可能爱他，离婚不是为了她自己，而是为了解脱戚小罗。

戚小罗说，我不要这样的解脱，我愿意有这样的婚姻束缚着。

从那时候起，妻子就再没和他提过离婚的事。有一阵子，戚小罗甚至还天真地想着，她一定是回心转意了，从生活的实质意义上考虑，妻子肯定是和她的"那个人"分开了，想一心一意要和他过下去了。这样一想，虽说心里总像搁着块石头，堵得慌，但妻子还愿意和他做夫妻这样一个他认定的事实，多少还是抹平了他心中的一些愤懑，这也是他作为一个男人战胜另外一个男人的战绩。

妻子不再提离婚的事，对戚小罗要她搬到北京来也没有答应，她和戚小罗之间的婚姻就如同被一根若有若无的绳子拴着，说他们是夫妻也可以，说是没有一点关系也像。对戚小罗而言，婚姻这根绳的若有总是比纯粹的没有要好得多，至少，他心里明白，自己有个家，在他孤身在外备觉凄凉时，他会把那个远在故乡的家拉出来靠在自己的背后，虚空的心这时就会因为有一份执着的想念而变得充实起来。

就这样又过了一年多时间，这一年里，戚小罗也经常打电话回家，妻子并不每次都是默默地听着，有时也和他说一些家常话，偶尔，还真正像个妻子一样说一些要戚小罗少喝酒少抽烟、多保重身体之类的关心体己话，弄得戚小罗感动极了，挂上电话后满心满肺都是幸福的感觉。妻子现在会对他说一些体己的话，说明她已经开始进入到作为妻子的角色了，尽管这种进入对他而言来得太迟太迟，可到底还是来了，是他用爱心换来的呀。戚小罗真是说不出来地高兴，他甚至都想要把妻子关心自己的话要告诉公司里的员工们，让他们一起也来感受一下他的幸福。

可是这种幸福还是没有长久持续下去，妻子这次又提出要和他离婚，而且态度较之上一次更加坚决。妻子说，他要是再不离婚，她就单方面向法院申请离婚，他们已经分居有近两年了，且不说婚姻法的规定，单说一对夫妻分居两年多，没有问题也有问题了。

戚小罗只想留住妻子，倒真的忽略了他和妻子已经分居近两年这样一个事实。两年里他没有回过家，是不想给妻子当面提出离婚要求的机会，他是个有钱的男人，只有身体有需要了，掏出钱来，找个帮他解决问题的女人非常简单。反正他妻子也不喜欢他的身体，他睡几个女人她也不会在意的。没想到，就是这样，到最后他还是没能留下妻子。

戚小罗不能不回趟家。

家依旧是那个没有显出多少豪华的家，干净、整洁，清冷、寂寞。

妻子也还是他熟悉的妻子，却憔悴消瘦，妻子眼神中令他无法接近的空茫却没有了，代之的是恬淡和安静。妻子的这种神情让戚小罗又有了一种归家的踏实，可是想一想自己此行的目的，他的心又黯然了。他明白，妻子眼神里的恬淡和安静不是给他的，而是为即将要结束的这一段婚姻生活。

妻子倒了一杯温热的茶水放在戚小罗的面前，什么话也没说，静静地坐在戚小罗的对面。温热的茶水里升腾起一股轻淡的烟，没一会儿，轻烟就消散了。戚小罗端起水来，温温的杯子温温地暖着他冰凉的手，像家的感觉。戚小罗的心一酸，眼里迅速涌上一层水雾，他没忍住，泪水落在杯子里，声音很轻，却在寂静的屋子里依然响得很突兀。

对不起。妻子慢慢伸过手，轻握住戚小罗的双手，她的手同样冰凉。

她从来没有温情地握过自己的手，原来这样被握着的感觉是这般地好啊！戚小罗的泪水更是不可理喻地以汹涌之势往外涌出来。

妻子说，她之所以这两年里都没有提出离婚来，是她真的想和戚小罗好好过日子。但是她到底没有能够做到这一切，在戚小罗的身家越来越多的时候，她本该现实一点，安安稳稳地做一个有钱人的妻子，不愁吃喝地度过这富有的一生。

"既然这样想，为什么现在还是要和我离婚呢？难道在你的心里我的相貌真的敌过了一切？还是我做得不够好？我知道我这么长时间不回家不对，可我在躲避什么你明白吗？"戚小罗嘶哑着嗓子问。

"戚小罗，不管你怎么做我都无法把你放进我的心里，你明白吗？因为……我心里只能容下一个人。"妻子说道。

"他是谁？"

"你不用问他是谁了。我不会说的。"

"难道我想知道我败在谁手里的权力都没有吗？"

"你知道了又能怎么样？你并不认识他，何况他现在已经死了。"

戚小罗的心里一惊，像无意中一脚踏进了一个深渊，他在向下坠落的时候却抓寻不到一个能让他停止坠落的物体。他的妻子竟是为了一个已经死去的人要和他离婚的。

"你知道他是怎么死的吗？是被淹死。"妻子没有看他，又自顾自地说下去，"他和别人到一个很偏远的乡村去收购药材，途经一个湖，他看到湖里有很多水草的叶子，叶子在湖面上密密匝匝的像浮在水面上的云朵一样。他问同行的人那是什么草。同行的人说那是菱角。他说原来那就是菱角啊，他说他有一个朋友很喜欢吃菱角，他要亲手捞一些菱角送给他的朋友。夏天才刚刚开始，哪里就有菱角啊，可是他还没有等到同行的人说出这句话，就到路边折了一根树枝，他站在湖边上用树枝打捞那些叶子，他捞啊捞啊，很多的草叶都离岸很远，他的身子几乎都斜成了四十五度角了。同行的人看他这样，便提醒他要注意安全，他却笑着说他会游泳，就算掉下去了也能爬上来的。他还让同行的人到树荫下面去等他。可是当同行的人在树荫里左等右等也不见他的时候，就跑回了湖边来叫他，但是寻遍了周围也没有看到他的人。湖面是平平静静的，那些绿色的草除了周边有些凌乱外，依旧是平平整整的。他其实是不会游泳的，为了那些还没有长出来的菱角……"

妻子的声音沉稳而平静，可是戚小罗看到她的脸上湿得水淹过一样。

那个喜欢菱角的人。戚小罗的心痛得抽搐起来，他从来不知道妻子是喜欢菱角的，就算是他知道了，他哪里又能想得起来到湖里去捞什么菱角呢？最多是哪天路过哪个地方不经意间看到有卖菱角的人时，他或者会想起来妻子曾说过喜欢吃菱角的话来，会掏出钱来很随便地把那些在他看来是很廉价的东西买回去。可是，妻子从来也没有告诉过他她的喜好，她连去买菱角的机会也没有给过他。

那些身上长满了角的叫菱角的东西，就好像生长在戚小罗的心里面一样，把戚小罗的心扎得鲜血淋漓。他终于明白了，他和妻子之间为什么会离得那样远，就因为那些菱角的存在——菱角的刺坚硬地竖在他和妻子之间，让他们无法靠近，而一旦想要靠近，则彼此都要受到伤害。"可是现在，他已经不在了。"戚小罗艰难地对妻子说道，"你为什么还要离开？"

"就因为他已经不在了，我才要离开你，这样我才能安安静静地想他而不要负担对你的愧疚。"

"可是已经没有那样一个人了，你就是再怎样想，他也不可能生还了，为什么你不能抛舍下这份已经没有了的感情，好好过你的日子？我再不济，也可以照顾你的生活啊。我好歹也算是你的男人，我知道你对我从来没有一点感情，但我不会计较这一切，我只希望你能给我一个机会，让我来照顾。这两年来，我不敢回家，是我想用这种方法来留住你啊，难道你真的不知道？"

"我知道你是个好男人。可我还是不能和你在一起，这不是你的原因，而是我自己的原因。跟你结婚前，我答应了他等他大学一毕业就和他结婚。可是，我拒绝不了你拿来的钱，我父亲失去了劳动能力，我贫困的家需要它们，我也不能让我的弟弟和我一样辍学。说实话，我当时很恨你，是你用那些钱打中我软弱的穴位，我背叛了自己的爱情，可是我的心没有背叛。你知道吗，戚小罗，他本来就快要大学毕业了，可他一听到我结婚的消息竟然大病一场，病好后就再也没有回到大学里去，跟着别人去倒买药材，也赚了一些钱，他要我跟他走，但那个时候你正遭受挫败，我怎么能在这种时候弃你而去？那不是在你心上再给你插上一刀吗？我没有答应。他一直等啊等，他的家人却不允许他这样无限期地不结婚，硬是给他说了一门亲，逼着他成了家。"

"两年前我提出离婚，是他刚刚结婚的时候，他寻到了一个家，我觉得很安慰，这个时候提出和你离婚我觉得也对得住你，因为我不是为了和他在一起才要离婚的；现在，他不在这个世上了，我想他孤零零地离开了这个人世，我想我也只有孤零零一个人的时候，才能感受到他的孤寂和悲凉……"

戚小罗这时的心里除了痛还有酸，他的妻子，他曾经用一大把钱很骄傲地娶回来的漂亮妻子，从来没有对自己笑过，却如此用心地爱着另外一个男人，竟会为了他而舍去很多女人潜心去追求的一切。他戚小罗有钱，不管期间怎样起伏不定，他最终却是有大把大把的钱，但这么多的钱，却依然换不回一个他真心喜欢的女人，他是何等地失败啊。其实当初他用黄书包背到妻子家、摔在桌上的那些钱，又何尝不是他和妻子之间的菱角呢？面对妻子为

245

别人而流的眼泪，戚小罗第一次为当年的轻狂而感到羞愧。

戚小罗深深地吸了一口气，他说，"好吧，我同意离婚，不过，我希望离婚不是现在。一年，你再给我一年时间。"

妻子惊异地看着他，"为什么要一年时间？"

"几年你都陪我过来了，难道就不能再陪着我一年？你放心，这一年里，我不会骚扰你的。"

妻子没有再说话，只是点点了头。

回到北京，戚小罗忽然发现钱成了这个世界上最无用的东西，他有钱又能怎样？他买不回真情，连一个女人的心都留不住，他和她做了几年的夫妻，可是这几年里她的心没有一天是放在自己身上的，甚至连落在自己身上的目光也是恍惚闪烁，她的眼里就看不到自己。自己有了钱，而这些钱却不能帮自己得到想得到的，那么自己把它们留着又有什么用呢？

戚小罗捏着一大把钱，出神地看着，就是这些花花绿绿的东西帮他找到了自信，却最终又让他失去了自信。他兜里揣着钱跑到酒吧，拼了命一般把各种颜色的酒不分青红皂白地往肚里咽着，一时间，百般滋味在他心里翻腾着，他想起这几年来自己在北京独自闯荡，本以为只要自己的事业越来越顺利，只要那大把大把的钱顺顺当当地流进自己的口袋里，自己一心要维护的家也就有了保障，自己竭力想要拥有的那份爱迟早也会归于自己。但所有的一切都变成了粉末，家破了，想要的爱终是没有得到。他越想越伤心，越想越难受，终于，他的眼泪汹涌而出。当冰凉的泪水在他的脸上恣意地流淌着时，一种惊悚的、孤立无援的感觉同时也攫住了他，他想是不是自己的这一生注定了就该是如此悲情呢？

转眼一年就过去了，紧张忙碌的工作使戚小罗很少有心去想很多东西，只是偶尔有空闲下来的时间，戚小罗还是会想起自己的妻子来，一年前，他要妻子再承诺他一年，他在这一年里，拼命去工作，他几乎不给自己思考工作以外的事情，显而易见地，他的身家也在成倍地涨着，这就是他要留妻子一年的唯一原因，这个被自己剥夺了爱情和幸福，又剥夺了自己的爱情和幸福的女人，他要给她自己在心里的承诺，尽管以后她不会再是自己的妻子了，但他希望她的生活会好一些，他只能在离婚的时候给她一笔钱，唯有这样，才既不伤自己事业上的元气，又不伤对方的自尊。

那套西三环边的房子一直空着，戚小罗既没有到那里住过，也没有租出去，只是隔一段时间，他便过去看看，站在空荡荡的房子里，他的心还是忍不住怅惘。家这个概念已经离他很远了，他觉得现在的自己与当初不可同日而语，但他的心反倒没有当初那样踏实，那个时候，他有自己的奋斗目标，那就是让自己的妻子成为幸福的女人，他要让许多人都用一种仰视的目光来看自己的妻子，而今自己的钱比以前多了十几二十几倍，可心里却像这没有了家具也没有了女主人的房子一样空空荡荡的。

戚小罗决定卖掉这套房子，房子虽然没有入住过一天，但里面却盛着他过多的期待过多的设想，而这些，已经成了他心灵的负累。

那天陪买主看过房子，双方都说好了办过户手续的时间。买主走后，他又满心惆怅地在空房子里待了好一会儿才出来。

手机响起来的时候，戚小罗正踱着步一片一片数着从身边飘落的叶子，已经深秋了，秋风嚣张地在城市的上空游荡着，在高楼林立的每一个缝隙里钻来穿去。似乎是一夜之间，原本葱郁苍翠的树木变成了枯黄色，那无数的曾不可一世的树叶像一个个破碎的梦，哀伤地再也攀不住树枝了，凄凄切切地从枝头上坠落了下来，被秋风裹着，纷繁拥挤地从人们的身边翻过。走在落叶上面，有人禁不住要停下脚步来，犹犹豫豫的样子，不知道是为这些耗尽了生命汁液的一地枯黄叹息呢，还是为这种悲壮的景观而感慨，或者，如同戚小罗一般数着这熬尽了岁月的生命。听到手机响，戚小罗还没有反应过来，他看着手机上的电话时还在想，在这座城市里，孤身一人的他，又何尝不是这秋风中的一片失去饱蘸汁液的枯叶呢？

手机里一个平静的声音：喂，戚小罗！

戚小罗一阵目眩，是妻子的声音——很快，他要称她为前妻了。